рога
Плотницки
конец
Федоровский ручей
Торг
Славенский
конец
р. Волхов
Рюриково
городище
од

С Е Р И Я

ИСТОРИЯ
РОССИЙСКОГО
ГОСУДАРСТВА

ИСТОРИЯ РОССИЙСКОГО ГОСУДАРСТВА

БОРИС АКУНИН

ВДОВИЙ ПЛАТ

Издательство АСТ
Москва

УДК 821.161.1
ББК 84(2Рос=Рус)6
А44

Серия «История Российского государства» издается с 2013 года

Оформление — А. Ферез

Иллюстрации — И. Сакуров

Заставки и концовки — М. Душин

Дизайн обложки — К. Парсаданян

Акунин, Борис

А44 Вдовий плат: [роман, повесть]. — Москва: Издательство АСТ, 2016. — 304 с.: ил. — (История Российского государства).

ISBN 978-5-17-082550-9

«Москва идет! Хоронись!» — кричали на Руси испокон веков, боясь скорой на расправу и безжалостной власти. Два самодержца, два Ивана оживают перед читателем в новой книге Бориса Акунина. Одного из них, Ивана III, называли Грозным современники, другого — Ивана IV — потомки.

Роман «Вдовий плат», действие которого происходит в 1470-х годах, посвящен столкновению двух систем государственного устройства: тоталитарной московской и демократической новгородской.

Повесть «Знак Каина» описывает события, происходившие на столетие позже, во времена опричнины.

А кто из двух Иванов был грознее, судить читателю...

УДК 821.161.1
ББК 84(2Рос=Рус)6

ВДОВИЙ ПЛАТ

Роман

Часть первая

ИДЕТ ГРОЗА – РАЗУВАЙ ГЛАЗА

В КРЕСТАХ

В Крестах-сельце было, месяца ноября в десятый день.

Утром по Московской дороге примчали верховые, человек десять, все на больших, не способных для мирного дела конях, собою нарядные, в багряных с прозолотью кафтанах, только сильно грязные от осенней расхлябицы. Старший, в шапке с волчьим хвостом, крикнул старосту. Тот уж и сам бежал от дома, стряхивая с бороды крошки (время было завтрашное).

— Гостебная изба есть? — спросил сверху волчий хвост, не дослушав величания.

— Как не быть, коли положено. — Староста впопыхах не захватил чем покрыть голову и мял порожнюю макушку ладонью, пытаясь угадать, что за люди и какой от них ждать беды. — А как же. В порядке содержим. Две дороги через нас идут, одна с Пскова на Вологду, другая с Верху на Низ, потому и зовемся — Кресты...

— Кто снизу, а кто сверху, это вы, куры новгородские, скоро спознаете! — непонятно чему ухмыльнулся верховой. — Давай, давай! Показывай!

Гостебная изба, в которой останавливались торговые люди, гонцы или если ехал кто важный, была большая, но ветхая. Высокое крыльцо скособочилось под гнилым шатерцом, ступеньки промялись.

Староста семенил за быстро шагающим по горницам хвостатым (шапку не снял, ирод, на икону не перекрестился):

— Сейчас велю подмести, прибрать, сенца свежего на пол, печь растопим, отдохнете с дорожки...

Брезгливо наморщив нос на прыснувших со стола мышей, волчий человек выскочил обратно во двор, где ждали остальные.

— Встать кругом, никого не подпускать! — Старосте приказал: — Обеги село, скажи, чтоб из домов носа не высовывали. Сам вернись сюда к крыльцу. Жди.

Прыгнул с земли, по-татарски, в седло — и помчал назад, в низовую, то есть московскую сторону, только брызги грязи из-под копыт.

Спросить кто таков, почему распоряжается, староста и не подумал. Кресты были село пуганое. А и что спрашивать? Чей Низ, известно — великого князя, и ехать с той стороны кроме какого-нибудь большого московского человека, дьяка, а то и боярина, было некому.

Четыре года назад, когда между Низом, Москвой, и Верхом, господином Великим Новгородом, случилась большая война, так же вот налетели с Московской дороги великокняжеские татары, наделали делов: дома пожгли-пограбили, кто не успел спрятаться — мужиков поубивали, баб попортили, теперь вон татарчата по селу бегают.

Обходя дома, староста кричал одно и то же: «Москва едет! Хоронись!»

И с задней стороны бежали к лесу молодые бабы с девками, а хозяева набыстро прятали в тайники ценное. Село стояло на месте неспокойном, но бойком и жило сытно, грех жаловаться.

Через четверть часа в Крестах сделалось тихо. Оставшиеся боялись по домам, глядели через щелку в сторону Московской дороги.

Невеликое время спустя оттуда выползла серая змея: высунула голову на верхушку холма, спустилась на поле, вытянулась.

Староста волновался у крыльца, глядел из-под руки.

Никак войско? Неужто снова война?

Но, разглядев за кучкой всадников возки и телеги, десятка три или четыре, выдохнул. Обоз или караван.

На всякий случай встал на колени и прихваченную во время обхода шапку сдернул. Однако никто важный, кому земно кланяться, из подъехавших возков не вышел. Полезли слуги в одинаковых зеленых кафтанах, будто горох из порвавшегося мешка. Что-то разгружали, тащили, развертывали.

Только раз староста понадобился — спросили, где колодец и чиста ли в нем вода. Зачерпнули, попробовали — показалась нехороша. Потащили бочонок со своей водой.

Ух ты! На ступеньки крыльца лег длинный красный ковер, растянулся прямо по грязи, до самой дороги. Юркие зеленые люди, перебрехиваясь суетливым, акающим московским говором, волокли в дом еще ковры, тяжелые сундуки, резные скамьи, кресло с высокой спинкой.

Другие, в багряных кафтанах, с двухголовой золотой птицей на спине, у каждого на боку сабля, поехали вдоль улицы, что-то выглядывая или проверяя.

Старосте снова стало тревожно. Что ж это будет-то, Осподи? Кого с Москвы несет?

Однако приехали с другой стороны, сверху, от Новгорода.

Переваливаясь из рытвины в рытвину, через Кресты прыгал кожаный короб на широких колесах, весь залепленный грязью. По бокам рысила шестерка конных холопов.

Староста подивился: осенью, по разбитому пути в колымагах никто не ездил, только сухим летом или зимой, на полозьях, а осенью и весной — верхами.

Но разъяснилось.

Один холоп соскочил, снял с задка деревянный стул, поставил на землю; двое других, дюжих, открыли дверцу, приняли на руки тучного старика в шелковой шубе, усадили. Старик оказался калека, а стул непростой, на малых колесцах: толкнули сзади — покатился.

Человека этого в Крестах видали и прежде, езживал. Большущий боярин, наместник от великого князя при Господине Великом Новгороде — Борисов Семен Никитич, кто ж его не знает. Ноги у него недужные, не ходячие, зато руки загребущие. Это он со всех новгородских пятин для московского государя положенную дань собирает, зорко доглядывает.

Земно кланяясь московскому боярину, староста незаметно перекрестил живот. Ну, если всё готовлено для Борисова — оно ничего, нестрашно. Борисов — привычный, почти что свой, лютого зла не сделает.

Однако наместник, на старосту даже не взглянувший, тоже был беспокоен. Приподнимался на своем калечном стуле, тянул шею в сторону Московской дороги. Подрагивали жидкие усы, тряслась растрепанная желто-серая борода, росшая странно — пучками в обвод одутлого лица.

— Здесь ставьте! — крикнул Борисов слугам. — Поверните только. Как цыкну — сымайте меня под руки, и на коленки! Вон туда, там почище. И мягко ставьте, черти, не с размаху.

Тут все загудели:

— Едут, едут!

Староста обернулся вслед за остальными — Осподи-Сусе!

Московскую дорогу будто накрыла туча. По обе стороны, широко, ехали всадники, а по шляху все разматывалась, разматывалась лента из повозок, да конных, да пеших, и не было ей конца.

Только теперь догадался староста, кто это. Обмер: неужто сподоблюсь, своими глазами увижу? Самого великого князя Ивана Васильевича?

Нет, не сподобился. Глянул по сторонам главный над зелеными слугами человек — длиннобородый, грозный — и велел:

— Убрать этого! Больше ненадобен!

Схватили старосту за шиворот, отволокли от двора, поддали пинка — катись, чтоб духу не было.

* * *

Сначала понаехали багряные, очень много — до полутысячи. Слезли с седел, встали вдоль всей улицы сплошным частоколом, по обе стороны.

Потом приблизился одинокий всадник, казавшийся великаном — он был непомерно долговяз, смирный старый конь под ним огромен.

В КРЕСТАХ

Вся длинная колонна в Кресты не вошла, да она в селе и не разместилась бы — сотни повозок, тысячи людей и лошадей. Встали лагерем прямо в поле, споро и привычно.

Достигнув ковровой дорожки, чудо-всадник не торопился спуститься на землю. Он вообще был нескор. Сначала осмотрел всё вокруг, взглядом вроде бы скользящим, но внимательным. Человек был не сказать, чтоб молодой, но и совсем не старый — будто без возраста; не красавец, но и не урод; борода не длинная и не короткая, острая; нос слегка хрящеватый, но не горбатый; лицо, лишенное всякого выражения, привыкшее скрывать чувства. Кроме высокого роста единственной приметной чертой великого князя была сильная сутулость, придававшая Ивану Васильевичу неуловимое сходство с черепахой, готовой чуть что спрятать голову в панцырь.

Главный зеленый слуга, сняв шапку, гибко кланялся плешью до земли, а разгибаясь, повторял:

— Пожалуй, государь, отдохнуть-покушать... Пожалуй, государь, отдохнуть-покушать...

Ничего вокруг не упустив, коротко задержав взгляд на коленопреклоненном наместнике, но даже не кивнув ему, сутулый наконец перекинул через седло журавлиную ногу, оперся о макушку конюха, ступил на ковер.

Уже на крыльце, не оборачиваясь, сделал назад вялый жест рукой. Кому следует — поймет.

И смотревший в спину государю наместник понял. Цокнул — холопы под мышки подхватили его, тоже понесли в дом, но только до ступенек. Там Борисова приняли двое багряных богатырей и легко, словно мешок с соломой, поволокли дальше.

В гостебной избе будто побывал чародей — махнул волшебной палочкой и превратил убогую конуру во дворец. Закопченные стены и щелястые двери прикрылись висячими узорчатыми тканями, на полу заиграли многоцветьем персидские ковры, скамьи взгорбились подушками, стол устлался бархатной скатертью, а перед ним высилось резное сандаловое кресло.

Князю подали умыться — лили подогретой водой из серебряного кувшина в серебряный таз. Вот он вытер лицо, руки, бритую по-татарски голову, не глядя кинул полотенце и лишь тогда посмотрел на наместника, посаженного к столу, на скамью. Но опять ничего не сказал.

Стольничьи отроки — все гололицые, зеленокафтанные, почти неотличимые друг от друга — бесшумно подавали кушанья. Каждый ведал своим делом: один, востроносый и гибкий, с несказанной ловкостью разметал тарелки, будто сами вылетавшие из его руки. Другой раскутал горячие пироги-калачи и красиво разложил печеное мясо, курятину, красную рыбу. Третий зажурчал сбитнем: из хрустального поставца ровнехонько в край кубка. Казалось, это скатерть-самобранка готовится потчевать дорогого гостя, а помогают ей сказочные три-молодца-одинаковых-с-лица.

Они быстро исполнили свою работу и так же быстро куда-то исчезли, будто растаяли. Но государь не ел — ждал, пока всё испробует кравчий. Тот — сосредоточенный, строгий — откусил понемножку от каждого куска, пригубил сбитня. Проверенное клал Ивану под правую руку. Князь смотрел на еду голодно, даже сглотнул слюну, но ни к чему не притронулся. Нужно было полчаса ждать — не начнутся ли у пробователя колики, не приключится ли рвота. Вот кравчий, утирая губы, вышел вон, молиться за государево и свое здравие.

Великий князь терять время попусту не привык. Полчаса перед трапезой у него всегда отводились для какого-нибудь важного разговора.

Князь рассматривал наместника Борисова, тот слегка ежился, но глаз не отводил — Иван Васильевич в слугах украдливости не любил, и глядеть на государя полагалось истово, честно.

— Ну, Семен, сказывай. Сначала про главное, — наконец разомкнул уста владыка московской земли. Голос у него был очень тихий. Такой бывает у людей, которые твердо знают, что каждое сказанное ими слово будет жадно уловлено.

Наместник обошелся без приветствий-величаний, зная, что великий князь в беседе с глазу на глаз суеречия не терпит.

— За четыре года, что ты не был в Новгороде, государь, у нас там... *у них* там, — на ходу поправился Борисов, — многое поменялось. Про то, как ты их кровью поучил, новгородские помнят, но наука им впрок не пошла. Раны свои они зализали, сызнова забогатели, зажирели, замноголюдели. Новгород — он ведь что ящерица, взамен старого хвоста быстро нарастает новый. За своих убитых при Шелони, за казненных бояр, за пожженные деревни, за отрезанные носы новгородцы Москву ненавидят люто.

— Не повторяй известное, про что раньше доносил, — недовольно перебил Иван. — Про литовских любителей говори. Что нового?

Боярин заговорил быстрее:

— Плохо, государь. Косит Новгород на литовскую сторону. Московские доброжелатели, кто за тебя стоит и со мной дружбу водит, повседневно опасаются за жизнь и имущество. На Славенском конце две улицы были наши, всегда на вече за нас кричали. Теперь умолкли. Бояр, кто за Москву, вече приговорило к «потоку». Это когда врываются на двор и всё грабят дочиста. Сам степенной посадник Василий Ананьин распоряжался погромом.

— Что, поубивали верных мне людей? — нахмурился Иван.

— Нет, государь, в Новгороде не убивают. В Новгороде грабят. Они как считают? У кого денег нет, тот неопасен. Если ты разорен — ты никто. Живи себе, кому ты страшен. И всяк потому за свое добро трясется. Нет больше на Славне твоих сторонников, государь. Потеряли мы Славну.

Князь подвигал вверх-вниз кожей на лбу.

— Славна — это который из концов? Запамятовал я за четыре года, а мне это сейчас нужно понимать.

— Дозволь, государь? — Наместник взял половинку разрезанного кравчим яблока. — Вот он, Новгород. Сверху вниз поделен надвое рекой Волхов. Посередке проходит Великий мост, соединяющий левую сторону, Софийскую, с правой, Торговой. На Софийской стороне, вот где семечка, ихний кремль, называется Град. Там сидит владыка-архиепископ, собирается Госпóда, совет вышних людей. А еще Софийская сторона поделена на три конца. — Борисов провел ногтем по мякоти. — Наверху — Неревский конец, под ним — Загородский, внизу — Людин. На правой, Торговой стороне, происходит великое вече и стоит Вечевая изба. Тут два конца: сверху — Плотницкий, внизу — Славенский. Вокруг всего города Острог — вал со стеной и башнями, но Новгород тянется и дальше, разросся посадами во все стороны. В пяти внутренних концах боле шести тысяч дворов, а сколько в посадах — Бог весть, не считал никто.

Иван смотрел и слушал внимательно. Спросил:

— Сколько всего народу в городе и посадах?

— Тыщ шестьдесят, а то и восемьдесят. Другого столь великого города ближе Рима иль Царьграда нет.

Великий князь вздохнул. В Москве людей было вдвое меньше.

— Ладно. Про степенного посадника сказывай. Враг мне Василий Ананьин? Опасен?

— Враг-то враг, да не в посаднике дело. Что посадник? Одно прозвание, настоящей власти у него нет. Про Новгород что́ понимать надо? Там не так, как на Москве. У нас твоя милость — государь, ты и правишь. Бояре тебе служат, их жены по теремам сидят, не видно их и не слышно. А у новгородских женок обычай иной, вольный. Вот есть в Новгороде владыка-архиепископ, есть степенной посадник и степенной тысяцкий, есть кормленый князь — войско водить, есть Совет Господ, есть Великое Вече, есть купеческие товарищества, да у каждого конца свой посадник, да у каждой улицы выборной староста, а правят всей этой махиною, *истинно* правят, не мужи бородатые-череватые, а три бабы. Зовутся они — «великие женки». Там сейчас говорят: Земля на трех великих китах стоит, а Новгород — на трех великих женках. Одна — Марфа Борецкая, другая — Настасья Григориева, третья — Ефимия Горшенина. Это они меж собой решают, кому выбираться в степенные, что решать вечу, куда Новгороду поворачивать — к Москве или к

Литве. У каждой женки свое прозвище. Марфу зовут Железной, потому что она как топором рубит. Настасью — Каменной, она крепче стены стоит. Ефимию — Шелко́вой. Эта обхождением ласкова, стелет мягко, но удавку на шею накинет — дух вон. Кабы великие женки стояли заодно, Новгорода было бы никакой силой не взять. Очень уж у них денег много. Можно любое войско нанять, любых сюзников купить. Но на твоей милости выгоду Марфа Железная с Настасьей Каменной издавна враждуют, а Ефимия Шелковая тоже свои кружева плетет. Как не было меж ними четыре года назад, перед той войной, единства, так и теперь нет. Будто три змеищи — то переплетутся, то расшипятся, перекусаются. И город тоже на части разламывается.

Князь облизнул узкие губы, следя за сыплющимся в стеклянных часах песком — мера была получасовая. Когда весь песок высыплется, пора приступать к трапезе.

— Не повторяй мне, Семен, что в грамотках многажды писывал. Скажи лучше, которую из великих женок на мою сторону оборотить можно? Знаю, что не Борецкую: я у ней после Шелонского боя сына казнил. Из других двух кто нам пригодится? Думал ты про это?

— Думал, государь. Как не думать? Гляди сам. У Ефимьи Горшениной вся торговля — западная: с немцами, шведами, датчанами и даже дальше. Мы ей вовсе не нужны, Ефимия и духу московского не выносит. Иное дело Настасья Григориева. Баба она хитрая, лукавая, и веры ей, конечно, нету, но...

Наместник обернулся на шорох — это качнулась на сквозняке одна из узорчатых драпировок, наскоро прицепленных к потолку, чтобы скрыть от светлых государевых очей грязную стену.

Иван Васильевич оборвал боярина:

— Не мели пустое. Кому на свете вера есть? Дело говори.

— ...У Григориевой торговля по большей части — низовая, русская. Настасья у нас хлеб закупает, у себя продает. А у новгородских как? Куда мошна повернута, туда и глаза смотрят.

— Ясно. А которая из трех женок сильнее? — погладив рыжеватую бороду, спросил князь.

— Марфа больше на Софийской стороне сильна, да не во всех концах. В Неревском и Загородском почти все улицы сейчас за нее. А вот в Людином конце...

Видя, что Иван косится на расчерченное ногтем яблоко, Борисов еще раз показал:

— Неревский конец — вот здесь, слева наверху. Там у Марфы Борецкой палаты, и многие ее подручники тоже там живут. Настасья обитает в Славенском конце — тут вот, внизу справа. Она на Торговой стороне сильнее. Ефимия же проживает в самой середке, в Граде, никаких улиц за собой не числит, много челяди не держит. Она чем сильна? Со всеми передними людьми в дружбе, и врагов у нее нет. К кому из двух других Шелковая примкнет, та и берет верх. Вот как оно у них, у новгородцев. Переменчиво.

Опять молчал государь, барабанил костлявыми пальцами по столу, глядел на сыплющиеся песчинки, думал.

— ...В Новгороде всегда первым из первых владыка был. Как пастырь решит, так они и делали. Что преосвященный Феофил?

Наместник пожал плечами:

— Всё то ж. Ни богу свечка, ни черту хвост. Я надавлю — он за Москву. Марфа надавит — он за нее. Но ты же сам такого владыку в Новгороде хотел, бессильного...

Опять замолчали. Борисов ерзал на скамье, прел в куньей шубе, по лбу стекал пот, а вытереть рукавом было непочтительно.

— Что прикажешь своему рабу, государь? — наконец осторожно спросил он. — В Новгород ли вернуться, при тебе ли состоять? Коли вернуться, что к твоему прибытию сделать? А пуще всего скажи: как думаешь с новгородцами поступить, милостиво или строго?

Иван поднял на него тяжелый взгляд.

— Давно ты, Семен, на Москве не был. Нового дворцового обычая не знаешь. Ныне живем по-цареградски. Государю вопросов не задают. Спросит — отвечают. Запомни.

— Прости старика, батюшка, откуда ж мне было знать? — испуганно пролепетал боярин и напугался еще больше — получилось, что опять спросил.

У князя по неподвижному лицу скользнула легкая судорога — так он улыбался, и то нечасто.

— Ладно, ступай. Трапезничать буду. После скажу, как тебе быть.

Хлопнул в ладоши. Вошли двое, подняли наместника, понесли кулем прочь, а он, вися на руках, пытался обернуться и поклониться — не получалось.

Оставшись в одиночестве, великий князь наконец поел. Медленно, без разбора — что рука возьмет. Откусывал понемногу крепкими зубами и долго, обстоятельно жевал, немигающе глядя на огонек свечи. Ивану было все равно, чем утолять голод. Как только почувствовал, что сыт — есть перестал.

— Через час разбуди! — сказал он в сторону прихожей, зная, что услышат.

— Мехом накрыть, государь? — ответили из-за двери.

— Ничего не надо.

Князь пошел к лавке, скинул подушки на пол, лег на голые доски, сложил руки на груди — прямой, будто покойник. Всегда так спал, и засыпал быстро.

Когда дыхание спящего стало ровным и глубоким, из-за свисающей материи — той, что давеча шелохнулась, — выскользнула зеленая тень, шмыгнула вглубь дома.

* * *

Государь — единственный, кто отдыхал во всем огромном таборе, занявшем широкое поле перед Крестами. Воины кормили коней и наскоро обедали сами — по-походному, краюхой хлеба, луковицей или репкой, лоскутами вяленого мяса. В селе, близ гостебной избы, распоряжался голова великокняжеского поéзда, начальник зеленокафтанных слуг. Отдавая приказания свистящим, далеко слышным шепотом, он осмотрел всю несметную поклажу, велел что-то привязать покрепче, что-то перепаковать, указал, какую снедь приготовить к государеву столу на вечер, для большой стоянки.

У дворецкого была привычка бормотать себе под нос, чтобы ничего не забыть, не упустить никакой мелочи. Человек он был тревожного устройства, поминутно вскидывался, дергал себя за длинную бороду:

— Шатер-то, шатер! А ну как изба будет негодна? — и бежал проверять, исправно ли везут походный государев шатер, которым от самой Москвы еще ни разу не пользовались, однако тут земли были уже чужие, верховские, и поди знай.

Спохватывался:

— А дождь, дождь если? — Махал старшему постельничьему, ведавшему государевой одеждой, — близко ли уложен промасленный охабень с клобуком, укрывавший всадника от ливня с головы до стремян.

Подлетел старший стольник:

— Тихон Иванович, мой один потравился.

— С государева стола? — всплеснул руками дворецкий, и его глаза стали круглыми от ужаса.

Если кто из слуг отравился объедками с великокняжьего стола (бывало, потихоньку суют в рот — за всеми не уследишь), то это дело страшное, изменное!

— Нет, — успокоил стольник. — Говорит, в утренней деревне грибов поел соленых.

— А-а. Где он у тебя?

На обочине выворачивало наизнанку скрюченного человека.

— Ти...хон... Ива...ныч... моченьки нет, — еле выговорил страдалец, поворачиваясь к дворецкому востроносым лицом в цвет зеленого кафтана. Это был один из слуг, накрывавших государев стол — тот, что ловко метал тарелки.

— Захарка? — Дворецкий знал по имени каждого челядинца, а их под его началом числилось до трех сотен. — Ты что это, пес?

— Никак помираю... — прохрипел слуга и снова согнулся, затрясся в судороге.

— Ну и дурак. Охота жрать что ни попадя.

Тихон Иванович повернулся к стольнику:

— Кем заменишь?

— Найду, Тихон Иванович.

— Этого тут оставить. Государь близ себя хворых не любит. И куда его такого? Коли оправишься, Захарка, догоняй. А нет — черт с тобой.

Махнул рукой, пошел дальше, бурча:

— Коня ему оставить. Может, догонит... Старосте здешнему сказать, что конь государев. Этот сдохнет — чтоб коня держал исправно, не сеном кормил — овсом. Обратно поедем — заберем. Конюшему сказать, не забыть...

Час спустя всё пришло в движение. Расселись по коням статные молодцы Ближнего полка — на спинах багряных кафтанов вышит золотом новый государев знак: двуглавая птица византийских Палеологов, приданое великой княгини Софьи Фоминишны. Окружили Ивана Васильевича со всех сторон, подняли стяг, тронулись.

За ними нестройной гурьбой служивые татары, одетые кто во что, зато все на превосходных конях. Потом бояре со слугами. Потом бесконечный государев обоз. Потом две тысячи пеших ратников в толстых негнущихся тегилеях и железных колпаках. Нет, это все-таки было войско.

А когда хвост трехверстной колонны скрылся за опушкой дальнего леса, за околицу вынесся всадник и погнал через голое поле — тоже в сторону Новгорода, но не напрямую, а в огиб. Он нахлестывал коня плеткой, вертел острым носом туда-сюда: татары, бывало, рыскали далеко от поéзда, искали чем поживиться. Не дай бог заметят, от них не уйдешь.

СТАРЫЙ МАЛЬЧОНОК

От Крестов до Новгорода было восемьдесят поприщ, по-московски — верст. Сильный мерин из великокняжеских конюшен мог бы пробежать это расстояние за остаток дня, даже по рыхлой ноябрьской земле, но всадник торопился лишь первые два часа, пока опасался столкнуться с татарскими разъездами. Потом он перешел на развалистый, не топотливый аллюр, почти не утомлявший вороного, и к ночи без остановки отмахал три четверти пути, до самой Мсты-реки. Отсюда до посадов оставался час-полтора рысью, да и вечер выдался лунный, не собьешься, но мнимо отравившийся затеял устраиваться на ночлег. Отыскал в поле неубранную скирду, натаскал сена, но прежде чем улечься поводил взад-вперед лошадь, накормил из мешка, дал попить. Улегся под теплый пахучий бок, натянул попону, стал смотреть на звезды, сладко позевал, уснул. Видно, ночевать под открытым небом, на холоду, востроносому Захарке было не в диковину.

Светало поздно, но стольничий отрок, кажется, никуда и не спешил. Проснулся, когда запунцовел край земли. Развел костерок, вскипятил воды из лужи, соорудил нехитрое варево: горсть сарацинского зерна, несколько волокон сушеного мяса, щепотка соли. С удовольствием съел похлебку, весело и звонко хлопнул вороного по круглому крупу, оседлал, погнал рысью.

СТАРЫЙ МАЛЬЧОНОК

Пунцовая полоса обманула, солнца из-за горизонта так и не вытянула. Свет, толком не разгоревшись, померк, заморосило серым дождем, но всадник накинул на плечи и шапку рогожный мешок да ехал себе, насвистывал.

Все чаще попадались деревеньки, а с пологого холма над невеликой речкой Мшашкой вдали завиднелась темная полоса. Захар приподнялся в стременах, вглядываясь: неужто уже Новгород? Тут, словно надумав разрешить его сомненья, меж облаков выглянуло солнце, пронзило дрожащий воздух золотыми копьями, ответными искрами вспыхнули купола церквей и колоколен, засветлела многобашенная стена, над нею проступила темная гребенка крыш, сверкнули нити опоясывающих город речек и стариц, в стороне заблестело широченное серебряное блюдо Ильмень-озера.

Здравствуй, Господин Великий Новгород, ох давно не виделись!

Засмеявшись и одновременно всхлипнув, всадник взвизгнул по-степному, хлестнул мерина, понесся вскачь.

Скоро началось Заполье — скопления дворов, которыми растущий город расползался по окрестным полям, вылезая за тесную границу Острога. Захар вертел головой, дивился. В его времена вон там была роща, подле нее монастырек, а боле ничего. Ныне рощица исчезла, к монастырским стенам вплотную подступили избы — получился целый посад.

Торный путь вел вдоль речки-Федоровки или Федоровского ручья — называли по-разному — прямо к башне. Ее ворота были похожи на разинутый рот, который пил-глотал дорогу вместе с тянущимися в город телегами, людьми, лошадьми. Назывались они Низовскими, потому что вели к Низу, и под бойницей, из которой торчал бронзовый хобот пушки, висела икона, список с образа Липицкой Богоматери — поминание о великой давней победе новгородского ополчения у Липицы над низовской ратью. Четыре года назад, одолев в войне, Москва велела икону снять. Сняли. А потом снова повесили. Вот вам, московские, выкусите.

Захарка на образ перекрестился, но и головой покачал. Лучше бы убрать, не дразнить Ивана Васильевича. Он ведь здесь скоро будет...

Острожная стена, опоясывавшая город, была странная: где-то деревянная, острыми дубовыми бревнами вверх, где-то каменная, и башни все разные — то высокие, пузатые, то худосочные, хлипковатые. Каждая улица, упиравшаяся в Острог, содержала свой участок укреплений на собственные средства, а улицы были одни побогаче, другие победнее, и расщедривались неодинаково.

Миновав ворота, Захарка спешился, начал хорошиться, принаряжаться. Пыльный кафтан снял, надел богатую зеленую ферязь, к шапке прицепил беличью оторочку, пыльные сапоги тщательно вытер тряпицей. Ею же, перевернув на другую сторону и смачивая слюной, умыл бритое лицо. Оно казалось юным только на первый взгляд — у глаз морщинки, в углах рта по две маленькие складки: одна вверх, другая вниз, что говорило об умении и веселиться, и задумываться о невеселом.

Осмотрев себя в серебряное зеркальце, Захарка еще расчесал волосы, капнув на них маслом из малой скляночки. Остался доволен — будто и не с дороги, не стыдно показаться. Но вдруг засомневался, нахмурил лоб. Гонец со срочной вестью, проскакавший восемьдесят поприщ, чист и свеж не будет...

Нагнулся, зачерпнул пыли, сызнова перемазал сапоги, припорошил ферязь, мазнул и по лицу. Вот так будет ладно.

Шел, однако, пока что неторопливо, с любопытством озираясь. Господи, и забудешь на Москве-то, что такое великий город!

Дома стоят тесно, бок в бок. Улица узкая — двум телегам еле разъехаться, а эта, Федоровская, еще считается широкой! Потому что земля дорога, каждый аршин стоит немалых денег. Кто собственным жильем владеет, пускай крошечным — называется «житым человеком» или просто «житым», такому открыта дорога на любую выборную должность. Если же попадается не дом, а целая усадьба с забором и двором, это богатый купец живет или целый боярин.

Тесно в Новгороде, зато чисто: ни колдобин, ни луж, ни грязи. Земли под ногами не видно. Улица мощена стесанными бревнами, по обе стороны дощатые мостцы, пешим ходить.

На Федоровской в этот утренний час было людно, своеземцы и смерды ехали на рынок торговать всякой деревенской всячиной, горожане, наоборот, шли за покупками или просто поглазеть. Кого-кого, а зевак в Новгороде всегда имелось в избытке.

Толпа здесь была совсем не такая, как московская, — Захару с отвычки это бросалось в глаза. У московских мышиная побежка, головы опущены, взгляд исподлобья, быстрый, в хребте вечная готовность поклониться. Эти же пялились кто на что хочет без опаски, морды сытые, дерзкие, походка вразвалку. И никого в лыковых лаптях, все в сапогах — вот это забылось. А потому что чисто, и кожи дешевы.

Подле бани Плотницкого конца на крылечке сидели две распаренные женки. Ясно: с утра пораньше попарились и будут париться еще, а пока вышли охолонуть, поглазеть на прохожих-проезжих. Пили морошковый квас из большущих ковшей, толстые красные щеки выпирали из-под пестрых платков.

— Глянь какой, — показала одна на Захарку, не смущаясь, что он услышит. — Старый мальчонок. Бороды нету. — И спросила, громко: — Ты чо, лущенай?

Вторая загоготала. «Лущеными» по-новгородски называли скопцов.

Захарка тоже засмеялся. Слышать гундосый, с медной носовой протяжцей новгородский говор было приятно. Это в Москве бабы — кроме гулящих — сидят взаперти, и оттого кажется, что город населен сплошь мужчинами, а в Новгороде не так: больше видны женки и девки, потому что одеваются разноцветно, весело.

— Ага, лущеный. Вы, бабоньки, меня не бойтесь, возьмите с собой в мыленку. Я вам озорства не сделаю. В уголку посижу тихо, котеночком.

Тетки закисли со смеху.

— Врешь. Глаз у тебя не котеночий — котячий. Иди, куда шел.

— Пойду. Скажите только, как найти двор Настасьи Григориевой?

— А иди по Федоровскому до моста, — показала та, что бойчей, на тянувшийся вдоль улицы ручей. — Там ступай налево, пока не дойдешь до Славной улицы, и поворачивай к Острогу. Прямо в

Настасьины ворота упрешься, их издалека видно... Эй, а ты что Каменной-то? Весть какую привез? — с любопытством крикнула Захарке вдогон, но ответа не получила.

Он повел коня, как было велено, и через немалое время, пройдя мимо Немецкого двора, оказался на Славной улице, давшей название Славенскому концу.

По новгородским меркам улица была широченная, сажени в четыре. И зажиточная, сплошные заборы. Вдоль мостцов, ишь ты, высажены ветлы. Захар поразился — раньше такого не было. Ведь ни для чего, просто для лепости и летней тени! Ох, новгородцы...

Однако пора было перестать глазеть по сторонам. Впереди обозначился конец улицы: она упиралась в открытые настежь ворота.

– Ну, не плошай, – шепнул сам себе Захарка и мелко перекрестился.

До ворот оставалось недалече, но он сел на коня, вздыбил его, покрутил на месте, хлестнул раз и другой, горяча, и запустил вперед галопом. Влетел во двор лихо, с дробным топотом по мостовой. Завертелся, заозирался.

– К Настасье Юрьевне ведите! Я сто верст скакал!

* * *

Двор по новгородским понятиям был огромный, от края до края саженей в пятьдесят. С трех сторон его огораживал бревенчатый частокол, а тылом усадьба примыкала к каменной туре городской стены. Башня была мощная, нарядная, недавней кладки, с сияющей медной кровлей.

Боярский терем показался приезжему человеку драгоценным ларцом — такой он был затейный, в два жилья, с перильчатыми гульбищами наверху, с резными наличниками, с узорчатыми водостоками, с цветными окнами, с гербом Григориевых на высоком, гордом ветряке: птица-дева в зубчатой короне. Великокняжеские палаты в Кремле — громоздкие, несуразные, ветхие — поставь их рядом, выглядели бы амбарищем.

Вдоль частокола с внутренней стороны тянулись строения попроще, но все добротные, ладные. Была тут конюшня, людская, товарные склады, кухни, сенник — много чего. И всюду сновала челядь, каждый занят своим делом: кто катит бочку, кто тащит связки мехов, кто складывает на воз мучные мешки.

— Настасья Юрьевна где? Дело к ней! Важное! — еще пронзительней закричал всадник. Он ждал, что к нему кинутся, станут расспрашивать, но от работы никто не оторвался.

Только подошел пожилой, широкобородый, приказчик что ли, и спокойно сказал:

— Теща тебе Юрьевна. Коли ты к госпоже Настасье — коня сведи на конюшню, а сам поди в терем, там встретят.

Захарка был сметлив, если что не так — мгновенно исправлялся. Поняв, что здесь шуметь и выставлять себя не заведено, сразу притих.

Отдал узду конюху, на высоченное крыльцо поднялся тихо, с шапкой в руке.

В передней, откуда на три стороны вели двери, украшенные резными григориевскими девоптицами, был стол со скамьей, за столом сидел мордатый, важный муж — такого хоть в великокняжеские дьяки. Борода холеная, на две стороны, власы перетянуты кожаным снурком, над ухом торчит гусиное перо — грамотки писать, на носу серебряные колеса со стеклами. В Москве такие («óчки» называются — малые очи) рубля три стоят, в цену боевого коня.

— Я к госпоже Настасье, — внушительно сказал Захарка, запомнив, что по отчеству называть боярыню не положено. — Из Москвы. От Олферия Васильевича.

Дьяк, или кто он там, не впечатлился. Щелкнул костяшкой абакуса — новой европейской придумки для торгового счета, — обмакнул перо в бронзовую чернильницу, что-то записал в свиток.

— Дело незряшное, дядя, поспеши! — повысил голос приезжий.

Строго посмотрев через очки, письменный человек пробурчал:

— Пес тебе дядя.

Но все же встал, ушел в среднюю дверь, бросив:

— Сядь, жди.

— Ишь, родни-то, — пробормотал Захарка, оставшись один и оглядываясь. — С утра сирота был, а тут и теща Юрьевна, и дядя — пес...

Был он оборотист, ушл, мало чем смущался, а тут заробел и сам с собой заговорил для бодрости. Ежился он не от богатого убранства горницы, хотя такого роскошества и в государевом дворце не видывал (стены — серебряно шитье! лари — красно дерево! пол — мозаичное травоцветие, наступить жалко!), а от мысли, что сейчас решится вся судьба. Подобраться надо было, в три глаза смотреть, в четыре уха слушать.

Сел в самый угол, на обитый сафьяном сундук, поближе к иконам. Вспомнил, что года два в церкви не был, стал шепотом молиться.

Скоро оказалось, что через переднюю горницу много кто ходит. Средняя дверь, куда скрылся стеклянноокий дядька, оставалась неподвижна, зато две другие беспрестанно отворялись-затворялись.

Сновали слуги, служанки, побегушные мальчишки, комнатные девчонки, даже старухи — и те не ходили, а семенили. Это всегда у них так или какой спех?

На сидящего в уголке человека внимания никто не обращал, а многие и не замечали. Ферязь у Захара была зеленая, и примостился он, неслучайно, под зеленой же тканой картиной: райский лес на ней с плодами-деревами, и ангелы летают. Не наша, не русская работа. У государя тоже такие картины есть, великая княгиня Софья из фряжской земли в приданое привезла. Многие осуждают: соблазн зрению.

Один какой-то человек зашел и остался. Чудно́й, не поймешь кто. Одет богато: саян на нем — синь атлас, сапожки — тимовые, расшиты жемчугом, а на груди, будто у младенца, пеленка кожаная, и на нее из разинутого рта свисает слюна. Сам притом — мужик бородатый.

Вот этот Захарку приметил, уставился. Глаза телячьи, с пушистыми светлыми ресницами, хлопают. На гладком лбу посередке багровая клякса — родимое пятно.

На всякий случай Захарка встал, поклонился, сделал лицом улыбку.

Чудной подошел, протянул руку — большую, но вялую. Потрогал голый Захаркин подбородок, уколол палец о вылезшую за сутки щетину, сморщился.

Захарка отшатнулся, руку оттолкнул.

— Ты чего?

Непонятный человек скривился и жалобно заплакал.

Э, да ты дурачок. Должно быть, здесь в великих домах, как в Москве, тоже держат для забавы дураков, шутов, уродов всяких.

— Иди, иди себе...

Малахольный увидел на подоконнике красно-синий отсвет — солнце сияло через цветные стекла — и про бритого чужака позабыл. Стал водить пальцем по окну, засопел.

Торопилась куда-то девка-горничная, с метелкой в руке, пыль стирать. Дурачка заметила, Захара — нет. Вороватo оглянулась, рожа злющая.

— Поди-ка, — говорит, — Юрод, я те пряничка дам.

Мужичонок заулыбался, пошел к ней, а девка еще раз оглянулась, нет ли кого.

— На, боярин, покушай, как меня твоя матушка кармливает!

Да как стукнет с размаха костяшкой пальца по лбу, прямо по родимому пятну — до треска, Захарка даже поморщился.

Юрод — в рев. Слезы ручьем, голос жалобный:

— Олё, олё!

Горничная подобрала подол, хотела бежать прочь, но не успела. Распахнулась средняя дверь — та, что, видимо, вела на господскую половину, и выскочила молодая женка. Что не девица — ясно по головному платку, а так совсем юница. Лицом нехороша: широкоскулая, веснушчатая, большой рот поджат, из-под платка торчит рыжая прядь (в Новгороде рыжих считали порчеными). Платье простого сукна, скучное, без украшений, но по повадке ясно — женка не из прислуги.

— Что? Что? — крикнула она не плачущему, а горничной. — Упал? Зашибся?

— Не знаю я, Оленушка Акинфиевна, сама на крик вбежала, — заврала та. — Ох бедненький, ох болезненький!

Молодая баба (по отчеству величают — дочка, что ли, хозяйская?) движением руки отпустила служанку, обняла юродивого, прижала его голову к плечу, стала гладить.

— Ну, Юринька, ну... Ни на сколько одного оставить нельзя...

Тот сразу успокоился, а непонятная женка оказалась зорче горничной — заметила сидящего в углу человека.

— Ты кто?

Захарка поднялся.

— Я к госпоже Настасье... Весть привез, важную.

Прикидывал: этой, что ли, обо всем рассказать? Взгляд у ней острый, говорит начальственно — как те, кто ничьей власти над собой не признает. В Москве один только великий князь этак себя держит.

— Из Москвы я. Состоял при государевом дворе. Узнал такое, что...

— Ей скажешь, — перебила рыжая. — Она любит первая знать.

Обхватила юрода рукой, повела прочь, а он уже улыбался, лепетал свое: «Олё, Олё». Похоже, это он зовет бабу по имени, только до конца «Олёна» не выговаривает.

Ишь, как у вас тут, Григориевых, интересно, подумал Захарка, снова садясь.

Но миг или два спустя пришлось опять вскакивать — вошел давешний дядя, с поклоном придержал дверь, пропуская медленно ступающую женищу — иначе и не назовешь: высокая, дородная, подбородок кверху, брови бобриные, нос корабельный, взгляд гордый. Одета во все черное, вдовье.

Это непременно должна была быть сама Настасья Юрьевна Григориева-Каменная, и Захарка перед столь великой особой склонился, как гнулся перед государем — лбом в пол, благо поясница у кремлевских слуг гибкая.

— Ты что ль от Олферия Выгодцева? Из самой Москвы примчал? — спросил негромкий, низкий, почти что и не бабий голос.

Тогда Захарка выпрямился, рассмотрел великую новгородскую женку лучше.

Пожалуй, вдовьего в ее наряде был один плат, спущенный до широких бровей, а прочее платье казалось черным только на первый взгляд. Распашистая мятель — очень темного вишневого тонкого бархата, наручни исчерна-синие, с не сразу заметной парчовой искрой. Да и платок хоть черен, но драгоценной аксамитной ткани. У московского государя есть такой кафтан — по большим дням надевается.

Еще бросился в глаза длинный посох, который боярыня сжимала левой рукой. (Левша? Бабы редко бывают.) Посох был черный, лаковый, с рукоятью в виде трех голов Змея Горыныча: одна тянула разинутую пасть вверх, две другие — на стороны.

Внутренне подобравшись, Захарка ответил:

— Нет, госпожа Настасья. Я из Крестов, что на Холов-реке, пригнал. Великий князь там вчера был.

Он ждал удивленного возгласа или хоть движения бровей, но лицо Григориевой осталось недвижным. В самом деле — каменная.

— Ты кто таков? — спокойно спросила боярыня. — У Олферия служишь?

— Я — Захарка. У Олферия служил раньше, давно. Я — стольничий отрок у великого князя Ивана Васильевича.

Опять она не удивилась.

— А, помню. Олферий отписывал, что пристроил своего человека в великокняжьи слуги. Давно уже, лет тому...

— Тринадцать, — подсказал Захарка. — Тринадцать лет я в Кремле прослужил, матушка боярыня.

Глядела на него пристально, будто прицениваласъ.

— Так-так. Стало быть, Олферий через тебя узнает, что в Кремле делается.

На это можно было и промолчать, скромно потупившись, но Захарка не стал:

— Прости, госпожа, но даже я знаю, что у Олферия Васильевича при великокняжьем дворе есть и другие глаза-уши. А уж тебе это тем более ведомо.

Не слишком ли дерзко сказал, сжался Захарка. Но сейчас решалась судьба. Надо явить остроту, заинтересовать собой великую боярыню. Иного случая не будет.

Кажется, получилось. Настасья не рассердилась, а посмотрела на остроносое, живое лицо вестника внимательно.

— Не пойму я по говору, ты московский или новгородский?

— Новгородский я, поповский сын, сызмальства сирота. — Захар убрал из речи московское аканье. — Рос в Клопском Свято-Троицком монастыре, учился грамотному делу — летописи белить. И присмотрел меня Олферий Васильевич, твой низовский приказчик. Забрал с собой в Москву, и с тех пор я всё там, пятнадцать лет. Сначала при торговле состоял, а когда на престол взошел государь Иван Васильевич и стал новых слуг набирать, устроил меня Олферий Выгодцев во дворец. Был я кухонным служкой, потом возрос до стольничьего отрока, кого к государевой особе подпускают.

— Пошто лицо бреешь? — спросила боярыня, все больше пугая Захара тем, что никак не подойдет к главному, говорит про пустяки.

— Стольничьим отрокам так положено.

— Да ты уж не отрок. Глаза немолодые.

— Тридцать годов мне, госпожа. Но в Москве не возрастом меряют. У нас там и старики в отроках бегают.

И тут, без перехода, тем же тихим, ровным голосом она наконец спросила:

— Что там, в Крестах, такого особенного стряслось? Почему сюда примчал? Не хватятся тебя? Как же ты теперь туда вернешься?

Захарка догадался, что движение великокняжьего поезда для Григориевой не новость — московские едут медленно, уже три недели в пути. И, конечно, новгородцы следят, где и на сколько времени государь останавливается.

— Олферий Васильевич наказал: коли услышишь, что великий князь станет про боярыню говорить — запомни слово в слово и, если важное, гони к ней в Новгород, перескажи... — Сглотнув, через силу, прибавил: — Но ежели прикажешь мне вернуться на государеву службу, то это я могу. Я тем озаботился. Хитро ушел, не сбежал...

— Не хочешь возвращаться, — понимающе усмехнулась Настасья. — При мне желаешь остаться. Что, наелся московских пирогов досыта? Ладно, говори, что слышал и видел. Сначала коротко, потом подробно.

Захар сосредоточенно почесал подбородок:

— Если совсем коротко — то так. Иван Васильевич повстречался с новгородским наместником Семеном Борисовым. Расспрашивал, чья-де в городе настоящая сила. Борисов ему рассказал про твою милость, про Марфу Борецкую и про Ефимию Горшенину. С тобою государь будет близиться, чтобы двух других ослабить и прибрать Новгород к рукам.

— Прямо так и сказал?

— Нет. Великий князь не говорлив. Он сказал, думать будет. Но я на него смотрел. Он уже всё для себя решил.

Настасья слегка качнула головой, не убежденная.

— А теперь повтори, что слышал и запомнил, ничего от себя не домысливая.

Захарка повторил слово в слово, говоря за наместника жирным голосом, за государя — сухим, приглушенным.

Боярыня слушала — диву давалась.

— Борисов, словно живой. Как говорит Иван, я не слыхала, но теперь услышу — узнаю. В скоморохи бы тебе. Большие деньги наработаешь. Много ль от себя присочинил к говореному?

— Ни словечка. У меня, госпожа Настасья, память будто клей — всё намертво цепляет. С детства, с монастыря так. Нас учили Писание, жития, летописи зубрить в точности, а наврешь — таскали за вихры.

Немного подумав, Григориева сказала:

— Ну вот что, Захар... Про «Захарку» ты забудь, это у них в Москве людей по-собачьи кличут, в землю носом тычут. У нас в Новгороде полным именем зовут... Вижу, что умом ты остр, памятью цепок, книжен, боек нравом... — И вдруг с любопытством спросила: — А моим голосом говорить можешь?

Захар приосанился, расправил плечи, сгустил воображаемые брови, выставил левую руку, как бы с посохом — и медленно, важно, едва шевеля губами, с истинно новгородской тягучестью:

— Да и ты, матушка, умом не худа, памятью не дырява, нравом не смирна...

В тяжелом взоре боярыни что-то мелькнуло — гнев или веселость, не разберешь.

— Дед у меня был такой же затейник. Мне, маленькой, всех представлял, будто живых, — сказала Григориева, и огонек потух. — Останешься при мне, Захар. Пригляжусь к тебе... Бороду только отрасти, у нас мужу без бороды срамно.

Повернулась к своему письменнику, всё это время смирно стоявшему сзади (Захар про него и забыл):

— Размести его, Лука.

И поплыла из горницы, будто гусыня по воде.

Захар мелко и быстро перекрестил живот.

Господи, удалось!

* * *

Выйдя из приемной залы (слово немецкое, прижилось недавно, в боярских домах теперь для важности так называли все большие горницы), Настасья сразу забыла про бойкого выгодцевского лазутчика. Думать теперь надо было о великом — о скором явлении московского волчищи. Порешил уже, значит, Иван Васильевич, что вдова Григориева ему поможет добыть Новгород. Будет гроза с бурею, и многие от того ненастья потопнут. Но для хорошего купца и буря — удача. Если чужие корабли сгинут, а твой выплывет и доставит товар куда следует, продать его можно много дороже. Соперники-то потопли, сбивать цену некому. Как говорится, идет гроза — разувай глаза.

Мысли были приятно-волнующие. В тихую, ясную погоду Настасье обычно бывало скучно, а под громом-молнией, под снежным бураном она будто молодела. Весь город трепетал, ожидая приезда великого князя — в прошлый раз, четыре года назад, пролилось немало крови. Трепетала и Настасья, но не от страха, а от возбуждения. Не упустить бы чего, не сплоховать бы.

Теперь, после полученного известия, понимая, что за ткань ткется, уже можно было прикинуть, какой по ней шить узор.

Но обычный порядок дня Настасья менять не стала — не любила этого. В предобеденное время она всегда обходила двор, расспрашивала приказчиков.

Сделала то же и нынче.

Доставили с Нерева-реки восемь бочек пчелиного воска. Каждую велела вскрыть, потерла пальцем, понюхала, полизала. Сверху воск был хороший, но Настасья этим не удовлетворилась. Повернула на посохе среднюю голову костяного змея, вытянула тонкий стальной стержень, проникла в бочку до донышка. Вынула, поглядела. Внизу воск тоже был неплох. Кивнула бортному приказчику — тот облегченно вздохнул.

Заглянула в мукомольню — там проверяли новый круг с жерновами, привезенный из Риги. Работал ладно, молол рассыпчато, а сам невелик и нетяжел. Велела заказать таких на все григориевские мельни.

Обошла амбары, поговорила с прочими доставщиками. Письменник Лука шел на два шага сзади, скрипел писалом по бересте, потом всё важное перебелит на бумажные свитки. Ему указывать не нужно, сам знает. Настасья не держала близ себя помощников, за кем надо доглядывать, растолковывать, перепроверять.

Ладно.

Теперь — к башне, одарить-попотчевать Прокофия со стражниками. Дело было тоже каждодневное, нужное.

Башню на острожной стене Настасья отстроила за свои деньги, не поскупилась, и тура получилась загляденье, из всех самая лучшая. В городе ее так и прозвали: Настасьина башня. Еще Григориева взяла на полное содержание башенную стражу: шестнадцать кольчужных воинов, семнадцатый — десятник. Построила им понизу гридню, определила пропитание: по носатке пива и пшеничному калачу в день, в воскресенье — мясо либо курятина. Да жалованье по две медных пулы на день, а Прокофию-десятнику — целую серебряную копейку.

Вроде бы накладно, а выходило, что выгодней, чем держать собственных охранников. Вон Марфа Борецкая кормит до сотни бугаев мордатых, а случись «поток» — у себя в хоромах всё одно не отсидится: ворота разломают, стражу побьют. А Григориеву Настасью поди-ка возьми. Чуть что — перебралась со двора в неприступную башню, и Прокофий, с руки кормленный, благодетельницу не выдаст.

Чтоб молодцы не забывали, на чьих живут хлебах, Настасья повседневно сама приносила им жалованье, как зерно курам. Ну, несла-то снедь, конечно, не сама — слуги, а вот слово заботливое говорила непременно.

Только исполнив это обязательное дело, пошла Настасья к себе в дом, где наверху у нее была светлица. Так называются горницы с окнами по обе стороны, чтобы женам и девкам исполнять тонкую работу — вышивать узор или сажать зернь. Хозяйка григориевского двора рукодельем отродясь не занималась, а светлицу пользовала, чтобы яснее мыслилось, и для разговора с ближними людьми.

Еще оттуда можно было смотреть как вперед, во двор, так и назад, в сад. В новгородской тесноте сады редки, потому что дорогая земля, а у Григориевой — широкий вертоград, с тенистыми деревами и затейливо стриженными кустами: один шаром, другой башней, третий медведем, четвертый шеломом — всякие. Сынок Юраша очень любил сад, почти все время там торчал, даже под дождем.

Вот и сейчас — мать выглянула сверху — он стоял, отвесив нижнюю губу, и смотрел, как двое мальчишек играли в битки. Потоптался, помычал, протянул руку — тоже захотел с размаху, звонко, кинуть одной свинчаткой о другую.

Мальчишка биту показал, да не дал — за спину спрятал.

— Как с тобой играть, Юрод? У тебя на лбу клоп давленый!

Это он про родинку, стервец. И засмеялись оба, а Юрашка не понял, тоже загыкал.

Нахмурилась Настасья, окно тихонько притворила. Давно решила: пускай дразнят — Юраша не обидчив. Если же обидчиков наказывать — после втихую отозлятся на безответном, и не узнаешь. Юраша не расскажет.

Какого Господь дал сына, такой и есть. Все равно спасибо.

Мысль была привычная, вскользь. Не задержалась, вытесненная другими, важными.

— Олену Акинфиевну ко мне! — громко сказала Настасья в слуховницу — вшитую в стену трубу, другой конец которой выходил вниз, к письменнику Луке. Еще при деде Якове Дмитриевиче обустроено, он был великий придумщик на разные хитрые штуки. — Потом Изосима позови. И этого, нового, московского, как его...

— Захар, поповский сын, — прошелестела труба.

— Да, его. Олену — сразу, а эти двое пусть в прихóдной подождут.

Тут подумалось бабье: с подругами дорогими нынче увижусь — нужно приодеться. Или остаться в чем есть? Много им будет чести наряжаться. Еще догадаются, что нарочно.

Но плат все же решила поменять. Недавно купила у бухарского купца новый, с переливом. Вроде черный, как положено вдове, однако со скрытым, неочевидным золотым вплетением. Если попадает солнечный луч или даже отсвет огня — вдруг возьмет и сверкнет волшебными искорками. Индийская затейность, в Новгороде такой еще не видывали.

Сняла домашний платок, по привычке сначала оглянувшись на дверь. Рассеянно почесала лоб, высокий и не по возрасту чистый. Там посередине темнело такое же, как у сына, родимое пятно, только не багровое, а нежно-розовое.

КАМЕННАЯ НАСТАСЬЯ

Клоп давленый... Или всё ж велеть выдрать поганца? Он, кажется, Зайчихи, прачной бабы сын.

Настасья потрогала родинку, вспомнила, как муж называл ее «земляничкой», целовал. Провела ладонью по темным, густым, когда-то пышным, а ныне коротко остриженным волосам. Их Юрий тоже любил, перебирал пальцами, зарывался лицом, жадно вдыхал запах. Тридцать пять с половиною лет назад, над пустым гробом, Настасья поклялась себе, что больше никто, ни одна живая душа не увидит ни ее родинки, ни ее волос. Никто и никогда. В день похорон натянула вдовий плат до самых бровей и с тех пор при посторонних ни разу не снимала. Людям и невдомек, что у боярыни Григориевой на лбу такое же пятно, как у ее убогого сына. Кто знал, кто видел — померли.

Юрий, Юрий... Всего год прожили. Даже меньше — одиннадцать месяцев и три дня. Не стало Юрия, и Настасья будто тоже исчезла. Во всяком случае, та, прежняя, которая умела радоваться и пугаться, смеяться и плакать, жалеть и обижаться. Ничего от той Насти не осталось кроме родимого пятна. Взамен вытесалась другая — безжалостная и безрадостная. Каменная. Давнишнюю Настасью, из плоти и крови, не вернуть. И не надо. Камень одинокими ночами не замерзнет, под дождем не промокнет, под палящим солнцем не обуглится, под лютым ветром не согнется.

КАМЕННАЯ НАСТАСЬЯ

Какой Юрий был красивый, веселый, звонкий... Земля словно прогибалась под его шагами. Казалось, такой своротит горы, вычерпает море, и будут они двое жить вечно, и никогда не умрут. Обманула судьба. Уплыл муж за товаром и сгинул. Была страшная буря, и потонул корабль со всеми людьми, никто не вернулся. Не вычерпал любимый моря, а лег на его дно малой песчинкою, так что и хоронить потом было нечего.

А что сын родился такой, какой родился — это сама Настасья виновата. Слишком уж убивалась, прижималась тугим животом к могильному холму, под которым была одна только память. Вот и принесла до срока — голубого головастика. Помереть он не помер, но на отца походил только носом с орлинкой. За нее Настасья своего Юрашу-Юрода, Юрия Юрьевича, и любила. Его одного на всем белом свете — как нищий любит свою драную суму с объедками, потому что ничего больше у него нет.

Утопшего Юрья Григориева во всем Новгороде кроме вдовы все давно забыли. Лишь она, старая уже, пятидесятипятилетняя, помнила.

И хорошо, что забыли. Он — только её, и боле ничей. Глухой вдовий плат до самых глаз — повседневное тому ручательство.

Когда Настасье было под сорок, вдруг нашло на нее бабье плотское неистовство, и она себя потешила. Но и с полюбовниками платка никогда не снимала. Месяца три прожила она срамно. Конечно, с осторожностью, без огласки. Брала в опочивальню молодцов — чтоб ликом красны, но не мозговиты. И чтоб не новгородские, а заезжие. На прощанье богато одаривала, наказывала впредь в Новгород не возвращаться, коли жизнь дорога. Потом телесный голод угас так же внезапно и больше не возвращался. Ну и ляд с ним. Августовским жарким ветром принесло, холодным ноябрьским сдуло.

В дверь из прихо́дной, комнаты для ожидающих вызова, постучали — резко, отрывисто. Так делала только Олена. Все прочие скреблись по-мышиному, а эта не церемонничала.

Настасья быстро повязала плат.

— Можно.

Вошла молча, взгляд исподлобья. Не любит и не скрывает, что не любит. Что не скрывает — хорошо, а любви Настасье Григориевой ни от кого не надобно.

— За Юрашей лучше доглядывай, — сказала она Олене строго. — Давеча, мне сказали, он в прихожей плакал, один. То ли зашибся, то ли кто втихую обидел. И ныне, глянь в окно, гуляет в саду без присмотра.

Молодка сверкнула очами:

— Сама ж ты мне велела жеребца в табун на случку отобрать! Юрья на конюшню с собой не возьмешь, он под копытный удар полезет! А и что с ним на своем дворе сделается?

— Ты не фырчи, а слушай. — Настасья была спокойна. — Враги мои знают, что хоть я и каменная, а есть у меня одна трещинка. — Кивнула в сторону сада. — Могут захотеть меня через ту трещинку расколоть и всё мое дело погубить.

Олена насторожилась:

— Снова с Марфой браниться будешь? Или другое что?

— Скоро великий князь в Новгороде встанет. Надо всякого ждать. Я занята буду, а ты двор, как крепость, держи. С Юраши глаз не спускай. Он один — моя слабость.

— Так бы сразу и объяснила, а то попрекаешь, — проворчала Олена. — Ясно. Не первый раз. Всё что ль?

— С тобою — всё.

Одну заботу Настасья из ума вынула, зная, что теперь за сына можно не тревожиться.

Олену она присмотрела лет десять назад.

Прогуливалась однажды по берегу Волхова, вдоль торговых пристаней, дожидаясь, пока с ладей разгрузят товар, и увидела необычную драку. Рыжая девчонка-подросток отбивалась от двух взрослых парней-оборванцев — таких бездельцев из черного люда, шильников, по городу много болтается, дурных со скуки.

Прижавшись к амбару, девчонка отмахивалась здоровенным дрыном, а к ее ногам жался трясущийся собачонок — увечный, трехлапый. По крикам, по брани Настасья скоро поняла, что щенок девкин и что парни от скуки захотели его отобрать, потешиться, а рыжая не дает.

Стала смотреть — будто почувствовала что-то. Рыжая дралась не по-девчачьи: без визга, молча. Вырвали из рук дрын — вцепилась зубами. В конце концов шильники сбили ее наземь, принялись пинать ногами. Настасья всё смотрела: интересно, заплачет ли, запросит ли пощады. Нет, ни звука.

Даже когда злыдни схватили собачонку и нарочно, у девчонки на глазах, расшибли башкой о стену, рыжая не пискнула. Глаза на окровавленном лице бешено сощурились.

Крикнула:

— Запомнила вас. Найду и убью!

Парни заржали, пошли себе дальше. А Настасья подозвала слугу и велела разузнать про девчонку — кто, чьих, откуда. Появилась некая мысль.

Оказалось, что семья старинная, новгородская, житьего сословия, раньше из нее и улицкие старосты выходили, однако ныне захудала и в тяжких долгах. Кормилец помер, у вдовы кроме дочери Олены еще четверо младших. На хлебе с квасом живут.

Тогда Настасья выкупила у матери Олену в заклад, на полную свою волю. Взяла в дом.

Девчонка сначала дичилась, злилась, что ее от своих взяли, но со временем, может, и приобвыклась бы (Настасья ей плохого не делала, не обижала), да случился мор и все Оленины домашние померли. «Это ты виновата, — бесстрашно сказала она госпоже, вернувшись с похорон. — Кабы я с ними жила, не дала бы помереть. Ненавижу тебя!»

За дерзость Настасья, конечно, приказала ее выпороть — говорено было при людях, такого спускать нельзя. Но про себя окончательно решила: девка годная, ошибки не будет.

Дело в том, что с Юрашей было нехорошо. Сама Настасья все время занята, приглядывать за сыном некогда, а слуг обижать приходится часто, как же без этого, и некоторые отводят душу на убогом, не уследишь. То синяк у него, то след от щипка, один раз — ожог. Кто обидел — не допытаешься. Народу на дворе много, чужая душа потемки. Поди знай. Пробовала назначать Юраше и мамок, и дядек. Никому доверия нет. Смотрят плохо, а случится лихое дело, не защитят.

Если Олена так билась за увечного щенка, значит — природная заступница. Не попробовать ли?

Попробовала и осталась очень довольна. Девчонка берегла Юрашу старательно, глаз с него не спускала ни днем, ни ночью. А уж как он к ней привязался — не передать. Будто теля к мамке, даром что поначалу она была ему ниже плеча.

В то время Настасья и в голове такого не держала, что Юрашу можно на Олене женить. Какой из Юрашки муж?

Однако в тридцать лет сын вдруг замужал. На щеках вылезли перья, разросшиеся в бороду, голос из жидкого сделался густым. Как-то раз, бесшумно войдя, Настасья застала Юрашу за рукоблудным делом. Он испугался, заплакал, а она задрожала от радости. Неужто род Григориевых может продолжиться?

Тогда их и поженила.

Только зря всё. Поманила надежда, да обманула. Пять годов уже прошло — ничего. Было ли у них с Оленой что, нет ли — неизвестно. С сыном не поговоришь, у невестки не допытаешься, только волчицей ощерится.

Несколько раз Настасья ночью прокрадывалась к их опочивальне. Слушала под дверью. Разок, на рассвете, даже потихоньку заглянула.

Спят вместе. Он носом ей под мышку уткнулся, она его веснушчатой рукой обнимает за плечо. Может, спят только, а более ничего и не бывает...

Еще придумалось вот что. Парились с Оленой в мыльне, и Настасья подала условный знак. Крепкорукие бабы-банщицы схватили девку, уложили, раздвинули ноги. Настасья полезла проверять — цела ли, нет ли. Но не вышло. Олена прокусила одной руку, другую сшибла ударом локтя, вырвалась, кинулась к печи, схватила ковш с кипятком. Шипит: «Убью!» Пришлось отступиться.

После того случая Настасья решила: не будет внуков — ладно, а всё же есть кому оставить дело. Олена и честь Григориевых соблюдет, и Юрашу не обидит.

Начала учить невестку торговому и хозяйственному искусству. Олена оказалась сметлива и ухватиста, главное же — люди ее слушались. Они всегда чувствуют силу.

На пробу боярыня послала Олену за товаром в далекий Кириллов — справилась не хуже опытного приказчика. Но больше надолго не посылала — очень уж Юраша без жены тосковал, с утра до вечера плакал.

И вот еще что.

Какое-то время тому, не так давно, Настастья вдруг вспомнила, с любопытством спросила:

— Помнишь шильников, что твоего щенка трехлапого убили?

Олена удивилась, откуда свекровь знает, но ничего не спросила — гордая.

— Помню.

— И что? Убила ты их, как грозилась? — усмехнулась Настасья.

— Нет.

— Пошто так?

А Олена в ответ, тихо:

— Один следующей зимой замерз спьяну. Второму кто-то башку проломил.

Усмешка сползла с Настасьиного лица. Выходит, искала — и нашла...

* * *

— Иди к Юраше. Все прочие дела до времени оставь, — сказала Настасья на прощанье. — Хозяйство будет Лука вести.

Выпустила невестку через малую дверцу, что вела во внутренние покои, сама же подошла к тайному оконцу, через которое просматривалась прихóдная — еще одно хитрое устройство, оставшееся с дедовых времен. Он, покойник, говаривал внучке: «Гляди за всеми, да так, чтобы они не знали. Тем и сильна будешь». Она, маленькая, не понимала, но потом дедову мудрость оценила. Зоркий глаз сильнее кулака.

Изосим с поповским сыном уже сидели, ждали вызова. Разговаривают меж собой иль нет?

Не разговаривали. И расположились поодаль друг от друга.

Изосим скучающе сложил руки на груди, глаза прикрыты. Захар примостился на краешке лавки, смотрит испуганно.

Есть чего напугаться. Кто видит Изосима впервые — глазами хлопают, а многие бледнеют.

У Изосима только пол-лица: красивый узкий лоб, черные брови полумесяцами, синие глаза с длинными ресницами. Ниже — маска из тонкого серебра. У ней точеный нос, сверкающий подбородок, красные эмалевые губы с щелью вместо рта.

Раньше Изосим был писаный красавец, гуляка, удалец, но четыре года назад, во время войны, в первой же стычке, под Коростынью, попал с другими новгородцами в московский плен. Великокняжеский воевода велел всем захваченным обрезать носы-губы, да отпустить восвояси — чтобы ужасным этим зрелищем вселить в непокорных трепет.

Явились тогда в город с Коростыни семьдесят калек, похожих на полуразложившиеся трупы: вместо носа запекшийся бурый треугольник, под ним черепной оскал голых зубов. Никого не узнать. Жалобно ноют, мычат, слов не разберешь. Люди от них разбегались. Тогда-то, еще до главного сражения, новгородцы войну и проиграли: очень уж страшно стало. Что-что, а вгонять врагов в дрожь низовские умеют...

Все обезображенные потом померли тяжелой смертью, сгнили заживо. Один только Изосим и остался. Потому что Настасья взяла его к себе, самолично выходила. Спасла от гнойной хвори особенными мазями, выкормила куриным отваром через трубочку. Много потратила и времени, и денег — зато получила верного, нужного помощника, без которого теперь, как без руки.

Если Олена — десница, которая на виду, то Изосим — шуйца, таимая за спиной. А при извилистой новгородской жизни левой рукой можно сделать больше, чем правой. Особенно, если шуйца гибка, хватка и когтиста. И если ты сама — левша.

Отворила дверь, вышла к ждущим.

Оба поклонились — Захар, вскочив, низко, по-московски. Изосим — слегка, гибко.

— Пошлешь сейчас к Ефимии: скоро буду к ней, — велела ему Настасья. — По неотложной надобности. К Марфе тоже пошли человека. Чтобы явилась к Ефимии без задержки. Посланный пусть передаст: «Липицкая Богоматерь зовет».

У Настасьи с Борецкой был уговор: если одна другую позовет именем Липицкой Богоматери (священной иконы, написанной в память старинной победы над Низом), распри и обиды в сторону — значит, дело великое, общеновгородское, отказывать нельзя. Обе на том в Софийском соборе, при свидетелях, целовали крест.

— Пойдете оба со мной к Ефимии Горшениной. Ты, Захар, будешь говорить, а ты, Изосим, смотреть. После с тобой потолкую.

Изосим молча наклонил голову. Многие были уверены, что он немой — так редко безносый разверзал отсутствующие уста. Но если уж заговаривал, то всегда ясно, кратко и к делу. Что удивительно, безо всякой гугнявости — бес знает, как ему это удавалось.

— А что мне говорить? — робко спросил Захар, растерявший былую развязность. — Про слышанное в Крестах?

— Да. Но про то, как Иван с Борисовым меня поминали, молчок. И строго говори, чинно, не скоморошествуй, как давеча.

Захар приложил руку к груди:

— Нешто я не понимаю, боярыня?

— Ничего ты пока не понимаешь. Коли сообразительный — разберешься. А коли нет — прогоню в шею.

Григориева перекрестилась на висевший в углу образ:

— Горячее времечко настает. Кому обжечься, кому вареным лакомиться.

ЗАКЛЯТЫЕ ПОДРУГИ

Ефимия Горшенина прозвищем Шелко́вая жила как раз посередине между давнишними соперницами, славенской вдовой Григориевой и неревской вдовой Борецкой, в самом сердце великого города — в Граде, на Епископской улице. Сойтись для большого разговора великие новгородские женки могли только у Ефимии Ондреевны, умевшей ладить с обеими непримиримыми врагинями.

Горшенинский терем по сравнению с соседними громадами Святой Софии, владычьего дворца, Грановитой палаты выглядел игрушкой — маленький, ладный, белёный, с крышей в красно-зеленую шашку. Огороженного двора не было вовсе — внутри Града огораживаться незачем, вокруг и так каменные стены, к тому ж Ефимия никогда ни с кем не ссорилась. Она и оружной челяди не держала, только комнатную прислугу, всё больше баб и девок, опрятных, ловких и улыбчивых. Свои товары, привозимые водой из дальней Европы и конными караванами из ближней Ливонии, Горшенины хранили в подклете Святой Софии, куда никакой вор не залезет и тать не вломится.

Приходить раньше Борецкой и потом ее ждать Настасье было зазорно. Потому она задержалась на Волховском мосту, сплошь застроенном торговыми лавками, посмотрела на товары, вроде как прицениваясь. Боярыню Григориеву, конечно, узнавали — пялились, но она привыкла.

Хотела купить темно-красные наручи с агатовой отделкой, в самый раз для вдовьего наряда, но прибежал слуга, поставленный сторожить на Великой улице: появились Борецкие.

Тогда Настасья тоже двинулась в сторону Софийского берега, где над бело-розовой стеной Града сияли тусклой позолотой купола древнего Собора.

На Епископскую улицу вышли одновременно, с двух концов: Григориева со своими провожатыми, Борецкая со своими. Издали друг дружке не глядя поклонились, на одинаковую нижину — будто аршином отмерили. Притом обе не повернули головы, однако, скосив взгляд, Настасья отметила, что Марфа прихватила с собой тоже двоих: сына Федора и Корелшу, начальника над паробками, боевой челядью. Оба для драки хороши, но для совета негожи. Это Борецкая стращает — напоминает, чей нынче в Новгороде верх, чья сила. Но примчалась-таки, ворониха старая. Знает, что у Настасьи Каменной всюду глаза и уши, хочет новости послушать. Тревожится.

Сошлись перед самым крыльцом, снова поклонились, и теперь уже осмотрелись как следует, в упор.

Давненько вот так, лицо в лицо, не виделись. С расстояния, на Госпóде, на молитве в Соборе или на больших пирах всегда располагались в противоположных углах, окруженные друзьями и сторонниками, а близко не сходились года четыре, с Московской войны.

Были они ростом вровень, обе высокие, но Настасья широкая и мясистая, а Марфа сухая, костлявая. И та и другая во всем вдовьем, однако и тут разница: Каменная одета хоть и неброско, но в дорогое, нарядное, Марфа же в простое черное сукно, словно монахиня. Борецкая была вдова двоекратная, но скорбела не по мужьям, а по старшему сыну Дмитрию, казненному Москвой четыре года назад, после Шелонского разгрома.

По носатому морщинистому лицу Марфы прошла злая волна, неистовые огненные глазищи впились в Настасью. Григориева ответила взглядом спокойным, непроницаемым.

— Взойдем что ли, Исаковна? — сказала насмешливо. — Стары мы с тобой в переглядки играть.

— Взойдем, Юрьевна, — в тон ответила Марфа.

В Новгороде почтенных женщин звали либо по отчеству, либо по мужеству — как захочешь и как поведется. Три великие женки предпочитали второе.

У Марфы последний муж, Исаак Борецкий, был степенной посадник, первый в Новгороде человек — грех не напомнить. Ефимия выставляла свое от товарок отличие: у нее единственной муж был жив. Про Настасью удивлялись, а бывало, что и спрашивали — это какого же она Юрия? Ну и пусть. Зато каждый раз, когда ее величали «Юрьевной», он будто на миг вставал рядом.

Хозяйка встретила на широкой лестнице. Стояла меж двух высоких серебряных многосвечников, будто осиянная, радушно простирала руки.

— Пожалуйте, гостьюшки дорогие.

Улыбка такая, словно для нее на всем белом свете нет никого желаннее Марфы с Настасьей.

Ефимия Ондреевна была несильно моложе вдов, ей шло к пятидесяти, но по виду казалась им дочерью. Лицо гладкое, нежное от мазей и притираний. Стан девичий. По глухим рекам до Северного моря, за мехом и рыбьим зубом, она, как Борецкая, не плавала, из низовского грязнодорожья хлебных караванов, подобно Григориевой, не водила. Путешествовала Шелковая много, но необременительно. Ее муж езживал посланником в ганзейские города, в Неметчину, даже в далекую Венецию, и она с ним, однако со всеми удобствами: с многими слугами, медленно, выжидая хорошей погоды. А родила Ефимия, несмотря на долгий брак, только единожды. Знатные новгородки вообще плодились необильно, соблюдали в детородстве меру: производили двух детей, трех, если кто очень чадолюбив — четверых, а потом оберегались, на что имелись особые бабьи хитрости. Слишком много детей заводить — богатство дробить. Чтоб непременно сыном обзавестись — такого не было. Наследство в Новгороде передавалось и дочерям. А младенцы мерли редко, не то что в других краях. Потому что заботливый уход и чистота.

Ласковая со всеми, даже с людьми небольшими, Ефимия поприветствовала каждого. Улыбнулась и ходячей жути Изосиму, и приотставшему по робости Захару. Одета она была тоже на иноземный лад, в немецкое платье, не широкое, а узкое, перехваченное жемчужным поясом и с кружевным воротом; голову вместо платка или маковника прикрыла прозрачной кисеей, сквозь которую (для замужней неподобно) просвечивали золотые волосы. Ну, Ефимия она и есть — Ефимия. Позволяет себе такое, что другие не смеют.

Борецкая прошла первой, а Настасью хозяйка придержала за рукав, шепнула:

— Не думай, не я их позвала. Сами пришли.

Непонятные слова объяснились в столовой зале. Там, с Ефимьиным мужем стояли двое: степенной посадник Василий Ананьин и боярин Иван Лошинский.

Настасья скрипнула зубами. Вот отчего Марфу долго ждать пришлось! Получив вызов на встречу, та послала за своими подручниками. Ананьин в посадники ею поставлен, во всем послушен, а Иваньша Лошинский ей родной брат, старинный Настасьин ненавистник. Получалось, что марфинских аж четверо.

Пускай. Сила не в числе, а в уме и знании — так говаривал покойный дед. Ума у Марфы, может, и не меньше, зато сегодня Настасья знала больше и успела всё обдумать.

Едва кивнув старому лису Ананьину, а Лошинского вроде бы не заметив, с Ефимьиным мужем Каменная поздоровалась щека в щеку, почти родственно.

Ондрей Олфимович Горшенин происходил из древней новгородской семьи, ведущей родословие от Рюриковой дружины. Был он хорош собою — прямо заглядение. И высок, и представителен, борода и длинные волосы серебрятся, словно мех чернобурки, голос звучен, движения величавы. Притом совсем не дурак, и хитрости в избытке, а все же никчемен, ни на что иное кроме как подле жены красоваться, не годен. И не в том беда, что порочен нравом, держит подле себя вихлявых отроков с насурмленными глазами (это бы ладно, Новгород — не Москва, всяк живи-греши, как хочешь), но боярин был будто трава, клонился под всяким ветром. Из передних людей никто его в серьезный счет не брал, за глаза называли не Олфимовичем, а Ефимьивичем, по жене.

На столе было выставлено легкое, уместное при важной беседе угощение, сплошь заморское — вино, валашские орехи, засахаренные фрукты. Зала напоминала жилище какого-нибудь ганзейского богатого купца с Немецкого двора. Повсюду шкапы и шкапчики, вместо скамей кресла и стулья, множество хлипких столиков, и на них не для пользы, а единственно ради красы фигурные вазы с кувшинами и прочими безделями. Стены и потолок обшиты гладким деревом, украшены разноцветными иконами европейского письма, и на тех иконах не святые угодники, но всякая нерусская чепуха: шипастые немецкие кремли, грифоны с единорогами, непристойно голые ангелы, улыбчивые богоматери.

Кресел у стола было только три, и их заняли женки, мужчинам и в голову не пришло. Даже степенной примостился на стуле, справа от Марфы. Слева сел брат Иван; сын Федор как молодой встал у матери за спиной; квадратный, руки до колен, Корелша отошел к стене — челядинцам у стола было не место. Настасьины тоже чуть отступили.

Получилось, что Григориева оказалась одна напротив Борецкой и трех ее радетелей — Шелковая с мужем сидели в торце.

Но мужчины значения не имели. Каждый из них здесь был взят к беседе не для голоса и решения, а чтобы своим присутствием нечто выказать.

Ефимия посадила Ондрея, чтобы выставиться перед товарками: вы-де вдовы убогие, а я, слава Богу, мужняя жена (хотя, по Настасьиному мнению, лучше уж никакого мужа, чем такой).

Борецкая — тоже понятно. Привела сына — сильного, красивого, здорового, потому что у Каменной сын известно какой, а у Ефимьи только дочь. Но у Марфиного Федора кличка была «Дурень». Годился он только саблей махать, да девок портить. Вот старший сын, Дмитрий, тот был сокол, но нет его, казнен Москвой.

За посадником Марфа послала, чтоб напомнить, чья нынче в Новгороде власть. Звероподобного Корелшу, начальника над громилами, прихватила для угрозы. Ну а Ваньшу Лошинского, пса брехливого, — это чтобы Настасью позлить.

Так ведь и сама Каменная тоже выбрала спутников не без умысла. Захара — не только для рассказа, но чтоб он своим московским обликом лишний раз показал остальным: у Григориевой всюду глаза, даже на Москве. Изосим же своей серебряной маской, вечно улыбчивым эмалевым ртом и ледяным взглядом заставлял всех ежиться. Ефимия на него старалась не смотреть, Марфа взглянет — поморщится. А кроме того безносый мог, посмотрев и послушав, потом предложить дельное, чего сама Настасья не придумала бы.

* * *

Сначала, как водится, разговор был окольный. В Новгороде сразу к делу приступали редко.

Шелковая завела про погоды: дескать, половина ноября уже, а снега еще нету и когда, мол, уже дороги встанут, чтобы на санях ездить. Но этого разговора никто не поддержал.

Посадник пожаловался, с намеком, что ныне на торге хлеб вздорожал и в народе от того ворчание. Намек был против Настасьи — первыми по житной торговле числились Григориевы, и цены зависели от них.

— Не всё бы о своей мошне печься, в такое-то время. О Новгороде сейчас думать надо, об общем деле, — наставительно молвил Ананьин, на Каменную, впрочем, не глядя.

Зато Лошинский сразу впился.

— А что ей, худородной, о Новгороде заботиться? — ощерил он редкозубый рот, козья бороденка затряслась от ненависти. — Ее дед на Торге шильником начинал.

Дурень Федор ухмыльнулся, через плечо матери потянулся к кубку с вином, шумно глотнул.

Каменная презрительно молчала. Она была урожденная Шельмина, из рода нового, поднявшегося меньше ста лет назад, но новгородцы считались не столько стариной и знатностью, сколько богатством.

Про то же сказала и Шелковая, с мирной укоризной:

— У нас не Москва, мы людей по достоинствам ценим. Если ты умен и удачлив, станешь хоть боярином, хоть посадником. На том стоим.

Марфа чуть качнула головой — ее брат прикусил язык.

Помолчали.

Ананьин осторожно спросил:

— Ты, Настасья Юрьевна, для какого разговора позвала?

— Звала да не тебя, — отрезала она. — Разговор будет женский, не для мужских ушей.

— Понесла что ли, боярыня? — сжеребятничал Дурень и сам же, один, заржал.

Мать цыкнула на него, как на собачонку:

— Псст! — И Настасье: — Женский так женский.

Поняла, что при лишних разговора не будет.

Ефимья сказала мужчинам радушно:

— Посидите, гости, попотчуйтесь. А мы пойдем в мою светелку. Про наше, бабье, поговорим.

У Ананьина и Лошинского лица сделались тревожны, Горшенин масляно улыбнулся, по нему никогда не поймешь, о чем думает.

Женщины поднялись, мужчины остались ждать, что решат великие женки.

Подле самой двери Настасья махнула Захару — тот подлетел, семеня от показного усердия.

— Важно ступай, — шепнула она. — И так на шпыня похож, с бритой рожей.

Он приосанился, расправил плечи, пошел за женами важно.

* * *

Тесная светелка была похожа на узорчатую шкатулку. Борецкая покосилась на златошелковые стены, бухарские ковры, венецианские зеркала неодобрительно. Она уюта и красоты не любила. У нее самой в доме все палаты были просторны, воздушны, по-монашески голы.

Сели так: Марфа прямо, словно гвоздь вколотила, Ефимия — легко, по-птичьи, Настасья — неспешно, увесисто.

Без мужчин сразу перешли к делу, зря время тратить не стали.

— Вчера он уже в Крестах был, — сказала Григориева. — И дале поехал.

— Это вся твоя весть? — покривилась Борецкая. — Без тебя ведомо. Следят мои, доносят. Вчера Иван проехал от Крестов всего двенадцать поприщ и встал лагерем. Затеял на зайцев охотить-

ся. Не спешит. Томит нас нарочно. Когда до города доберется — один Бог знает.

Захар из-за Настасьиного плеча тихо молвил:

— Великий князь к Новгороду будет через шесть дней. В город не войдет, встанет в Рюриковом городище, у наместника Семена Борисова.

Каменная слышала про это впервые, но виду не подала. Что ж? Она ведь у Захара про то не спрашивала. Отметила про себя: своеволен. Ему было велено помалкивать, пока не спросят, а влез. Но получилось кстати.

Объяснила:

— Захар это, ближний мой человек. Расскажи боярыням, что мне сказывал.

Говорил Захар как должно — почтительно, но без подобострастия. Услышав, что московский государь более всего интересуется тремя новгородскими женками, Шелковая с Железной переглянулись.

— Войска с ним сколько? — спросила Марфа. — Мне про это разное доносят. Не прикидывается ли он, что с миром к нам идет? Не захватит ли город?

Захар, молодец, ответил не сразу — сначала взглядом испросил у Настасьи разрешения. Она кивнула.

— Чтоб город брать мечом, войска у Ивана Васильевича мало. Но чтоб себя оборонить — достаточно. Он осторожен. Оружных с ним три тысячи человек, да слуг и обозных с тысячу.

— Значит, все же не воевать пришел, волчище, — вздохнула Горшенина. — И то слава Богу.

Борецкая смотрела на григориевского человека недоверчиво.

— Да кто ты такой, что Ивановы разговоры слушаешь и даже тайные его думы ведаешь? Откуда такая близость?

— О том ведомо госпоже Настасье, а тебе, боярыня, не прогневайся, знать незачем, — тихо, но твердо ответил Захар, и тут Григориева окончательно поняла, что из парня будет прок.

— Теперь поди, — отослала она рассказчика.

Говорить прямо и начистоту можно было только втроем.

Сразу и начала:

— Нам с тобою, Марфа, дружка дружке голову морочить нечего. Врагинями были, врагинями и останемся — до тех пор, пока я тебя в прах не сотру. Либо ты меня, — добавила Настасья, усмехнувшись и тем показывая, что во второе не верит. — Но сейчас у нас всех одна туга, одна беда, и нужно нам, великим женкам, стоять вместе, иначе сгинем и отчину свою погубим. Если опять выйдет, как в семьдесят девятом году — я в лес, ты по дрова, Новгороду конец...

Это она напомнила про войну 6979 года, когда Борецкая и ее посадник-сын звали биться с Москвой, а Настасья Григориева уговаривала решить дело миром.

— ...Не послушала ты меня тогда, переломила вече на свою сторону — и что? Сколько тысяч народу пропало, и Дмитрий твой головы не сберег. А сделай мы тогда по-моему, откупились бы, перехитрили бы Ивана.

Сверкнув яростными глазами, Марфа перебила:

— Это ты не попустила нас с Псковом замириться! Если бы псковские нам в спину не ударили, не победить бы нас Москве! Я хотела в Псков отправить послом Аникиту Ананьина, он умен и речист, и жена у него псковитянка. Он дело бы сладил! Но твоя свора встала насмерть: с Псковом-де союзничать нельзя, Иван-де от этого еще пуще взбеленится, от Новгорода камня на камне не оставит! Да коли бы тебя тогда за измену на поток поставить, из города прогнать, еще неизвестно, чья бы взяла — низовская или наша!

Настасья подалась вперед, схватилась сильными пальцами за край стола. Ей было что ответить на обвинение в предательстве.

Вдруг Ефимия, всегда тихая и мягкая, как шлепнет ладонью — подскочил хрустальный кувшин с клюквенным взваром, на скатерть полетели красные, будто кровавые капли. Обе ругательницы изумленно обернулись.

— Хватит вам из-за старого собачиться! — прикрикнула на них Шелковая. — Ныне беда идет хуже тогдашней. Иван — хитрая лиса, он не спроста явился. Задумал он что-то. Ему надо одного: лишить Новгород всех вольностей и превратить нас в своих холопов, чтоб мы перед ним на коленках ползали, как его московский народишко. Ныне он, набрав добычи, просто так не уйдет. Он хочет нам хребет переломить, а какой дубиною ударит, мы не знаем. Опомнитесь, женки! После догрызетесь — когда минует гроза. Сейчас нам нужно в три ума думать. Кроме нас никто Новгорода не спасет.

И сошла гневная волна, прокатившаяся от Марфы к Настасье. Сделалось тихо.

— Сон я видела, женки, — сказала Борецкая уже другим голосом.

Настасья поморщилась. Что Марфа на Совете Господ свои сны рассказывает, это ладно, но в малом-то кругу зачем? Вещунья...

И дома у нее, говорят, всё псалмы поют, ладан курят, прикармливают калик с юродивыми.

— Что за сон? — спросила вежливая Ефимия.

— Будто чайки над водой летают, а в воде, на самой поверхности рыба плещет, играется, много ее. Чайки вниз падают, выхватят по рыбине — остальные на глубину уходят. Взлетят чайки — рыба наверх возвращается. И снова, и снова.

— Ну и что? — недовольно молвила Каменная. — Такое и без сна увидишь. Выдь вон на Волхов или на Ильмень.

— А то, что сон этот — в подсказку дан, не просто так. Я только сейчас поняла.

Лицо Борецкой осветилось. Она поискала глазами, на что перекреститься, и не нашла — в углу вместо иконы висела картина, на ней какая-то круглолобая немкиня, будто живая.

— Богоматерь? — спросила Марфа.

Шелковая кивнула:

— Мадонна. Я ее из Венеции привезла.

Поплевав через плечо, чтобы отогнать бесов (Богоматерь была басурманская), Железная Марфа все же на нее перекрестилась.

— Да, поклевали нас низовские чайки в семьдесят девятом. Многих, и моего Митьшу средь прочих. А после, наевшись, улетели, и вода снова стала наша. Нам Москву над водой не одолеть. У них клювы и когти железные. У нас — серебриста чешуя да красноперы плавники, боле ничего. Плохие мы воины. И не в войне только дело. Нам с великим князем не совладать, потому что ему своей державой править легко: как приказал, так и сделают. У нас же, в Новгороде, народ вольный, и каждого нужно уговорить, убедить. Они быстрые, мы медленные. У них одна голова, у нас тысяча.

— И что ж теперь, сдаваться Ивану? — удивилась Настасья, никак не ожидавшая от боевитой Марфы подобных речей.

— Не сдаваться. А быть умными. Про тысячу голов — это я зря сказала. Голов в Новгороде только три, и все в этой комнате. Права Ефимия.

— Ты к чему клонишь? И причем тут сон?

— А вот при чем. Нам есть куда от чайки спрятаться. В поле мы вояки плохие, зато у нас стены крепки, а на стенах — новые немецкие пушки. Хочет Иван встать за городом, у наместника? Вот и хорошо. А мы ворота запрем, на стены стражу поставим — пускай видит. Будем сами к нему ездить, а в город не допустим. На глубине отсидимся.

Ефимия с Настасьей переглянулись. Железная снова вела дело к войне, только на сей раз оборонительной. Как это законного великого князя в город не пускать?

Правда и то, что в семьдесят девятом, после поражения на Шелони, только стенами и спаслись. Марфа тогда велела сжечь все посады, колеблющихся казнила смертью, велела палить из всех пушек. И отступился Иван, удовольствовался откупными деньгами и присягой на верность. Но ведь он, поди, тоже не дурак и к такому обороту изготовился? Затеет осаду, вызовет с Низу полки, разорит всю Новгородчину — и возьмет измором. Помощи-то ждать неоткуда.

— Сон твой и вправду вещий. — Настасья изобразила задумчивость. — Да не тем, о чем ты думаешь. Ты про серебряну чешую сказала. Вот в чем наша сила и наше спасение.

— В чешуе? — сморгнула Борецкая.

— В серебре.

Шелковая наклонилась к Настасье:

— Вижу, придумала ты уже что-то. Говори.

— Иван хоть и великий государь, а все же должен с ближними людьми считаться. С ним едут братья, бояре, воеводы. Все голодные, жадные. Это они его к войне толкают, зарятся на новгородскую добычу. С них-то мы и начнем. Усытим каждого, потихоньку, серебром. Кого подкормим, а кого и приручим. Чешуи у нас, слава богу, много. Скинемся всем боярством и купечеством, тряхнем мошной. И владыка пускай тоже раскошелится, он всех нас богаче. Соберем, женки, Госпóду и будем на ней говорить едино. Назначим, сколько с кого взять. Распределим меж собой московских — кто кого будет покупать. Иван до денег тоже жаден, с ним надо торговаться долго. Когда он увидит, что братья и бояре воевать больше не хотят, а хотят домой хабар везти — глядишь, и великий князь покладистей станет.

— Хорошо придумано, — сразу объявила Ефимия. — Это мы можем, это мы умеем.

Не заспорила и Борецкая. Сказала лишь:

— Нужно будет позвать сюда Василия Ананьина, объявить первому. Уважение оказать, он же степенной посадник.

— Я бы на твоем месте с ним поговорила с глазу на глаз. Так оно еще краше выйдет, — расщедрилась на совет Настасья, довольная, что самое главное решилось, и быстро. — Давайте главных низовских между собою поделим — кому кого обхаживать. Братьев великокняжеских могу на себя взять, если город мне деньгами пособит, они оба — жадные пауки. Возьму и наместника Борисова.

— Я могу главных московских воевод — Данилу Холмского, Стригу Оболенского. Чем мужи свирепее, тем они у меня лучше под дудку пляшут. Как медведи у скомороха, — лукаво улыбнулась Горшенина.

Марфа почернела лицом при поминании князя Холмского — это он разбил новгородское войско под Шелонью и захватил Дмитрия Борецкого в плен.

— Ты у нас необходительна, непритворчива, — мягко сказала ей Шелковая. — Держись от московских подальше. Деньгами поможешь.

Тут же начали считать — Григориева вынула из своего чудопосоха скрученную бересту, стала выводить цифирь: сколько дадут сами женки, да сколько брать с великих родов, с архиепископа, с купеческих сотен. В Новгороде водилось много богатых людей, с кого есть что взять.

Денежный счет все три любили и за увлекательным занятием помягчели, заговорили о ненасущном. Об оставшихся в столовой мужчинах и не вспоминали — сколько нужно, столько и подождут.

Притомившись, сделали перерыв. Настасья с Ефимией попили взвара, поели пряников. Постница Марфа сладким не оскоромилась, выпила чарку воды с уксусом, переломила черный хлебец.

— Смотрю я на вас, бабоньки, и не возьму в толк, что вы такие скучные? — молвила Шелковая, разглядывая гостий. — Ты, Настасья, живешь, будто телегу с камнями волочишь. Ты, Марфа, себя до смерти хоронишь, словно схимница. У нас с вами сейчас самые лучшие годы. Ум есть, сила есть, никто нам не указ, и нестарые еще. Живи да радуйся.

— Хорошо тебе говорить, при живом муже, — качнула головой Григориева.

— Горя ты не видала, Ефимия, — прибавила Борецкая.

У Горшениной с лица пропала улыбка.

— А много ли вы про меня, дорогие подружки, знаете? Может, я просто виду не подаю? Жизнь горем никого не обходит, но ты горькое выплюнь, а не можешь выплюнуть — проглоти, заешь сахарком и не жалуйся. На жалких черти ездят. Если ты упиваешься горем, или хворобой, или тем, чего тебе не хватает, — такою и будешь: горькой, хворой, несытой. А если радуешься красоте, милоте, солнышку — будешь красивой, милой и солнечной.

Настасья подумала, что, наверное, не шибко весело иметь такого мужа, а у Ефимьиной замужней дочери уже третье дитя рождается мертвым. Внуков как не было, так и нету.

Про мужа Горшенина будто подслушала. Дернула плечом, нежное лицо вновь осветилось беззаботной улыбкой:

— Вот вы обе со своим вдовством носитесь, по покойникам скорбите, а я, честно сказать, не пойму, на что мужья вообще нужны? Много ль мы с вами от них хорошего видели? Твой Исак Андреич, — обратилась она к Марфе, — был мужик старый, траченный, какая от такого радость? А первый был вовсе лютый зверь. Когда его черт забрал, поди, рада была?

Каменная с интересом поглядела — что на это Борецкая? У той сухое лицо не дрогнуло, лишь на миг потускнел взгляд.

А ведь Настасья помнила ее девушкой, почти девочкой, лет сорок назад. Видывала в Соборе и несколько раз на гостьбищах.

Марфа Лошинская была черненькая, тоненькая, с огромными испуганными глазами. Шестнадцати лет ее выдали за боярина Филиппа Никитина, и после того она надолго исчезла. Сначала говорили, что муж ее из дому не выпускает, бьет, всяко терзает и что однажды ее якобы из петли вынули. Потом перестали говорить, забыли. У Никитина будто сами по себе появились двое сыновей и даже стали подрастать. А потом Филипп вдруг враз помер, и Марфа вышла на волю уже такой, как ныне: высушенной, неистовой, с горящим взглядом, и взяла семейное дело в железные руки. Бог знает, через что она там взаперти прошла и какой ценой обрела свою силу. Настоящая сила — это Настасья знала по себе — обретается только через большое горе и тяжкое испытание. А помер Филипп Никитин странно. В гробу лежал синий, распухший. Поговаривали нехорошее, но никто о нем не жалел, поганый был человек. Достанься Настасье такой муж, она не стала бы столько ждать, в первый же год отравила бы. Нет, не осуждала она Марфу, даже если сплетня была правдива. Те двое сыновей, никитинские, потом в северном море потонули, и многие в том увидели Божью кару: извела-де супруга, так и детей от него отдай. Но к тому времени Марфа уже снова была замужем, за посадником Исааком Борецким и родила себе еще двоих, Дмитрия и Федора. Вот ведь судьба (Настасья слегка даже пожалела врагиню): остаться с одним сыном из четырех, и тот — Дурень.

Ефимия обернулась к Григориевой:

— Твоего мужа Юрия, Настасьюшка, я не застала, девчонкой была, но...

— Только Юрия моего не трожь! — перебила Каменная.

В ярость она впадала очень редко, и когда такое происходило, все вокруг вжимали головы в плечи, но Ефимия не устрашилась и не сбилась.

— Да будет тебе. Сколько ты с ним прожила? И сколько тебе тогда годов было? Ты его толком и узнать-то не успела. Его в твоей жизни, считай, почти что и не было. Выдумала себе икону и молишься на нее тридцать пять лет. Ты хоть лицо его помнишь?

Григориева растерялась, чего с ней уж и вовсе никогда не случалось.

В самом деле, какое у Юрия было лицо? Даже зажмурилась, но увидела не мужа, а сына Юрашу — вислогубого, лупоглазого. Стиснула зубы, велела себе: вспоминай!

И вдруг увидела явственно, словно расступилась пучина и на миг выпустила покойника, оживила.

На нее из прошлого смотрел не мужчина, а юнец. Был он веселый, улыбчивый, ясный, но с ним, отроком, ей нынешней, пятидесятипятилетней, и говорить-то было бы не о чем. Мальчик.

На подмогу пришла Марфа, от которой помощи ждать никак не приходилось.

— А без иконы жить нельзя. В Бога ты, Ефимья, не веруешь, вот что. Ты когда последний раз в церкви была?

— На Пасху заходила, — беспечно ответила та. — Люблю, когда сладко поют. Но в Немецкой церкви еще слаще. Там орган играет, стекла на окнах цветные, с картинками. Солнце светит — на полу всё красками переливается. Лепота!

Марфа только плюнула.

— Ладно, жены, хватит нам пустомельничать. Давайте дальше деньги считать.

КАК ПРАВИТЬ ЛАДЬЕЙ В БУРЮ

Всё вышло по Захарову слову. Великий князь со всей своей огромной свитой появился в виду города шесть дней спустя, в утро, когда выпал первый снег. Недалекий путь от Крестов до столицы Новгородской земли занял у Ивана Васильевича целую неделю. За это время к нему на поклон успели съездить все передние люди: и архиепископ Феофил с ближним причтом, и степенной посадник Василий Ананьин, и начальник городского войска кормленый князь Гребенка-Шуйский, и тысяцкий, и старши́на всех городских концов, и именитые купцы. Самых вящих новгородцев московский государь принимал лично, допускал пред очи. Был не грозен, но и не ласков — загадочен. Возвращались от него в тревожной задумчивости и ехали рассказывать о виденном великим женкам: кто к Марфе Железной, кто к Настасье Каменной, и все без исключения к Ефимии Шелковой.

А три новгородские вершительницы, сговорившись между собой, приветствовать Ивана не поехали. Раз уж великий князь понимает, у кого в Новгороде истинная сила, принижать ее незачем. Это как в торговле: дорогой товар сначала показывают издали, а руками трогать не дают — так цена будет выше.

КАК ПРАВИТЬ ЛАДЬЕЙ В БУРЮ

...И вот 22 ноября дозорные сообщили: на Московской дороге черным-черно. Едут!

Распахнули ворота, вышли встречать парадно, с хоругвями. Впереди владыка Феофил с иконой Богоматери (упаси Боже не Липицкой — ту загодя с башни сняли). Но великих женок среди встречающих опять не было. Овес к лошади кланяться не ходит.

Дальше опять вышло, как предсказывал Захар. Приняв хлеб-соль, государь в город не въехал, а повернул на юг, к древнему Рюрикову городищу, где стоял дворец великокняжеского наместника, приставленного надзирать за Новгородом. Семен Борисов уступил свои палаты Ивану Васильевичу и его братьям — углицкому князю Андрею Васильевичу и волоколамскому князю Борису Васильевичу, сам же поселился в московском лагере, разбитом вокруг городища по волховскому берегу.

В тот же вечер, поздно, наместник пожаловал к боярыне Григориевой.

Глядя сверху из окна, как слуги вынимают из возка брюхастого старика, Настасья довольно усмехнулась.

Пришла кобылка за овсом, ждать не заставила.

— Что ж ты, Юрьевна, не вышла государя Ивана Васильевича приветить? — начал с укоризны Борисов. Его лицо, совсем бы бабье, если б не седая опушка бороды, было усталым, мятым. (Наволновался, натрясся по ухабам, старый боров, подумала Настасья.) — Марфа с Ефимьей ладно, они Москве ненавистницы, а про тебя там, — он со значением воздел палец к потолку, — иначе мыслят. Удивляются.

— Кому я нужна, вдова убогая? По месту ли мне государево время отнимать, по званию ли? — не скрывая, что лицемерит, сказала Григориева. — И знаю я: у вас, низовских, бабе себя являть не в обычае. Дома надо сидеть, рукодельничать.

Семен Никитич раздраженно махнул пухлой ладошей:

— Будет тебе, со мной-то. Не первый год дружествуем. Или я тебе не друг?

— Друг-друг. Дорогой, — молвила она с нажимом на последнем слове.

Борисов был мздолюбив, алчен. Повезло ему со службой: всякий видный новгородец, которому от Москвы было что-то нужно, нес в Рюриково городище подарок — серебро, или меха, или еще что. Настасья всегда давала золотом, и потому наместник был с ней особенно сердечен.

Он и сейчас взял тон доверительный:

— Я про тебя государю всегда только хорошее доносил. Он тебя отличает, и ныне, по дороге, всё спрашивал. Желает знать, может ли он рассчитывать на твою верность?

— Верность в чем? В измене новгородскому делу? Если я своей о́тчине изменю, какая же это верность? Предателям нигде веры нет.

— Отчина у нас у всех одна — Русь, — строго молвил Борисов, и его рыхлая физиономия взволнованно колыхнулась. — И голова у Руси может быть только одна — в Москве. Так сложилось, так Бог постановил. Иван Васильевич хочет Русь сделать истинно великой державой, первой на весь свет. И сделает — у него и ум, и сила, и терпение. Господь милосердный нам послал такого государя, за долгие наши страдания!

— Так уж и первой на весь свет? — подивилась Настасья.

— А что ж? На ту же Европу посмотри. Я ведь не только за Новгородом досматриваю, мне велено и дальше на Запад глядеть. Чужеземцев расспрашиваю, своих людишек засылаю... Да ты, поди, про мои тайные дела сама знаешь.

Григориева кивнула, и он продолжил:

— Что Европа? У литовцев паны и магнаты собачатся. Датчане со шведами свою скудную землю никак не поделят. Германия — одно название, что империя. Никакой власти у императора нет. Кто там еще? Англы? Друг друга режут. Франки — то ж самое. Папа римский? Он даже ближних италийских князей вокруг себя собрать не может. Одна только настоящая держава и есть — Турское царство. Салтан ныне в Царьграде сел, вместо византийских василевсов. Грозен, высоко метит. А в чем его сила, знаешь? В послушании и единстве. Такую же державу и Иван Васильевич строит, а вы, новгородские, ему заноза в боку. Добро б еще жили мирно! Но нет и средь вас лада. Иван Васильевич власть сам держит, потому и зовется «самодержцем», а у вас вечевластие — что вече прокричит, то и будет. Ни строя, ни лада. Лад бывает, только когда у тела одна воля и одна голова.

— Говорил ты уже про голову, — скучливо сказала Настасья. — Чем воду в ступе толочь, давай лучше на прямоту: зачем Иван к нам пожаловал? Для какой надобы?

Наместник хитро прищурился.

— В летописях тако напишут: «В лето от сотворения мира 6983-ое, от Всемирного потопа 5424-ое, а по немецкому счету 1475-ое, был на Руси великий покой и ладное строение. Татарове, ногаи и Литва не нападали, хрестьяне пахали землю, купцы торговали, монахи молились, и от того смирнолепия потешил себя государь великий князь Иван Васильевич, возжелал проведать Великий Новгород, любезную свою вотчину, драгоценнейший смарагд Русской державы...»

— Мы твоему государю не вотчина, — отрезала Настасья. — Мы с ним по крестноцеловальному договору живем. Это у вас на Низу он государь, и в своих вотчинах волен делать, что пожелает. Новгород же Ивана признает не государем, но господином. Так мы с вами и в грамотах друг другу пишем: «господин великий князь» и «господин великий Новгород».

— А честно ли вы крестное целование блюдете? — с угрозой спросил Борисов. — Московских доброжелателей обижаете, на поток ставите, разорением казните, рты им затыкаете. С Литвой списываетесь, а это уж прямая измена.

— Брешут твои лазутчики про Литву, а ты веришь. Или вы какое изменное письмо перехватили?

Спрошено было спокойно. Тайные переговоры с польским королем и великим князем литовским Казимиром Владиславичем новгородская Господа действительно вела, но грамот никогда не писала, всё передавалось только устно, через нарочитых посланников.

Борисов ушел в сторону:

— Не о том мы, Юрьевна, говорим. Я ведь к тебе со всей душой, как к сестре, пришел. Добра тебе желаю, а ты со мной вон как... Ты погляди, какую Марфа в городе взяла силу. Она тебе враг, а не мы. Согнет она тебя, раздавит. Вот про что думай. А еще про то, что все твои доходы от нас, от Руси идут. Как идут, так и перестанут.

— Ладно. Подумаю, — коротко обронила Каменная и на первый раз ничего больше говорить не стала.

Иван, волк московский, пока только подступается, примеряется, через какое окошко сподручнее в овчарню залезть.

Что ж, пускай мордой потыкается. Скоро поймет, что окошко в Новгород есть только одно. Тогда Москва по-другому заговорит, без угроз.

На прощанье, по обыкновению, поднесла Борисову подарок золотом, но обидно маленький — всего один корабленик. Наместник золотую немецкую монету на ладони подержал, повздыхал, но не обиделся, а озабоченно насупился. Понял: с Настасьей Каменной легко не будет.

* * *

— Он, чай, ко мне не к первой пожаловал? Час-то поздний.

Изосим, блеснув серебряной маской, кивнул. Пока боярыня беседовала с наместником, безносый ждал в приходной.

— К третьей.

Разговор с Изосимом требовал привычки, иначе делалось чудно́ и жутко. Красные губы не шевелились, а голос звучал — ясный, ровный, почти без картавости.

— Сначала он съездил за город, к Таисию...

Архимандрит Таисий настоятельствовал в Клоповском монастыре, который кормился от Москвы и держал там большое подворье. Потому никакого влияния в Новгороде у Таисия не было, и Настасья небрежно пожала плечами.

— Еще к кому?

— Еще к Олександре Курятнику. Средь слуг Курятника есть один, доносит... Хозяину оказали от государя честь: ныне Олександра — окольничий, чин изрядный.

Олександра Курятник, из великой новгородской семьи, стоявшей за Москву, был муж большой силы и твердого нрава. Когда малое время назад вече приговорило поставить низовских приспешников на поток, Олександра единственный из приговоренных не дал свою усадьбу ограбить: вооружил челядь, сам встал в броне у ворот — и отбился.

— И Олександра московский чин принял? — удивилась Настасья. — Поменял звание вольного новгородского боярина на придворное московское, притом даже не боярское? Может, наврал или перепутал твой человек?

— На’ряд ли... — совсем чуть-чуть скартавил безгубый. — Люди ’идели, как Олександр калеке катил кресло Легощей улицей, а лошади ехали сзади. Расстались лишь у Троицы.

— У Троицы? — прищурилась Каменная.

— Где житье Лошинских, — многозначительно прибавил Изосим.

Тогда, во время «потока», на усадьбу Курятника напал Иван Лошинский, Марфин брат, и теперь Олександра Курятник, должно быть, решил показать своему врагу, что впредь находится под защитой московского государя.

Не в те окошки стучишься, Семен Никитич, мысленно усмехнулась Григориева. Ни Клоповский архимандрит, ни Олександра Курятник твоему зубастому волку лаз в овчарню не откроют.

— Ладно, иди.

Но Изосим медлил.

— Или не всё сказал?

Красивые глаза над мерцающей маской скосились на дверь. Подслушивать тут было некому, но Изосим любил осторожность.

— Я лучше на ухо...

Чуть не касаясь тонким серебряным носом ее щеки, зашелестел.

Один раз Настасья вставила вопрос:

— Откуда он у тебя?

— Когда у Горшениных сидели и долго ждали, что жены решат... Гляжу, торчит из-за кушака. Ну и стянул, — пояснил Изосим чуть громче. Опять оглянулся и дальше уже говорил только шепотом.

Дослушав, Настасья подумала-подумала — и одобрила.

— Дело говоришь. Исполни.

* * *

Двор Олександры Курятника стоял на стыке двух великих новгородских улиц — Легощей и Чудинцевой, в самой середке Софийской стороны. С вечера пошел крупный чистый снег, первый в эту зиму, и к ночи превратил город в подобие огромной шашечной доски: крыши, дворы, мостовые сделались белыми, стены и заборы остались черными.

На заостренный конец одного из бревен курятниковского частокола с захлестом легла петля, брошенная с пустой улицы. По натянутой веревке быстро, без усилия поднялась легкая тень.

До приезда великого князя Курятник для ночного обережения ставил тройную охрану, но теперь опасаться врагов перестал, и во дворе перед воротами похаживал всего один сонный сторож в длинной дохе. Соскользнувшую с тына фигуру он не заметил.

Темной стороной, вдоль конюшни, тень перебежала к терему и завернула за угол. Пухлый снег не скрипел.

Человек, задрав голову, пересчитал окна верхнего житья, выбрал нужное. Закрутил над головой веревкой с крюком, кинул.

Негромко хрустнуло, лязгнуло. Железный конец с первой же попытки зацепился за наличник.

С пол-минуты человек был неподвижен — прислушивался, не проснулся ли кто от стука. Но час был поздний, глухой. Дом крепко спал.

Спал и хозяин, откинув соболье покрывало. В натопленной комнате было жарко. Рот в обрамлении густой бороды был приоткрыт и улыбался. Новоиспеченному окольничему снилось что-то приятное.

Окно открылось не в спальне, а в соседнем мытном чулане. Там из стены торчала бронзовая трубка с затычкой — если вынуть, польется вода, а в полу, под круглой крышкой, была дыра — справлять нужду. В богатых новгородских домах текучая вода и поганые стоки были не в диковину.

Верхолаз с подоконника не ступил на дощатый пол, а нырнул головой вниз, мягко, бесшумно перевернулся, сел на корточки и дальше пополз на коленях, так же беззвучно.

Дверь в спальню открывал долго, по вершочку. Зато получилось тихо.

Только в самый последний миг спящий что-то почуял и открыл глаза.

Увидел над собой подсвеченное месяцем видение, прекрасное и страшное: сияющий улыбчатый серебряный лик, а над ним — занесенный кинжал, острие которого вспыхнуло лунным бликом.

— Я тебя знаю. Ты Настасьин урод безносый! — просипел Олександра (он был не трусливого десятка) и сунул руку под подушку, куда всегда клал на ночь булатный нож. — Убью, паскуда!

Одной рукой перехватив запястье, Изосим всадил лежащему в сердце кривой азиатский клинок. Навалился, подождал, пока тело перестанет дергаться. Только тогда ответил, не заботясь о картавости:

— Что ’еня у’ивать? Я четыре года как ’ерт’ец.

* * *

В тот день Настасья с утра была на дворе у Шелковой. Вдвоем принимали со всего Новгорода, от передних людей, купеческих сотен и ремесленных товариществ казну — прикармливать московских. Считали, сверяли со списками.

Богатства нанесли столько — целого дня не хватит перечесть. Было тут серебро денежное мешками, рубленое вязками, речной жемчуг низками, драгоценные блюда с кубками, меховые сорока, рыбья кость, узорчатые ткани, иноземное вино в бочонках, сахарные головы — много всякого.

— Пожадничал владыка. — Настасья отодвинула бересту подальше от глаз, чтобы легче читалось. — Евангелий с житиями прислал только пять, а написано — десять. Еще золота обещал — нету.

Владычий ключник, доставивший взнос, стал объяснять, что преосвященный от своего слова не отпирается, но хочет остальное великому князю поднести лично, и еще сверх прибавит.

— Что прибавит — дело его, владычье, а назначенное Господой довези, — отрезала Каменная.

Тем временем Ефимия с приказчиком здесь же, близко, принимали воз от Марфы. Воз был наполнен одними горностаями — этот мех, драгоценнейший из всех, во всем Новгороде добывали только Борецкие.

Осмотрев и ощупав связки, Шелковая сказала своему человеку:

— Перенеси всё, милый, в осьмнадцатую кладовую. — А чужому приказчику молвила: — Кланяйся Марфе Исаковне, детинушка.

У нее все нижние люди были «милые» да «детинушки» — за то боярыню в Новгороде и любили.

— Поставь мне, Ефимья свет-Ондревна, свой знак на бересте, — поклонился приказчик Борецких. — И поеду с Богом.

— Подавились бы они нашим подношением, — вздохнула Горшенина, подходя к Настасье. — Московские хуже татар. Не русские они, порченые. Что за Москва такая? Вылезла, словно гнойный прыщ, и всё растет, набухает, расползается Антоновым огнем. Это мы, Новгород, — настоящая Русь. От нас всё пошло, от вещего Олега. Он и Киев поставил, и прочие великие грады. А ныне только мы да Псков древнюю чистоту блюдем. Вот скажи, на что нам жить с этой полутатарвой? Ничего кроме зла мы от низовских никогда не видывали.

— А Невский, который нас от немцев и шведов защищал?

— Невский, — фыркнула Ефимия. — Тьфу на него! Побед было на копейку, а шуму на рубль. Немцев мы и без него бивали, а кто потом на нас татар навел? Кто вместе с ними глаза выкалывал, носы резал? Это низовские у татар научились — человечье лицо, образ Божий, уродовать.

— А вера православная? — спросила еще Григориева — не просто так, а для проверки.

— Что нам с той веры? — Шелковая пренебрежительно махнула. — Она всё одно не русская, а чужая, греческая. Так не лучше ль податься в латинскую веру? Тогда уж мы точно с Москвой навечно поврозь будем.

Это Каменная и хотела услышать.

— Тут ты, сестрица, может, и права, — покивала она.

Сама же подумала: «На таких речах я тебя и поймаю. Но сначала надо от московского волка и от Марфы избавиться».

— Постой-ка, — остановила Ефимия слугу, несшего охапку горностаев. — Эй, Саввушка, милый! — Подбежал горшенинский приказчик. — Что это?

Она показала на меха.

— Сорок горностаев, боярыня, — удивился тот.

— Здесь не сорок.

— Да мы только что с марфинским Карпом считали.

— А ты перечти сызнова, сделай милость.

Шкурок оказалось тридцать девять. Савва сосчитал и раз, и два — схватился за голову. Один горностай шел в полтора рубля — на такие деньжищи среднюю новгородскую семью можно год кормить.

— Не отворачивался ли ты, милый, пока Карп счет вел?

Приказчик стоял ни жив, ни мертв.

— Может, и... Дел-то вокруг много.

— Догони его. Верни. Да не встревожь, скажи — боярыня хочет Марфе Исаковне еще слово передать.

Настасья смотрела с интересом: что будет.

Вернулся Карп, поклонился, но сказать ничего не успел.

— Ну-ка возьмите его крепко, ребятушки. Чтоб не шелохнулся, — тихо приказала Шелковая слугам.

Приказчика ухватили с двух сторон, приподняли на цыпки. Он хлопал глазами — окоченел.

Ефимия пощупала под кафтаном, залезла под шапку, в рукава, потом недрогнувшей рукой в штаны и вытянула оттуда, из самой мотни, длинную бело-черную шкурку.

— Прости, боярыня, сатана попутал... — залепетал Карп.

Ничего не ответив, Шелковая снова опустила руку, схватила вора за мужской корень, стала выворачивать.

Приказчик забился, изошел визгом.

Все тем же негромким, даже ласковым голосом Горшенина сказала:

— Я тут за общее достояние ответчица. Говори: сам надумал или Марфа велела, чтобы меня перед всем миром осрамить?

— Сам! Сам! — вопил приказчик. — Ой, больно!

Она разжала пальцы, погладила его по мокрой от слез щеке.

— Верю, милый, верю. Поди, расскажи Марфе всё, как было. И не обмани, золотко. Проверю.

Кивнула своим молодцам, они подхватили стонущего воришку, раскачали, швырнули мордой в кучу конского навоза.

— Зря отпустила. Сбежит, — сказала Настасья. — Побоится перед Марфой предстать. Она с него за такой позор шкуру спустит.

Горшенина задумчиво посмотрела, как испачканный приказчик на четвереньках ползет за ворота.

— Неизвестно, что хуже — под батоги лечь, либо по зимнему времени в лесах бездомному бродить. Я давно поняла: всяк человек сам себе выбирает и муку, и кару. Ставлю свой веницейский графин синего стекла, который ты давеча хвалила, против твоего вишневого охабня, что никуда этот Карп не сбежит. Бьемся?

— Бьемся.

Обе засмеялись.

— Ну а теперь пойдем обедать. Работы тут еще до вечера.

За столом прислуживала молодая девушка, светловолосая, легкоступая, одетая в длинную атласную рубаху. Настасья на нее косилась.

Про Горшенину было известно, что у нее не переводятся воспитанницы. Одна поживет, потом другая, третья. Видно, и эта тоже «воспитанница», подумала Настасья без осуждения. Люди все разные, семьи тоже. Коли Ефимия и ее Ондрей так уговорились и никто ни на кого не в обиде — их дело. Хотя, конечно, чудно́.

— Иди, золотце, мы сами, — отпустила девку Горшенина. — Про позавчерашнее слыхала, Настасьюшка? Про Олександру Курятника?

— Что зарезали его? Слыхала, — равнодушно ответила Настасья.

— А про то, что розыском ведает Борисов-наместник?

Григориева возмутилась:

— Что это? У нас в Новгороде свой розыск. И суд свой.

— Говорят, Олександра перед смертью принял пожалование в московские окольничие. Кто около их государя обретается, тех «окольничими» зовут, — пояснила Ефимия — Каменная кивнула, будто сама этого не знала. — А тогда выходит, что убили великокняжьего слугу, и дело это московское.

— Был окольничий, да околел, — хладнокровно заметила Настасья, отщипнув медового коржика. — Туда ему, собаке, дорога.

Но Шелковая смотрела беспокойно.

— Курятник, конечно, был собака, его не жалко. Но зарезали его, сказывают, каким-то приметным кинжалом восточной работы. Наместник тот нож изъял, и теперь московские ходят по всем лавкам, показывают кинжал купцам. У оружейника Фрола Кривича обыск сделали. Тож у Мишанина, в скобяной лавке. Хозяйничают, как у себя на Низу!

Настасья тревоги не разделила:

— Найдут, кто убил, — успокоятся. А найдут непременно. Оставить на месте такой приметный нож мог только дурак. Сыщут. Ладно, подружка, пойдем дальше считать. До ночи бы управиться...

КАРАСЬ И ЩУКА

Пришло время посмотреть на Новгород своими глазами. Четыре года назад, во время войны, Иван в город не пошел, опасаясь угодить в ловушку. Договор подписали в великокняжеской ставке.

Неспокойно было и сейчас. Лазутчики доносили, что новгородцы по-прежнему на Москву люты. Однако любопытство пересилило. Всю жизнь, с раннего детства, Иван слушал рассказы о великом и богатом городе, откуда пошла Русская земля. Пришли московские на этот раз миром, крови не пролили. Великий князь прикинул, велик ли риск — и решил, что ничего, можно.

Назначил день.

Все осторожные меры, конечно, были приняты. По длинному пути следования, от Рюрикова городища до Града, с обеих сторон встали свои люди: в Граде и на Великом мосту — воины стременного полка, молодец к молодцу; подальше от центра — дети боярские, разряженные во всё лучшее; еще далее — государевы татаре. Великокняжеская процессия следовала меж двух живых цепочек.

Впереди, подбоченясь, вез стяг с Победоносным Егорием грозный воевода князь Холмский, четыре года назад — коростынский резатель носов и шелонский мясник, велевший рубить бегущих без пощады, так что в землю легли несколько тысяч новгородцев. Пусть горожане поглядят на сего мужа гнева, пусть вспомнят.

А чтобы на Холмского пялились не слишком долго — поежатся, и хватит, — следом, на тщательно рассчитанном отдалении ехал сам Иван.

Тут всё было продумано. Холмский сидел на приземистой татарской лошади, да и сам был небольшого росточка. Тем огромнее смотрелся великий князь. Долговязый, длинноногий, на огромном коне, в зеркальных доспехах, он выглядел волшебносияющим великаном. Смотрел поверх голов и крыш, лицо неподвижное, взгляд непостижимый, строгий. У пояса прадедов меч с гигантским рубином на рукояти, сафьяновые ножны алы, словно клинок окунулся в кровь.

По бокам, нарочно подобранные за низкорослость, шли четверо рынд, будто карлики при исполине. Были они хоть и малые, да удалые и настороже. Если из толпы накинется злоумышленник — перехватят.

Величаво, грозно въезжал московский государь в древний город. Новгородцы смотрели — боялись.

Но и великому князю тоже было не по себе. Иван задирал выше голову, выставляя вперед острый клин бороды, а сам косил глазами вправо и влево. Он никогда в жизни не видал в одном месте столько народу. Люди собрались не только из посадов, но и со всей округи; на все четыре поприща от наместникова дворца до Святой Софии растянулась толпа, и стояла она чем дальше, тем плотней. Две тонкие нитки московской охраны были стиснуты многолюдством — чуть оно надавит, и прорвутся.

Город показался Ивану непомерен — не шириной, Москва была шире, а количеством домов. В Москве дворы стояли, разделенные пустырями-огородами, по-деревенски. Здесь же стена лепилась к стене, и в каждом окошке торчали головы. Церкви все сплошь каменные — а в Москве затеяли строить один каменный собор и никак не достроят. И всюду дубовая мостовая. Это сколько же денег, сколько труда потрачено! Зато в слякотный ноябрьский день под конскими копытами ни снежной грязи, ни льда.

Ох богаты новгородцы, ох ладно живут, и сами своей силы не знают...

КАРАСЬ И ЩУКА

Больше всего пугала развязность толпы (это новгородцы еще притихли, обычно они были шумнее). Московский люд при государевом проезде молча сдергивал шапки, склонялся, многие падали на колени. Эти же дерзко пялились и вольно перекрикивались — судя по рожам, говорили про государеву особу и непочтительное, но слов из-за колокольного звона, слава Богу, было не разобрать.

Через Славну, через Торговую площадь, по мосту, шествие достигло Храма, перед которым великого князя встречал архиепископ со всей новгородской знатью. После приветствий и поклонов взошли в собор, на торжественный молебен.

В церкви Иван встал впереди, один из всех мужчин с покрытой головой — это было византийское новшество, так в Цареграде делали василевсы. Шапку великий князь снимал, только когда владыка славил Имя Божье.

Подле государя была почтительная пустота, лишь за спиной стояли двое рынд, да сидел на своем калечном кресле наместник Борисов (у него по убожеству было на то от владыки благословение).

Необычным Ивану показалось множество женщин, стоявших не сзади и не на своей половине, а вперемежку с мужчинами. Столько нарядных жен великий князь тоже никогда не видывал и косился на них с особым вниманием, переводя взгляд с одного беленого-нарумяненного лица на другое.

— Борецкой нету, не пришла, — шепнул сзади Борисов, догадавшись, кого высматривает государь. — Ефимья Горшенина — слева, под хорами, в златом полувенце. Настасья Григориева — справа, близ великих икон, в черном плате.

Крестясь на три стороны, Иван коротко, но цепко глянул налево, потом направо — и в той стороне задержал взгляд чуть дольше.

Наместник спросил:

— Прикажешь сейчас?

Великий князь, отворачиваясь, кивнул.

Тогда Борисов щелкнул пальцами. К нему протиснулся слуга, начал откатывать кресло. Выглядело это так, словно боярин не смеет находиться рядом с государем, когда тот общается со Всевышним.

Наместник будто утонул в густой толпе, но некоторое время спустя вынырнул — и оказался подле боярыни Григориевой. Вокруг нее, почти как подле Ивана, была почтительная пустота — никто не давил, не напирал.

— Что, матушка, подумала? — тихонько спросил Борисов.

Настасья на него не смотрела, размашисто крестилась.

— Подумала.

— И что решила?

— О том, Семен Никитич, уж не взыщи, говорить буду не с тобой. С ним. Пусть завтра вечером на пир ко мне пожалует. Вместе с братьями.

Борисов давно знал Каменную, удивить его было трудно, а все же качнул головой — ну, Настасья!

Недоверчиво переспросил:

— Так и сказать? Что не ты к нему, а он к тебе? Гляди. Осерчает.

— Он у вас холодный, серчать не умеет. — Настасья поглядела на застывший профиль великого князя. — Не хочет ключ к Новгороду получить — пускай не приходит. Его дело. Оставь меня, Семен Никитич, не мешай молиться. Грех это.

Катясь прочь, боярин тоже закрестился — и не от Божьего страха, а от земного. Как передать такое государю?

* * *

На следующий день весь Новгород обсуждал вчерашнее: каким кому показался московский государь (большинству не понравился — тощ, сутул до горбатости), да про пышность владычьего пира, да про поднесенные архиепископом подарки — три постава сукна, сто золотых корабленников, рыбий зуб, две бочки ренского вина. Соглашались, что преосвященный дал немного, скупенек. Но с полудня обо всем том забыли, потому что разнеслась новая весть: нынче вечером великий князь пожалует на пир к боярыне Григориевой. Вона как! Не к степенному посаднику, не к Совету Господ, не к кормленому князю Гребенке-Шуйскому, а к Настасье Каменной!

И засудачили в пышных боярских теремах, на купеческих подворьях, на Торге, на перекрестках, к чему бы оно — к добру или к худу? Умные люди считали, что к добру: Настасья Юрьевна городу зла не сделает. Еще и Ефимия Шелковая ходила по знакомым, шептала: так надобно. Даже Марфа Борецкая, к которой спешно собрались встревоженные сторонники, их успокоила.

Увидев, что великие женки ныне заедино, именитые горожане вздохнули с облегчением, а неименитым, которых было много больше, вся кутерьма с великокняжеским приездом даже нравилась. Московские в этот раз никого не убивали, не грабили, зато что ни день развлечение, и нетрудно подхарчиться, когда вокруг столько пиров. Волк с лисой жрут — что-ничто и воробьям перепадет.

В доме Григориевых на Славной улице великие пиры были делом обычным, но в этот раз приготовления шли трудно.

Чуть не с рассвета заявились московские шныри, оберегатели государевой особы, и обыскали весь двор, повсюду сунули нос, простукали стены, обползали на четвереньках полы. Искали места, где можно спрятаться злодеям. Все тайники покойного деда Якова Дмитрича нашли, даже один такой, про который сама Настасья знать не знала.

Велели принимать государя не в столовой зале, а в малой, где безопаснее. Настасья всё стерпела, хоть чувствовала себя так, будто и дом, и ее снасильничали. Отметила, что Иван опаслив. Не зря про него поговаривают: не храбрец.

Но это было только начало.

Часа за два до государева приезда явились телохранители в багряных кафтанах с двухглавыми орлами, встали повсюду. Предупредили, что каждого входящего в залу будут обыскивать. Хороши гости, нечего сказать.

Из новгородских Каменная не позвала никого. Пусть Иван знает, что ему достаточно иметь дело с ней одной.

Тщательно продумала чин рассадки. Один стол — головной. Там красивое кресло немецкой работы, с золотыми разговорами на высокой спинке — для Ивана. Рядом простой табурет для хозяйки. Вроде скромно, а всё же отличительно от прочих и даже выше великокняжеских братьев. У тех каждого по отдельному столу, небольшому — одесную для Андрея Большого, князя Углицкого, ошую — для Бориса Волоцкого. А замыкался квадрат столом длинным и низким, с обыкновенною скамьей — для свитских.

Однако вышло не так, как прикидывала Настасья. Никого из бояр и дьяков Иван с собою не взял, вошел сам-четверт, с братьями и Борисовым. Наместнику жестом велел подкатиться к головному столу, занять место рядом с собой, и получилось, что Настасья сидит не вдвоем с Иваном, а будто бы на равных с Борисовым.

Недовольная таким принижением, Настасья поклонилась умеренно и, произнося положенное величание, назвала великого князя всего лишь «пресветлым господином великим князем», без большого титула и уж, конечно, без «государя».

Он принял от нее золотую чарку с вином, учтиво поднес к губам, но не отпил — передал кравчему. Пока что не произнес ни единого слова и не улыбнулся, а лишь внимательно разглядывал хозяйку сверху: она была высокая, а он на полголовы выше.

Рассказывали, будто от взгляда Ивана Васильевича на Москве многие цепенеют, а Настасья ничего такого не почувствовала. Таращит очи, в них блеск оловянный — и только.

Братья казались много моложе великого князя. Андрей был краснощекий, густобородый, подвижный; Борис с нежной, как у девки, кожей, с золотистой бородкой — наверно, нравился бабам. Оба тоже помалкивали. У московских прежде государя болтать не положено. Борисов на своем стульце вовсе сидел тише воды ниже травы.

Нешумное у нас веселье, подумала Настасья, подав знак нести угощение.

Сначала подали пироги: рыбные, мясные, с луком и редькой, с капустой и хреном. Потом отборную рыбу, украшенную зеленями. Потом разные мяса.

Как и предупреждал Захар, великий князь ни к чему не притрагивался, всё пробовал кравчий, кладя проверенное государю под правую руку. Один раз Иван коснулся пальцем кадыка — это, видно, был условный знак: хочу пить. Кравчий налил в кубок какого-то своего питья, сняв с пояса баклагу.

Братья — те ели в три горла, ничего не опасаясь. А и кому они нужны, их травить? Андрей напихал в широкий рукав пирожков со стерлядью — видно, понравились. Он пил вино жадно и много, становясь всё красней. Борис отдавал предпочтение сладкой мальвазее, а заедал солеными рыжиками. (Григориева решила послать первому ушат с такими пирожками, второму — бочонок мальвазеи и бочку рыжиков. Это кроме дач деньгами и красным товаром, просто для дружества.)

Сама она держала в левой руке калач, так от него и не откусив. Все молчат — тоже молчала, на пустые разговоры не тратилась. Пир получался совсем мертвым, будто трапезничали немые с глухими.

«Ишь, глаз сонный, — подумала Каменная, сбоку поглядывая на Ивана, — как у щуки, когда готовится кинуться на карася. Поглядим только, кто тут карась, а кто щука».

— Не прикажешь ли, господин великий князь, новгородскими забавами распотешиться? — спросила она, соскучившись слушать, как чавкает и хлюпает князь Углицкий — других звуков на безмолвном пиру не было.

Иван кивнул.

Кивнула и хозяйка — оборотясь к двери.

Оттуда, пройдясь кувырками, на середину выскочили веселы-молодцы, лучшие во всем городе. Начали показывать всякие штуки: запрыгивать другу другу на плечи, кричать звериными и птичьими голосами, представлять то немца, то татарина, то жидовина — потеха. Оба младших князя смеялись до слез, Андрей в восторге даже стучал кулаком по столу. Иван же сидел все такой же немигающий, круглоглазый, словно кот. Не распотешили его веселы-молодцы.

«Ладно, — подумала Настасья. — Проверим, каков ты на девок».

Сомкнула ладони — скоморохи убрались. Вместо них выплыли две сказочные царевны, запели райскими птицами.

Певуний прислала Ефимия, большая по таким делам знатчица. Сказала: одну выберу белую, с звонким голосом, который мужей до самого сердца пробирает; вторую — черную, с хрипотцой, которая пронзает ихнего брата до самых чресел. А ты примечай, на какую Иван больше глазеть станет. Если на первую — значит, не столь он и страшен, подберем к нему отмычку. Если на вторую — дело хуже: сердцем груб, и добром с ним не сладить.

Девки были до того хороши обе, что боярыня поневоле на них загляделась, заслушалась.

Золотокосая, белокожая, пышная выводила мелодию высоко, тоненько, глаза под пушистыми ресницами были томно опущены. Вторая — смуглая, быстрая, тонкая — вторила низко и чувственно, остро стреляла черными глазами.

Андрей с Борисом жадно смотрели на непокрытые женские волосы. В Москве такое можно увидеть только в бане — да и в Новгороде тоже, но певуньи считались скоморошьими женками и головных уборов не носили.

Углицкий князь впился взглядом в черноволосую, Волоцкий — в светлую, а Иван трогал пальцем край золотой ендовы да позевывал.

Значит, и женки ему не любы...

Настасья хлопнула — пение стихло. Девки поплыли прочь, младшие князья разочарованно проводили их глазами.

— Теперь позволь одарить тебя, господин Иван Васильевич, — сказала Григориева. — Баба я вдовая, убогая, так что не взыщи, если бедны дары...

Ну-тко, каков ты на алчность?

Вот тут великий князь ожил, в тусклых очах зажглись огни.

И было от чего.

Денег Настасья дарить не стала, на них смотреть скучно. Слуги внесли мохнатый персидский ковер, ловко раскатив его по полу. Стали один за другим выставлять золотые ковши, будто наполненные разными винами — красным, желтым, зеленым, синим, а это лалы, топазы, смарагды, сапфиры. Потом разложили драгоценное оружие.

Младшие братья повскакивали с мест.

— Иване, меч франкский хорош! — не выдержал Андрей Васильевич. — Ты его в Оружейную палату сложишь, будет там лежать без пользы, а мне такого давно хотелось!

Великий князь будто и не услышал.

— Вам, князья Васильевичи, свои дары приготовлены, — с поклоном сказала Настасья. — Я московский обычай знаю, при государе никого другого одаривать не положено. Потому ваши подарки в другой горнице разложены. Ныне проводят вас, если господин великий князь дозволит.

И снова выплыли певуньи. Смуглая подошла к Андрею Углицкому, пышная — к Борису Волоцкому, и повели их за собой, одного в правую дверь, другого в левую.

Тень улыбки мелькнула на лице Ивана — первое живое движение.

Говорить о деле, однако, было еще рано.

— Вина налей, — шикнула Григориева на стоявшего за спиной слугу. — Пусто у меня, не видишь?

Немолодой, длиннобородый виночерпий сунулся неуклюже, пролил несколько капель на скатерть. Настасья с размаху стукнула его серебряной ложкой по костяшкам — больно. Тут великий князь улыбнулся пошире, с превосходством: его отроки прислуживали ловчее.

Настасья же еле сдержалась, чтобы не ударить бородатого еще раз. Ишь, прилип, словно репей. Какой при нем разговор?

Иван сделал знак кравчему.

Тот объявил, будто о великом событии:

— Государь великий князь желает облегчиться.

С чего бы это, удивилась Каменная, вроде не ел и почти не пил. Сказала:

— Слуги проводят до нужного чулана.

Кравчий уставился на нее в изумлении.

— Государь не выходит. Все прочие выходят, а он остается, — укоризненно пояснил Борисов, словно Настасья должна была знать кремлевские порядки.

Наместника покатили прочь, вышла и Григориева, пытаясь представить себе — каково это, если великому государю принуждится на большом пиру, где сидят двести или триста человек. То-то, поди, в дверях давка! Ну москвичи, ну потешники...

В залу уже семенил слуга с серебряным тазом и утиральником.

Мысленно плюнув, Настасья ускорила шаг. За нею, оглядываясь, тащился неуклюжий виночерпий.

— Коли так, схожу-ка пока что и я опорожнюсь, — молвила вслух боярыня, повернула за угол — и тут ее принял за локоть человек в багряном кафтане. Шепнул:

— Идем, государь ждет.

Удивившись, но не слишком (ах, вон оно что!), она вернулась в залу другой дверью. Ни кравчего, ни слуги с тазом там не было. Иван стоял у стола, длинный и сутулый, похрустывал пальцами.

— Вот теперь поговорим, Настасья Юрьева, — сказал он скрипучим, будто ссохшимся голосом. — Без доглядчика от Борецкой.

— Откуда ты, княже, знаешь? — поразилась Григориева.

По условию на время пира был к ней приставлен верный Марфин человек, вечевой дьяк Назар — под видом виночерпия: чтобы всё видеть, слышать и потом Борецкой пересказать.

Ответа на вопрос не последовало. Ах да, у московских великому князю вопросов не задают.

Иван Васильевич, весь вечер просидевший к Настасье боком, ни разу головы не повернувший, сейчас смотрел ей прямо в глаза.

— О каком это ключе ты моему наместнику говорила? — ровным голосом спросил он.

ЖАБЬЯ ГОЛОВА

Ноября 26 дня, в воскресенье, собрал государь и великий князь на своем государевом городище всю Господу: архиепископа с архимандритами, посадников и тысяцких, бояр и первых купцов, чтобы объявить господину великому Новгороду свою монаршью волю — зачем пожаловал.

Большая палата старого наместничьего дворца только звалась большой, а места в ней было немного. Сам Иван, полуокруженный багряными кафтанами, сидел высоко и просторно, на специально привезенном из Москвы походном троне, под который поставили укрытый коврами помост, но именитейшие из новгородских мужей теснились плечом к плечу, будто черный люд на вече. Их тут было не менее трехсот. Вышло так, что половина залы рябила золотым и серебряным шитьем богатых новгородских одежд, а половина была почти пустой и одноцветной, собравшись багровым сгустком вокруг престола.

Перед великим князем высился малый столец, на стольце лежал бумажный свиток и еще нечто продолговатое, завернутое в шелк.

Григориева (она была здесь единственной женщиной) встала далеко от возвышения, у самой дальней стены, где было вольготнее и воздушнее.

Когда новгородцы входили в палату, оглядываясь и расходясь по кучкам, свои к своим, к боярыне подошел степенной посадник Василий Ананьин, озабоченно спросил:

— Чего нам ждать? Что он тебе давеча говорил?

— Я вчера вам на Совете Господ всё рассказала, добавить нечего. — Настасья была невозмутима, только глаза блестели больше обычного. — Дарила ему дары, тешила зрелищами, угощала, а он за весь вечер не раскрыл рта. Ты и сам знаешь, ваш Назар все время близ меня был. Иванова душа потемки. Будто и не русский вовсе, а татарин.

— Он и есть татарин, — хмуро пробормотал посадник. — У них при московском дворе татарское платье носят, по-татарски говорят. Еще с родителя его повелось, с Василия Темного, чтоб ему, собаке, в геенне гореть...

И прошел в первый ряд, согласно чину.

Ждать великого князя пришлось долго. Все потели, переминаясь с ноги на ногу, терпели.

До сей поры, принимая по дороге встречающих или сидя на владычьем пиру, Иван Васильевич был молчалив, поэтому, когда он наконец вошел, поднялся на высоту, оглядел непокрытые склоненные головы и негромко произнес: «Что ж, новгородцы, поговорим...» — стало очень тихо. Собравшиеся напрягли слух, затаили дыхание.

Великий князь сел, минуту-другую водил суровым взглядом по лицам, на некоторых чуть задерживаясь.

— Согласно договору, на котором вы целовали крест, Новгород обязался держаться Москвы крепко, с иноземными государями самочинно в сношения не вступать, блюсти мою государеву пользу, моим друзьям соратничать, моим врагам не потворствовать, — заговорил Иван ровным голосом, без выражения. — А приехал я сюда, отложив многие важные заботы, потому что договор этот вы, новгородцы, нарушаете.

По залу пронесся скрип и шорох, это зашевелилась толпа. Многие переглянулись с соседями, многие закряхтели. Жестко начал великий князь. Без приветствий, без церемоний. Что-то дальше будет?

Иван взял со стольца грамоту, развернул.

— Доносят мне, что иные из вас с Казимиром, моим недоброжелателем, переведываются, думают перейти под литовскую руку...

Теперь в палате зароптали, и даже раздались голоса: «Неправда то!», «Клеветы тебе доносят!».

Но Иван поднял от свитка холодные глаза, посмотрел — сделалось тихо.

— Знал, что станете отпираться. И готов вам поверить. Гонцов ваших мои люди не перехватывали, изменных писем не добывали. Мой суд не облыжен, а справедлив, ибо сказано: лучше отпустить виноватого, чем покарать невинного. Потому говорю вам про литовское прелестничество не в обвинение, а в предостережение...

Новгородцы перевели дух, иные отерли пот со лба.

— ...Однако есть в чем мне вас и обвинить, — не повышая голоса, продолжил великий князь. — И тут злотворители не отопрутся. Есть доказательства, есть свидетели.

Опять сделалась великая тишина — ни шепота, ни шелеста.

«Эк он на толпе, будто на гуслях, играет, — подумала Настасья. — Ловко струны перебирает».

— Пошто же вы, новгородцы, преданных мне людей, моих радетелей обижаете и разоряете? В чем согрешили они перед вами кроме того, что меня любят и мне верны? — Оказалось, что Иван умеет говорить и с чувством. Его голос налился горечью, даже слезно дрогнул. — Были у меня вчера жалобщики, знатные ваши люди, кого вы поставили на «поток», кому пограбили дворы и побили слуг — лишь за то, что эти честные бояре были с Москвой дружны. И случился тот разбой не из-за мятежа черни, не из-за воров-грабителей, а по вашему приговору. Правил же «поток» сам ваш степенной посадник Василий Ананьин с ближней старши́ною.

Ледяной взор великого князя вонзился в побледневшего Ананьина.

— Выйди, Василий.

Посадник сделал шаг вперед и открыл рот, готовясь оправдываться, но Иван властно поднял ладонь.

— Передо мной говорят, когда я спрошу. А спрашивать тебя буду не я — мои дьяки, на допросе. Им ответишь, они запишут, а я после решу, виновен ты или нет. Возьмите его.

Вышли двое багряных, взяли посадника под руки и утащили, будто воришку, подталкивая в спину. Ананьин оборачивался белым лицом, шлепал губами, но так ничего и не крикнул.

Толпа смятенно заколыхалась. Никто не ждал такой скорой расправы.

— Спрошу ответа и с особенных усердников, кто на «потоке» больше всех лютовал.

Иван Васильевич стал зачитывать имена ближайших помощников Ананьина. Произнесет одно — замолчит, и тут же багряные врезаются в толпу, без ошибки выхватывая названного.

В «потоке» участвовали многие из присутствующих, и почти все за него на Совете проголосовали. Поди знай, кого Москва сочла «особенным усердником». С каждым именем ужас делался всё острее.

Так повторилось одиннадцать раз. Потом великий князь бумагу отложил, и палата зажужжала — столько народу забормотали благодарственную молитву.

Но то был еще не конец.

— Мало того что вы верных мне людей грабите, когда я вдали от Новгорода... — Голос зазвучал громче и злее. Святые слова застыли у молившихся на устах. — Вы и много худшее учинили! Уже ныне, по моем приезде, некий злодей умертвил Александра Андреевича Курятника! Зарезали ночью, в спальне, будто жертвенного агнца! И кого? Московского окольничего, ближнего моего слугу!

Только что голос рокотал громом — и вновь сделался едва слышен. Задние, чтобы не упустить ни слова, приподнялись на цыпочки.

— Хотели острастку дать? Чтобы другим было неповадно идти на мою службу? Давно известно: убийство тайное, нераскрытое, безнаказанное запугивает сильнее. Но знайте, новгородцы, что от меня тайн не бывает.

Великий князь поднял руку.

Багряные кафтаны раздвинулись, выкатился на своем стуле наместник Борисов. Поклонился.

— Дозволь, пресветлый государь?

Взял со стола шелковый сверток. Медленно, очень медленно развернул.

Новгородцы выгибали шеи — что там такое?

Ахнули.

Борисов держал в высоко поднятой руке кинжал с необычной рукояткой в виде жабьей головы.

— Сей торчал в груди убитого окольничего. Жаба — знак предательства, все знают. Это у вас Александр Андреевич был новгородскому делу изменник? Так надо понимать? — Наместник сокрушенно покачал головой. — Эх вы... Я за вас перед государем ратую. Значит, за ваше воровство на мне вина...

— Не греши на всех новгородцев, Семен Никитич, — сказал Иван. — Не мешай добрые зерна с плевелами. Говори, что сыскано.

Боярин приложил руку к груди:

— Слушаюсь, пресветлый государь... Расспрошено было по лавкам, по торговцам, по всякого звания людям. И опознали ножик. Видели его за поясом у одного из вас...

Настасья уже некоторое время из-под приопущенных ресниц наблюдала за Иваном Лошинским. Тот, едва увидел кинжал, рванул на горле тугой златотканый ворот.

— Твой это нож, Иван Лошинский! — показал пальцем Борисов. — Не отопрешься!

— Потерял я его! Давно, не упомню где! — крикнул обвиненный.

Стоявшие рядом шарахнулись от него, и государевы молодцы быстро добрались до боярина. Потащили.

Толпу охватил трепет пуще давешнего. Ведь не кто-нибудь, а родной брат Марфы Железной! Это больше, чем посадник.

— Нельзя так! — закричал племянник схваченного Федор Дурень. — Может, у него нарочно выкрали!

Наместник указал на Дурня пальцем:

— А се, государь, Федор Борецкий, Ваньке Лошинскому родственник и первый товарищ. Надо бы по такому страшному делу и его расспросить — не вместе ли придумали.

Иван рассеянно кивнул.

Федор тоже враз оказался окружен пустотой. Заозирался, сжал кулаки. Неужто станет драться? С Дурня станется.

Но великий князь сказал:

— Иди, молодец, не бойся. Тебя пока никто не винит. Расспросят и, коли ты ни при чем, отпустят.

Потянули и Федора, но не волоком, без залома рук. Он не упирался, шел сам.

Настасья сжала губы, чтобы не улыбнуться. Как же, отпустят они.

Борисов свое дело исполнил — его увезли, а великий князь обратился к съежившейся толпе с новой речью, и была она совсем иною: увещевательной и ласковой, будто теперь, отделив овец от козлищ, Иван Васильевич разговаривал с людьми дружественными и ему преданными.

— Я договор блюду, на ваши новгородские вольности не покушаюсь. Богу на том крест целовал и от своей клятвы не отступлюсь. — Воздел очи к потолку, перекрестился. — Разбирательство у моих дьяков справедливое, а значит обстоятельное, небыстрое. Кто окажется невиновен — отпустят. Знаю, что без степенного посадника вам оставаться нельзя. Когда еще Ананьин вернется и вернется ли — то и мне пока неведомо. Я ведь не своим произволом сужу, а по тому, что розыск покажет. Дозволяю вам, не откладывая, не чинясь моего государева у вас пребывания, собрать Великое Вече вне срока и выбрать себе нового посадника. Выбирайте, как если бы меня в Новгороде и не было — того, кто вам люб. Но ежели бы вы спросили моего суждения... — Иван запнулся, как бы не уверенный, захотят ли новгородцы его спрашивать — и в толпе поспешно загудели: «Пожалуй, скажи! Яви милость, скажи!» — ...Я бы почел деянием истинно христианским, кабы выбрали посадником брата убиенного Александра — Фому Андреевича Курятника, мужа достойного и смиренномудрого. Он мне люб, а значит через него и вам будет легче довести до меня свои чаяния. — Великий князь всплеснул рукой, будто спохватившись, что наговорил лишнего. — А впрочем я над вечем власти не имею. Пускай новгородский народ решает. Обещаю вам, что не уеду, пока не поздравлю вашего избранника. И пожалую его милостью, кто он ни будь.

Зала молчала. Новгородцы соображали: стало быть, разорительное московское гостевание продлится, пока не изберут нового посадника? И не кого-нибудь, а Фому Курятника — это тоже было ясно.

Далее Иван Васильевич, столь же мирно и благостно, завел речь о том, что пора бы оставить древний обычай «потока», ибо узаконенный грабеж недостоин великого города. Если же возникнет какая тяжба или свара, грозящая общественному спокойствию, то он, государь московский, всем своим подданным отец, найдет время и

рассудит спорщиков своим судом, беспристрастным и неволокитным. Для этого раз в три месяца, оставив прочие дела, он будет у себя в Кремле принимать новгородских жалобщиков — ежели таковые объявятся. На древнюю независимость новгородского суда при этом он, упаси Господь, не покушается, а лишь желает содействовать миру и спокойствию в северо-западной укра́ине Русской земли.

Про это Настасье слушать было уже неинтересно, да и духота становилась трудновыносимой.

Боярыня потихоньку переместилась к выходу, держась за спинами.

Вышла во двор, уже темный. Убедившись в том, что вокруг ни души, Настасья спустила с головы черный плат, подставила разгоряченный лоб студеному ветру.

Ну вот всё и сделано.

Умный человек потому и умен, что знает, как любую напасть обратить себе на пользу. Удачу-то и дурак не упустит, а вот чтобы без удачи, при лихом обороте судьбы, из лютой грозы выйти суху да с прибытком — это надо уметь.

Великий князь как приехал, так и уедет. У него в Москве своих дел полно: Орда, Казань, удельные князья, беспокойная родня.

А в Новгороде степенным посадником сядет Фома Андреевич — она же, Настасья, его и присоветовала. Фома не чета брату. Слаб, глуп, никому не люб. Его, конечно, какое-то время для приличия потерпят, а потом выгонят. Начнут выбирать настоящего посадника. Раньше бы Марфа опять своего ставленника протащила, но теперь навряд ли.

Разбита она, раздавлена. Василия Ананьина у нее больше нет, брата нет, сына нет. И сделано всё это не Настасьиными руками — она даже и не на подозрении.

То, чего не могла добиться многолетними стараниями, разом решилось благодаря московской грозе. Еще и с дополнительной выгодой: Иван будет теперь боярыню Григориеву считать своей подручницей. Пусть считает. Он хитер, а мы хитрее.

Новгород же теперь мой, Господи!

Она подняла глаза к матово-черному небу, хотела перекреститься, но сложенные персты коснулись родинки на лбу и застыли, будто приклеились.

Часть вторая

ВЫБОРЫ

ВСЕМ ДНЯМ ДЕНЬ

Великий князь погостил в своей новгородской укрáине два месяца. Потом, насытившись подарками и честью, москвичи отправились восвояси. Обоз, груженный мздой, вытянулся втрое длиннее прежнего.

После грозы 26 ноября, когда Иван Васильевич велел взять под стражу степенного посадника и еще тринадцать именитых горожан, дальше пошло мирно. Никого более не тронули, а из взятых половину отпустили — по заступничеству Настасьи Григориевой. Но посадника Василия Ананьина, Ивана Лошинского и еще нескольких Марфиных сторонников увезли в Москву. Не вышел на свободу и Федор Борецкий, который, как и следовало ожидать, запутанный дьяками, при расспросе наболтал лишнего.

Когда студеным зимним днем провожали великого князя, новоизбранный степенной посадник Фома Курятник встал перед Иваном Васильевичем на колени и поцеловал руку. Такого прежде никогда не бывало. Одни новгородцы тем озадумались, а многие и уязвились, но возобладали облегчение и радость. Уехал наконец, змей ненасытный!

Ради такого избавления Настасья Каменная устроила у себя в палатах большой пир, на который пришла не только Господа, но все вящие люди, до трехсот человек. Не было лишь Борецкой — она горевала по сыну и брату, а еще, должно быть, не хотела видеть торжество соперницы, которую все благодарили за ходатайствования перед великим князем.

Дальше сладилось еще лучше. Посадник Фома с Настасьей был угодлив, ни в чем ей не перечил, наместник Борисов брал корабленики и кланялся, в Господе верховодили свои люди, торговля процветала, григориевские приказчики беспрепятственно ездили по всем низовским землям и, невиданное дело, нигде не облагались поборами, не ведали притеснений.

Так, тихо и прибыльно, миновали остаток зимы, весна, почти всё лето. А в третий день августа всё переменилось. Грянул гром, воссияла радуга, полнеба почернело, полнеба озарилось. Бывают такие дни, когда пред человеком разом раскрываются и ад, и рай.

Утром с Марфиного двора к Изосиму, таясь, прибежал свой, подсадной человечек — прозвищем Хорек, служил у Борецкой комнатным холопом. Сказал, боярыня воет белухой на весь двор. Из Москвы сообщили: помер Федор Исакович в великокняжеской темнице.

Настасья прислушалась к сердцу — не шелохнется ли. Ведь это она здоровенного, полного жизни молодца спровадила на тот свет, обрекла на лютую медленную смерть, которая хуже всякой казни. Восемь месяцев гнил Дурень в кремлевском подвале, и вот — отмучился.

Нет, ничего не шелохнулось. Марфа ради великой цели тоже никого и ничего не щадила. Кому от жизни нужно многого, тот не мелочится, валит лес — щепок не жалеет.

Пополудни, дав злосчастной матери время погоревать, Григориева отправилась на Неревский конец с соболезнованием. Иначе нельзя. Обычаи надо блюсти.Теперь она в Новгороде первая, все смотрят, примечают.

Села в колымагу. Пока ехала на другой конец широкого города, прикидывала, как себя поведет. Ныне Борецкая, конечно, уйдет в монастырь. Она — Хорек доносил — давно говорила домашним, что останется в миру, доколе Феденька жив, а потом ей станет незачем. Пострижется.

Когда Марфа про то скажет, надо ответить ей сердечно: «Из мира уходишь, давай и мы с тобой помиримся, плохое друг дружке простим, обнимемся по-сестрински. Скоро, видно, и мне по твоим стопам, в святую обитель. Устала и я суету суетничать. А и сколько нам, старухам, жить осталось?». Потом обняться, чтобы люди видели и после по городу рассказывали. Если же Марфа обниматься не захочет — ей это пойдет в осуждение, Настасье — в заслугу.

Еще посулить взнос в обитель, куда удалится Борецкая. Щедрый. Рублей на полтораста-двести. Марфа, конечно, и сама для монастыря нс поскупится, а всс жс дар оцснит. И новгородцам оно понравится.

Не заметила, как и доехала, за такими-то мыслями.

* * *

Палаты Борецких на Великой улице Настасья раньше видела только снаружи, и нечасто — избегала проезжать через враждебный кусок города. Домина был огромный, белокаменного сложения, в два житья. Въехав в раскрытые ворота и тяжело ступив на землю, Григориева с любопытством огляделась.

Двор был вдвое шире, чем ее собственный, челяди — впятеро, но удивительно показалось не многолюдство, а то, что все вели себя нескорбно: бегали, орали, что-то разгружали. С улицы один за другим влетели трое конных на взмыленных конях, побежали в дом. Будто не к поминкам готовятся, а к войне.

Наверху, в тереме, было еще чуднее.

Борецкая не выла и не рыдала, а сидела в большой пустой зале (на стене только большой образ Спаса), во главе длинного стола, тоже пустого. По обе стороны не родня, не зареванные бабы, а бояре, житьи люди, купцы, попы из Неревских приходов — те, кто за Марфу горой. Был там и дьяк веча Назар, так неловко прислуживавший Настасье на великокняжеском гостевании.

Что за притча?

— А, Настасья. Хорошо, что пожаловала, — сказала Борецкая, не согнутая горем, а наоборот, будто распрямившаяся и еще больше ожелезневшая.

— Только узнала про Федора — сразу к тебе. — Григориева вынула из рукава мокрый платок, поднесла к глазам, нажала — потекли капли. — Скорблю о твоей утрате.

Марфа усмехнулась. Ее глаза были сухи, неистовы.

— Скорбят по скорбящим, а мой Федюша отскорбелся. Освободился из Иродовой неволи. Ныне он у Государя Небесного.

Она перекрестилась — остальные последовали ее примеру. Настасья подумала — креститься или нет. Не стала. А то получится, что это и она Ивана Васильевича считает Иродом. Донесут наместнику Борисову. Ни к чему оно.

— А я знала. — Голос у Борецкой был трепетный, но не от слабости — от сдерживаемой силы. — С рассвета ждала черной вести. Ночью мне сон был. Пал с неба сизый сокол, пронзенный стрелой, ударился оземь, и из того места выросла купина — кипенный цвет. Сон этот вещий.

У тебя других не бывает, подумала Григориева, сочувственно кивая.

— ...Про сокола я сразу поняла: сгинул мой Федюша. А про купину сначала было не в разум, но потом и это открылось. То возрожденный Новгород, вновь расцветший, белым цветом благости увенчанный!

Непохоже было, что Марфа собралась в монастырь. Да и горевать она была явно не настроена, а, кажется, вознамерилась взяться за старое. Поэтому и Настасья показное соболезнование с лица стерла, оперлась на посох, прищурилась.

— Что это тебе всё птицы снятся? Курятину на ночь ешь?

Борецкая насмешку будто не услышала:

— Вот что я тебе скажу, Юрьевна. Довольно ты похозяйничала в Новгороде, побаловалась, себя потешила. Отныне по-иному пойдет. Кончилась твоя воля.

Сидящие одобрительно загудели. Тут подобрались сплошь лютые григориевские вороги, один к одному. Вечевой дьяк Назар, чернильная кровь, по-козлиному взблеял:

— Зажда-а-ались, матушка. Моченьки нет!

— Какая такая воля? Что ты несешь, Исаковна? — спокойно ответила Настасья, разглядывая присутствующих и мысленно отмечая тех, кого не ожидала здесь увидеть. — Есть избранный посадник, он и решает.

— Фома-то? — Марфа ухмыльнулась, вдоль стола прокатился смешок. — Не слыхала еще? Не донесли? Захворал Фома тяжкой болезнью. Прислал Назару грамотку: не могу-де больше править, в монастырь уезжаю, душу спасать. Значит, будем выбирать нового посадника. Покажи ей, Назар Ильич.

Сторожко, словно к волчице, подошел дьяк, издали протянул бумагу.

Настасья взглянула.

Рука Фомы Курятника, всё верно. Внизу подписи и печати обоих вечевых блюстителей — дьяка и подвойского. Поторопились заверить.

Лоб под плотным платом покрылся испариной, расшитый агатами ворот стал тесен.

Неужто Железная перекупила Фому? Нет, на такого деньги тратить незачем. Припугнула. И, знать, сильно, коли он даже жаловаться не прибежал, а с перепугу сразу спрятался в монастырь.

— Кого теперь в степенные думаешь? — раздумчиво, не показывая смятения, спросила Григориева, а мысль работала лихорадочно: Борецкая это давно готовила, наверняка будут и другие нежданности.

Так и вышло.

— Где мне, сиротной матери, убогой вдове, о таком большом деле думать? — Борецкая говорила медленно, упивалась своим торжеством. — Завтра Господа собирается. Там мужи опытные, мудрые, не мне чета. Найдут достойных выдвиженцев в избранщики.

— Завтра?! — ахнула Настасья.

— Времена трудные. Нельзя Господину Великому Новгороду без степенного посадника. Ты закон знаешь. Когда посадник помер или, как ныне, удалился из мира, вечный дьяк и вечный подвойский сами назначают срок, а владыка благословляет. Преосвященный уже одобрил. Тоже мыслит, что чем скорее, тем для всех лучше. Потому уже завтра Господа. Пойдем и мы с тобой, Юрьевна. Посидим, послушаем, что решат лучшие мужи.

Значит, и архиепископ с ней в сговоре! У Марфы, конечно, и свои избранщики уже готовы. А противопоставить некого — за один день такие дела не делаются.

— Что ж, — смиренно молвила Настасья. — Завтра так завтра, коли постановили. Приду, пожалуй, послушаю. Там и свидимся, Марфа Исаковна.

Поклонилась всем и вышла, отстукивая посохом.

Походка была медленная, а думы быстрые.

Первое: сыскать Фому, трусливого пса. Может, недалеко уехал, неглубоко спрятался. Второе: к владыке, требовать, чтобы переменил решение, дал хотя бы неделю. Третье: к Семену Борисову. Марфин заговор и ему угроза.

Ах, Марфа, Марфа... Прикидывалась смирившейся, а сама плела сети, ждала часа. Только теперь понятно, какого именно. Пока Москва держала ее сына в заложниках, у Борецкой были связаны руки. А теперь что ей терять, чего бояться? Не Лошинского с Федором, не Василия Ананьина надо было Ивану в оковы ковать, а Борецкую! Но нет на Руси такого завода — женок в темницу сажать. Иначе получится, что государь и великий князь страшится слабого Евиного пола.

Настасья-то давно поняла: легче враждовать с десятью мужами, нежели с одной женкой. Поймет это когда-нибудь и великий князь.

* * *

— Изосима ко мне! Захара Попенка! Олену Акинфиевну! — отрывисто приказала она Луке-письменнику, едва вернувшись домой.

Скидывая на руки прислуге темно-синий шелковый летник, поднимаясь по лестнице в светлицу, думая о тревожном, вдруг с удивлением почувствовала, что на душе хмельно и радостно, словно напилась венгерского вина и скинула лет двадцать. А до сегодняшнего дня, пока всё шло гладко, бывало, и скучала, и томилась, и вздыхала о близкой старости. Вот она — настоящая жизнь: когда ветер в лицо и черные тучи в грозовых сполохах.

Но в ту минуту Настасья про настоящую жизнь знала еще не всё.

Первой пришла невестка. Была она, как всегда со свекровью, хмурая и настороженная, но сегодня боярыня посмотрела на нее с особенным вниманием.

— Я примечаю, Олена, стала ты бледная, опухшая? Нездорова? Ты гляди мне, сейчас хворать нельзя. Снова настает жаркое время. Буду степенного выбирать. Это значит, месяца на три все торговые-хозяйственные дела побоку. Возьмешь их на себя. Готовься сама за зерном на Низ ехать. Дело большое, трудное, тебе необычное.

Каждый сентябрь, сразу после урожая, Каменная объезжала Тверщину, Суздальщину, Владимирщину. Рядилась с низовскими вотчинниками и поместниками о цене ржи, пшеницы, овса, ячменя; отмеряла, проверяла, договаривалась о следующем годе, иногда давала задаток. В хорошую осень привозила обратно в Новгород до пятисот возов зерна, с каждого по полтора рублика чистого прибытка.

— Как я поеду? — сверкнула глазами Олена. — А кто с Юрашей будет?

— Я к нему на время выборов охрану приставлю, покоя ради. Говорю: готовься в путь. Год ныне урожайный, товара много будет.

— Не поеду я, — отрезала невестка. — Боюсь.

Григориева решила, что ослышалась. Чтобы Олена чего-то боялась?

Дальше — того диковинней.

— Непогодно в дороге, тряско. Не поеду. — И отвернулась.

Занятая мыслями о Марфиных кознях, боярыня и теперь еще не поняла. Изумилась больше, чем разгневалась:

— С каких это пор ты стала такая нежная? Тряски напугалась, непогоды устраши...

И вдруг дошло.

— Ты...? Неужто...?

Задохнулась.

Схватила молодку за плечи, стала поворачивать к себе — та воротила лицо.

— Вот что у тебя лик-то водянист! Дай тити пощупать...

Олена оттолкнула от груди Настасьину руку.

— Давно ли? — прошептала свекровь тихо-тихо, будто боялась спугнуть.

— Три месяца, что ли... — буркнула невестка.

— Господи, да как оно у вас сладилось-то?

Та сердито фыркнула. Помрет — не скажет.

Но тут Настасье пришла в голову новая мысль, черная. Она вцепилась Олене в горло.

— От кого понесла?! Правду говори!

Та ощерилась — того и гляди, укусит.

— Если б я кого до себя допустила, твои шептуньи уже давно бы тебе донесли! Не нужен мне никто кроме Юраши. Потому что и ему кроме меня никто на свете не нужен. Даже ты ему не нужна!

Настасья поверила сразу — эта врать не станет, а обидное пропустила мимо ушей.

Не разжимая пальцев, притянула к себе невестку, поцеловала в губы.

— Чудо Господне... Счастье...

В дверь сунулась голова Захара, поповского сына. Он, видно, давно уже постукивал, да Настасья не слышала.

— Уйди!

Голова исчезла.

Олена вытирала рот, кривилась.

— Только знай, Настасья Юрьевна, дите будет не твое — мое. Сама выкормлю, сама выращу. С кормильцами, няньками, мамками ко мне не подступайся.

— Пылинки с тебя сдувать велю. На перине велю носить... — бормотала боярыня, не слыша.

И случилось тут еще одно Божье чудо — впервые за тридцать пять лет вернулся к ней слезный дар. Думала, что глаза давным-давно разучились плакать, но вдруг заволоклось все дрожащей пленкой и щеки стали мокрыми.

Вот какой это был день, третье августа. Всем дням день.

НА ГОСПО́ДЕ

С утра, рано, побывала на Рюриковом городище у Борисова. Тот пока только знал, что степенной посадник отставился, а более ничего. Обленился московский наместник на покойном житье последних месяцев, многих своих соглядатаев отпустил, а великокняжеские денежки на их содержание прибирал к себе в мошну — извечный низовский обычай. Все они, московские, — будто холопы вороватые, норовят с собственного же воза клок сена уволочь. А потому что не свое дело — государево.

— Фома, мышь трусливая, в щель какую-то забился, даже я сыскать не смогла, — говорила Григориева белому от ужаса Семену Никитичу. Он еще и прихварывал, сидел на своем калечном кресле оплывшей квашней. — К преосвященному Феофилу кинулась — не принял. Чревной хворобой скорбен. Владыка всегда чревом скорбен, когда надо что-нибудь важное решать. Ныне в полдень заседает Совет Господы, а никого из дружных Москве людей не будет, даже преподобного Таисия.

— Да как же так?! — ахнул Борисов. — На Господе должны все вящие люди быть. Слыхано ли, чтоб Клоповского архимандрита не пустили?! Ведь не что-нибудь, а постановление о степенных выборах утверждают!

— Боится Таисий. И другие боятся. Сколько их в Новгороде, твоего господина радетелей? Из сорока мужей Совета человека четыре? И пришли бы — рта бы не раскрыли. Кому охота на «поток» попасть? А что до Таисия, ему, говорят, на ворота собаку повесили, к башке привязана мочалка — точь-в-точь как борода у преподобного. Вот он и почел за благо из обители носу не высовывать.

Наместник жалобно ойкнул, Настасья повздыхала. (Ее же люди ту дворняжку и повесили, да и прочим московским подручникам шепнули, чтоб на Господу не совались. Не надо Настасье никого, сама управится.)

— А и я, уж не взыщи, боярин, коли мне дадут слово, про Москву хорошего говорить не стану. Себе дороже выйдет. Притворюсь, будто и я, как все, стою за вольность новгородскую, против вас, низовских. Иначе Марфа на меня весь город натравит.

Вот ради этих слов она к Борисову и заехала. На случай, если у Наместника в Совете все же найдутся тайные доводчики и перескажут ее речи. Теперь, что она там ни объяви, сойдет за уловку.

— Понимаю я, понимаю, — лепетал Семен Никитич, щупая перья бороды. — Эк оно обернулось-то, беда! А хуже всего, что не ко времени. Государь затеял великое дело, от Орды освободиться, присягу Ахмат-хану с себя сложить. Русь сего великого дня двести с лишним лет ждала, еще со времен Александра Ярославича Невского... И с Казанью неладно... Ивану Васильевичу теперь не до Новгорода... Ох, разгневается! И на кого? На меня! Что я, немощный, могу? — причитал Борисов. — А все равно отвечай: не доглядел, упустил!

Так обмяк духом, что даже мешочек с обычным монетным подношением от себя оттолкнул.

— Впору мне тебя дарить, Юрьевна. На тебя одна моя надежда. Ступай с Богом, молиться буду.

И в выцветших глазах заблестели стариковские слезы.

— Ох, не знаю, что и делать, — горестно молвила Каменная, поднимаясь.

Соврала, конечно. Знала.

НА ГОСПО́ДЕ

* * *

Господа собиралась на Владычьем подворье, в парадном зале Грановитой палаты, предназначенном для сбора большого совета, в который входило триста вящих новгородцев. Сегодня присутствовали не просто вящие, а «великие», истинные хозяева Господина Великого Новгорода: отставные посадники и тысяцкие, главы всех пяти концов, настоятели семи соборов и архимандриты главных монастырей, старшины купеческих сотен. За вычетом мужей, известных москволюбием, да без владыки, да без степенного набралось едва за тридцать человек, и в огромной палате было пустовато. Голоса гулко раскатывались под расписными сводчатыми потолками, сплошь в звездчатых накладных швах — потому палата и называлась Грановитой.

Сбоку от владычьего трона и посадничьего кресла, пустых, сидели на стульцах высшие по должности служивый князь Гребенка и степенной тысяцкий Фролко Ашанин, но ни тот, ни другой по установлению вести выборный совет не могли: тысяцкий ведал только торговыми тяжбами, князь — только военными заботами.

За последние годы сложилось так, что на важных заседаниях участники рассаживались не где придется, а со смыслом. Кто собирался поддерживать Настасью Григориеву — справа (Настасья всегда садилась на восточную скамью); сторонники Марфы Борецкой — слева, на заходе, остальные же, пока не определившиеся — с юга, перед Ефимией Горшениной.

Все три великие женки пришли загодя, тихонько расположились на зрительских местах, возле каждой — своя свита. С Железной ее звероподобное идолище Корелша, бойцовский начальник, да послушные псы вечный дьяк с вечным подвойским; с Шелковой муж; Каменная взяла сереброликого Изосима и Захара, который на Господе оказался впервые.

Перед началом совета распределилось так: тринадцать великих перед Марфой, семеро перед Настасьей, прочие перед Ефимией.

В полдень ударили колокольца на часозвоне, и заседание началось.

Встал и заговорил тысяцкий Фролко. Все шушукались, не слушали, потому что объявлял он уже известное: что Фома Андреевич по жестокой и внезапной хвори более посадничать не может, что надобно выбирать нового степенного, что медлить нельзя и Господа должна назначить день выборов, которые ныне будут *не зазорные, как в прошлый раз,* но по всему старинному обычаю. В этом месте многие переглянулись: если уж Фролко, известный осторожностью, позволяет себе осуждать действия московского государя, быть грозе.

Один из бояр, устроившихся в середине, поднялся с места, словно в глубокой думе, прошелся по залу — пересел на западную сторону, к Марфиным.

— Кто хочет говорить первым, господа новгородцы? — спросил в завершение тысяцкий, но посмотрел при этом не на мужей, а на великих жен, поочередно. Заоборачивались и остальные. Женщинам на Господе говорить, да и присутствовать не полагалось, но об этом, кажется, никто не помнил.

— Я скажу, — громко объявила Борецкая, вставая.

Сегодня она не стала тратить время на обычные, предписанные обычаем сетования по поводу слабости женского ума и своего вдовства, а сразу взяла быка за рога.

— Дозвольте, господа лучшие новгородцы, я всех вас спрошу прямо: есть средь нас такие, кто не хочет постоять за древнюю новгородскую вольность?

Оглядела залу горящими глазами, задержав взор на каждом — только Настасью не удостоила.

— Нету! Нету здесь таких! Кто есть, те не пришли! — дружно ответила палата.

— А есть такие, кто хочет и дальше жить, на Москву оглядываясь? — еще громче вопросила Железная и теперь уж вперила свой бешеный взгляд прямо в Григориеву.

Та качнула головой, удивляясь тому, как круто забирает Марфа, но все подумали, что и Каменная на Москву оглядываться не хочет. Зашумели пуще прежнего:

— Нету! Нету!

Только старый князь Гребенка, человек хоть и пришлый, но давно живущий в Новгороде и всеми уважаемый за редкое сочетание храбрости с рассудительностью, пророкотал:

— Новгород под Москвой не от хотения сидит, боярыня, а от своей слабости. Будто ты не знаешь?

Он очень редко говорил на Господе (ему и не полагалось), тем весомее прозвучали спокойные, рассудительные слова — словно кто-то плеснул водой в распаляющийся костер. Гребенка мог такое сказать, он не раз проливал свою кровь за Новгород, его никто не заподозрил бы в малодушии.

Уважительно ответила ему и Марфа:

— Знаю, княже. А скажи мне, Василий Васильевич, чем Москва нас сильнее?

Он задумался, покряхтел — мыслить вслух старому вояке было непривычно.

— Большим войском, привычным к бою... Единой волей... Низовским холопством: как Иван велит, так все и сделают, никто не заперечит. А у нас тут как пойдет говорильня...

Гребенка махнул рукой.

Многие закивали, соглашаясь.

— Теперь скажи: в чем наша новгородская слабость? — не отставала от князя Борецкая.

Это воеводе было уж совсем трудно, он поскреб затылок под красной шапкой, потом развел руками.

— Так я сама скажу. — Железная больше на него не смотрела, обращалась ко всем. — Мы слабы там, где Москва сильна. У нас нет хорошего войска, одним нам в поле против Ивана не выстоять. Пробовали уже — я старшего сына лишилась, многие из вас тоже родню потеряли. Это первое. А второе — да, нету у нас единства, вечно между собою ругаемся, грызесмся. Еще и третья причина есть: Псков. Вроде бы такое же вольное товарищество, как мы, и тоже от Москвы терпит притеснение, но живем мы с псковитянами, словно кошка с собакой. Они в последней войне ударили нам в спину. А и мы перед ними не без греха — тоже, случалось, помогали низовским против Пскова.

Все слушали, не возражая. Марфа говорила истину.

— ...Но сейчас, господа лучшие новгородцы, настало золотое время, когда московская сила скована. Казанский царь Ибрагим грозит Ивану войной. Ордынский царь Ахмат свирепеет, что Москва ему не платит дани. Тоже и он в поход собирается. Всю свою рать великий князь должен держать на востоке и на юге. А у него еще и дома неустройство. Родные братья Андрей Углицкий и Борис Волоцкий на Ивана в обиде, что он ими, удельными князьями, помыкает, словно холопами. На Руси пахнет большим мятежом.

НА ГОСПО́ДЕ

— Москва сейчас несильна, но и мы слабы! — крикнул Самсон Клюкин, староста Славенского конца, оглянувшись за поддержкой на Григориеву — он был свой, ближний. — Если воевать придется, опять закончится Шелонью!

В Настасьином кругу Самсона поддержали, но сама боярыня каменно молчала. О чем думает — не догадаться.

У Борецкой был ответ и на это:

— Войска у нас хорошего немного, зато много денег, а на них можно орденских копейщиков и самострельщиков нанять. У короля Казимира полно голодной шляхты — этим только мошной звякни, тысячами прискачут.

— Не больно-то они пять лет назад прискакали, — не унимался Самсон. — Им надо было через псковскую землю идти, а Псков не пропустил.

— Золотая у тебя голова, Самсон Иванович! — восхитилась Марфа — и, кажется, безо всякой язвительности, а всерьез. — В самый корень смотришь! Ключ всему нашему делу в Пскове. Если он с нами заодно, то и Москва не страшна. Псковские нам и деньгами помогут, и дружиной, а главное — пропустят литовское войско.

— С чего бы Пскову быть с нами, коли мы враждуем? — Это уже заговорила Настасья. — Или ты знаешь, чего мы не знаем? Говори.

Все завертели головами с востока на запад: кажется, завязывался главный бой, сейчас заискрит железо о камень.

Но Борецкая повела себя не по-всегдашнему, в свару не ринулась.

— Знаю, Настасья Юрьевна. И скажу. Иван Московский поставил в Псков наместником глупожадного Стригу Оболенского, который извел псковичей поборами и безобразиями. Еле терпят его. Если сейчас мы псковское вече на общее дело позовем — они забудут прежние обиды. Я знаю, что тут надобно сделать, и о том после скажу. Главное же вот что: когда Новгород, Псков и Литва вместе встанут... — Марфа захлебнулась от чувства. — ...Москва будет нам нестрашна. Мы ее к татарам ототрем, пускай с ними живет. Сами же воскресим Русь прежнюю, настоящую, исконную — от Новгорода до Киева!

— Киев-то литовский, — с сомнением произнес настоятель Святой Софии. — Не попасть бы нам из огня да в полымя — от Ивана Московского к Казимиру Литовскому.

— У Казимира три четверти народу — люди русские, православные. С нашими деньгами, да в союзе со Псковом мы скоро всю Литву сделаем Русью, — уверенно сказала Борецкая.

Многим это понравилось — почти всем. А тут еще Марфа получила помощь с нежданной стороны.

Поднялась Ефимия Шелковая, певуче произнесла:

— В Киеве и свой православный митрополит есть. Зачем нам московской митрополии держаться? Она служит не Богу, а великому князю. Права Марфа Исаковна. Хватит нам Низу кланяться.

Вот как оно поворачивалось: две великие женки были вместе. Теперь все смотрели на Григориеву.

— За тобой дело, Настасья Юрьевна, — поклонилась ей Борецкая, что было невиданно: боярыня смиряла гордость ради общего дела. — От тебя зависит, быть нашему единству или не быть. Глядите, братья: Ефимия Ондреевна дружна и с литовским двором, и с Орденом; я знаю, как поладить со Псковом; Настасья же кормит с руки великокняжеских братьев, да еще сносится с Ордою. Если в нужный час натравить Андрея с Борисом на Ивана, а Ибрагиму с Ахматом послать денег, чтоб тоже выступили — завертится московский медведь во все стороны. А тут к нам литовская рать подойдет, соберутся наемники. И победим! Порадей за Новгород, Настасья. Не обойтись нам без тебя. Кланяйтесь ей, братья!

И первая поклонилась — в пояс.

Григориева скрипнула зубами. Эк Марфа повернула! Будто она от всей Господы говорит, за общее дело ратует, а Каменная коряжится.

— Ты, может, про торговый убыток думаешь? — изобразила заботу Борецкая, подколодная змея. — Боишься без хлебной торговли остаться? Да если мы с Литвой сговоримся, ты хлеб из Киева повезешь, реками. Не бойся, не прогадаешь. Господа тебе на то грамоту даст — что ты одна можешь из Литвы жито возить. Дадите, братья, Настасье Юрьевне привилею?

— Дадим, дадим! — раздалось со всех сторон.

Куда ж вы от меня денетесь, подумала Каменная. У меня и закупщики опытные, и доставщики, и склады.

Замысел-то был неплох: возить хлеб не с Низа, а из литовских украинных земель. У литовцев не то что у Москвы. Заплати продавцу и вези куда хочешь. А у низовских дьяку дай, мытарю дай, волостелю дай. Иначе не доедешь, не довезешь.

Григориева будто лишь теперь заметила, что все на нее смотрят, а многие и кланяются. Очень удивилась.

— А что вы меня, будто несговорчивую невесту уламываете? Когда это я была новгородской вольности противница? Иное дело, что к Марфе Исаковне у меня доверия нет, притворяться не стану. Она мне вечная зла желательница...

— Ты меня больно любишь! — перебила Железная.

— И я тебя не люблю, это правда. Тесно нам с тобой, Марфа. Локтями толкаемся, и оттого всему новгородскому делу вред. Но что ты сейчас говорила про ослабление московской силы — всё истина. Проторена у меня дорожка и к великокняжеским братьям, и к татарам. Могу устроить так, что они разом накинутся на Ивана. Великий князь настырен, да не глуп. На рожон не полезет. Думаю, и воевать не придется — довольно будет хорошее войско собрать. Если Иван почует, что кус не по зубам — отступится.

Ей кивали еще согласнее, чем Борецкой — радовались, что в кои-то веки все великие женки говорят единое.

Софийский настоятель сказал с сомнением:

— По-земному оно всё вроде так, но как с Богом будет? Мы великому князю на договорной грамоте крест целовали, что не передадимся от него королю. Клятву преступить — перед Господом страшно, а перед нашим законом стыдно. Мы ведь христиане, новгородцы, не татары дикие, не Москва. Если станем свое слово нарушать, чем мы лучше?

Многие набожные тут завздыхали: прав преподобный, грех это. Настасья мысленно оскоромилась — пожелала святоше-законнику нехорошего. С шибко совестливыми вечно самая морока.

Вдруг кто-то слегка толкнул боярыню в бок. Она изумленно повернулась: Захар.

Шепчет:

— Устюжская грамота, Калита.

— Что?

Тогда он, поднявшись и на три стороны поклонившись, заговорил:

— Пречестная Господа, дозволь напомнить старину новгородскую. В 6836 году великий князь московский Иван Данилович Калита в Устюге-городе целовал грамоту, что не тронет на Двине новгородских рыбных ловлей, при многих свидетелях крестно клялся, а в 6842 году клятву свою порушил, за что тогда же приговором великого веча со многими хулами был от новгородского княжения отринут. Тем же великим вечем 6842 года постановлено, чтоб впредь с московскими князьями крестных целований не учинять, а коли доведется, то, памятуя о Калитовской неправде, блюсти то целование не превыше разумности. Грамота с сим решением есть в письмохранилище Святой Софии, можно сыскать.

— А ведь верно! — воскликнул бывший посадник Акинфий Зубов. — Была такая грамота, помню! Кто это с тобой, Настасья Юрьевна?

У Захара с прошлого года отросла пристойная борода, и на прежнего голомордого шпыня он теперь был непохож. Держался чинно, говорил без московской суетливости.

— Это мой ученый книжник Захар Попенок, — сказала Каменная. — Держу его рядом, ибо знает все законы-летописи. Послушайте меня, братие... — Она распрямила стан, плечи — и будто сделалась еще выше. — Не в законническом крючкотворстве дело. Как нам договор разорвать, грамотеи придумают. Хочу предложить вот что. Ныне будем выбирать нового степенного. Тут уж, как водится, повоюем. Выборы есть выборы. Но давайте условимся: чья бы ни взяла, сколько бы ни накопилось новых обид, кого бы посадником ни выбрали, после веча старые счеты забыть. Будем держаться вместе и всю свою лютость обратим против Москвы, а не против друг друга. За волю новгородскую. Вот одолеем низовских, тогда снова начнем меж собой рядиться. Я такую клятву дать готова.

Она размашисто, троекратно перекрестилась, и члены совета начали подниматься с мест. Обнажились головы, замелькали двоеперстно сложенные руки.

— А ты, Марфа? Клянешься?

— Клянусь.

Сотворила знамение и Железная.

— Ты, Ефимья?

— Клянусь, — ответила Шелковая, крестообразно обмахнувшись тонкой рукой.

Все были воодушевлены, у некоторых на глазах блестели слезы.

Настасья была довольна: ее речь затмила Марфину. Потом, рассказывая о заседании, все будут говорить, что это Григориева привела собрание к единству.

Начали выступать другие, но нового ничего не говорили, только распаляли друг друга, красовались перед Господой новгородской истовостью.

Так продолжалось, наверное, с час. Потом опять взяла слово Борецкая.

— Не пора ли перейти от речений к делу, братья? Закон вы все знаете. Ныне в течение десяти дней должно объявить всех выдвиженцев. Хочу, не ожидая срока, прямо сейчас заявить от Неревского конца достойного мужа, лучше которого и не придумать. Дозволите?

Дождавшись, пока все умолкнут, Борецкая спокойно, уверенно продолжила:

— Помните, что мы про Псков говорили? Что для нас сейчас важнее ничего нет? И я сказала, что знаю, как со псковскими задружиться. Если мы выберем посадника, которого в Пскове знают и привечают, дружба сладится сама собой.

— Кого же это? — спросили из залы.

— Аникиту Васильевича Ананьина, вам хорошо известного. Он из вящего посаднического рода, родной сын Василия Ананьина, которого Ирод московский сгноил в темнице за верность новгородской свободе. Аникита Васильевич — муж твердый, честный, речистый, в самом лучшем возрасте. А главное — женат на псковской боярышне. У него в Пскове и родня, и торговые связи. Вот кто нам сейчас нужен, братья. Выберем Ананьина — он со псковитянами сговорится. И тогда всё у нас сложится: и литовская подмога, и крепкий тыл.

Говоря, Марфа смотрела не на своих сторонников (они и так были за нее), не на григориевских (эти слушали хмуро), а на неопределившихся, сидевших перед Ефимией Горшениной.

Настасья с тревогой увидела, что вся середина слушает — соглашается.

— Что, братья? Гож Аникита Ананьин? — спросил тысяцкий.

Большинство ответили: «Гож».

— Запиши его, Назар, — велел тысяцкий. — Один выдвиженец есть. Еще кого предложите, бояре и святые отцы?

Но смотрел при этом на Григориеву. Она молчала.

Получалось, что верх сегодня все же взяла Борецкая. Пришла с готовым выдвиженцем — очень сильным, что уж тут перечить. И теперь, прямо с сегодняшнего дня, Марфины подручники — крикуны с шептальниками — начнут по всем концам уговаривать народ. На выборах кто раньше приступил к улещиванию, кто лучше подготовился, тот и побеждает. Всегда так.

— Ну коли пока больше никого нет, постановим, как предписано обычаем. — Тысяцкий встал, и все тоже поднялись. — Подвойский, прикажи своим бирючам объявить по приходам и улицам, что всяк честной новгородец от сего дня до 14 августа может выдвинуться в концевые избранщики, а великое выборное вече будет, согласно закону, три месяца спустя, 14 ноября... Это что за день?

— Феодоры праведной, греческой царицы, — ответил дьяк Назар, заглянув в святцы.

Женский день, подумала Настасья, глядя на Борецкую, тоже не сводившую с нее торжествующего взгляда.

Поглядим, кто из нас царица.

РЫБА ИЩЕТ ГДЕ ГЛУБЖЕ

— Бьюсь, бьюсь с лбяными морщинами, чего только не перепробовала, а всё одно проступают, — пожаловалась Ефимия. Она сидела в кипарисовой купели, наполненной теплым, только что из-под коров парным молоком с примесью разных трав, втирала в кожу какую-то мудреную мазь. — Ты-то хитрее. Укрыла лоб платком, и горя нет.

В мыльне было тепло, влажно, духовито. Настасья сняла и саян, и летник, была в одной рубахе. Плат, конечно, оставила, хоть плотная ткань и пропиталась потом.

— Ковшик с квасом подай, — попросила хозяйка. — И сама испей, хорош.

Они были вдвоем, без служанок. Прямо из Грановитой отправились на подворье Горшениных и уединились, будто бы попариться, а на самом деле — потолковать вдали от чужих ушей, но Ефимия в самом деле затеяла нежиться и говорила про пустое, бабье. Но такая уж она есть, Шелковая. Без Горшениной в задуманном деле было не обойтись, и Настасья сколько могла терпела. В конце концов все же не выдержала:

— Ты слушаешь, что я тебе толкую, иль нет? У Марфы сильный выдвиженец. Неревские его непременно одобрят. Давай посмотрим, что выходит по другим концам.

РЫБА ИЩЕТ ГДЕ ГЛУБЖЕ

По закону и обычаю через десять дней каждый из пяти новгородских концов должен был на своем малом вече утвердить из выдвиженцев одного избранщика, которые потом схватятся друг с другом в день великих выборов.

— Давай посмотрим, — кивнула Ефимия, любуясь своей голой рукой — гладкой и белой, словно у юной девки. — Что у тебя на Славне?

— Кого захочу, того и проведу. Невидного какого-нибудь. Может, Захара Попенка. Его в городе мало знают, но славенские мне перечить не станут. Мужичок он смекалистый, послушный. За кого потом велю — за того и поступится.

«Поступаться» в пользу другого избранщика было принято прямо перед великими выборами: из пяти концовских трое отказывались в чью-то пользу, и оставались двое основных. Тут обычно исход и предрешался — еще до подсчета голосов. Три конца всегда больше, чем два. И тем паче четыре, чем один.

— Ну и ради кого твой Попенок поступится? — Шелковая говорила все так же лениво, будто не очень интересуясь разговором. — Наметила уже?

— Наметила. В Федорин день, на выборном вече, он поступится в пользу избранщика от Плотницкого конца.

— Кто же это будет?

— Твой Ондрей Олфимович, — тихо молвила Настасья.

Шелковая уронила в воду моржовый гребень, которым расчесывала волосы.

— Мой Ондрюша? — Ленивости будто не бывало. — Да кто же его выберет?

— А что? Муж у тебя умом гибок, когда надо — краснословен, многим удобен, потому что у него, как и у тебя, нет врагов. Главное же — он как воск в твоих руках. Считай, Новгород будет твой. А уж ты меня, старую свою подругу, я чай, не обидишь.

— Вон ты как удумала... — прошептала Ефимия, качая головой. — Ох, ловка...

Да уж не дура, подумала Григориева. В одиночку ей с Марфой в сей раз было не совладать, это ясно. Ефимия если и помогла бы, то в четверть силы. Зато ради себя Шелковая расстарается. Она всюду вхожа, со всеми дружна. И многим сильным людям города такой промежный исход — и не Марфе, и не Настасье — очень понравится.

— Стало быть, давай глядеть. — Настасья начала загибать пальцы — удобно, по одному на каждый конец. — Неревский — Марфин, Славенский — мой. В Плотницком двинем твоего Ондрея. Там половина улиц меня не любят, но с твоей помощью перееможем, будет наш. В Загородском, конечно, посражаемся, но скорей всего не сдюжим, там у Марфы поддержки больше. Остается Людин конец, который будто хвост собачий — то туда вильнет, то сюда. Эх, кабы знать, кого Марфа в людинские избранщики прочит, тогда было б ясно, с какой рогатиной на этого медведя идти...

— Я знаю, — сказала Шелковая, полируя щеточкой ноготь.

— Кого?

Ефимия безмятежно ответила:

— Михайлу, племянника моего.

И тут стало ясно, что Борецкая с нею загодя, еще до Господы столковалась — подкупила честью для родича. Михайла Горшенин совсем молод, в степенные, конечно, не пройдет, но в такие годы выдвинуться в концевые избранщики — уже великая удача. Особенно если на великих выборах поступился в пользу будущего посадника...

— А не сказала, подруженька, — укорила Григориева, не удержавшись.

Ефимия удивленно приподняла щипаную бровь:

— Рыба ищет, где глубже, а человек — где лучше. Теперь я вижу, что с тобою лучше, чем с Марфой. Значит, мы отныне вместе, ты да я.

— Хорошо, — не стала дальше пенять ей Каменная. — Стало быть, перед великим вечем Захар Попенок и Михайла призовут своих кончанских стоять за твоего Ондрея, и получится, что у нас три конца против Марфиных двух.

— Твоими бы устами. — Ефимия сожалеюще поцокала. — Как только Марфа прознает, что мы с тобой двигаем Ондрея, сразу вместо Михайлы в Людин конец назначит другого.

— Поэтому мы про Ондрея объявим только в самый последний день и в самый последний час. Не успеет Марфа другого подобрать.

Помолчали. Каждая думала о своем.

Горшенина с сомнением молвила:

— Даже если перед великим вечем за нас будут три конца, что мой Ондрюша против Аникиты Ананьина? Будто кочет против ястреба. Сильный у Марфы избранщик. А мой муженек, сама знаешь, только с виду красен...

Теперь, пожалуй, можно было союзницу посвятить и дальше в замысел. Настасья, усмехнувшись, сказала:

— Не робей. Ястреб к тому времени будет сильно пощипанный. Мы против него в Неревском конце «погремца» запустим.

Когда в упряжке из двух лошадей одна попадется злая — грызет, лягает соседку, сбоку на оглобле вешают трещотку, называется «погремец». На бегу он гремит, и норовистая лошадь пугается, голову отворачивает. Не до грызни ей, да и бежит спорее.

В премудрости же новгородских выборов «погремцом» называли выдвиженца, запускаемого в чужой конец. Не для того, чтоб победил, а чтоб расколол вражеский лагерь, замутил воду, науськал одну улицу на другую, замотал-захулил соперника. Часто бывало, что брань и ругань между своими после этого не стихали до великих выборов, когда про «погремца» все давно уже позабыли, и тогда кончане голосовали не заедино, а врозь, многие предпочитали чужого избранщика своему. Игра в «погремца» — дело тонкое, хитрое. Большого искусства требует.

— Где ж ты такого трескучего «погремца» возьмешь, чтобы потрепал Аникиту Ананьина в Неревском конце, насплошь Марфином?

— Есть один на примете, — уклончиво молвила Каменная. — Мой Изосим всюду сует свой серебряный нос, принюхивается, приглядывается. Присмотрел кое-кого. Как раз для такого дела.

— Кого? — с любопытством спросила Ефимия.

— Завтра скажу. Если сладится.

— Ладно. Облей меня из кувшина, молоко смыть. Да разбавь кипяток, обожжешь! Служанка из тебя, Настасьюшка, как из коровы скакун.

Встала в купели — ладная, крепкая, белокожая, будто разрезанная редька.

— Чародействуешь ты что ли? — поразилась Григориева, поливая из серебряного кувшина. — И время тебя не берет.

— Я бы почародействовала, если б научил кто. Нет, старею я. — Ефимия потрогала грудь. — Перси, вишь, книзу тянутся.

— У меня таких и в двадцать лет не было. Как Юрашу выкормила, повисли козьим выменем.

— А не надо было самой. Мы чай не козы, а боярыни.

— Незачем мне было беречься, — дернула углом рта Настасья. — И не для кого.

Вытирая волосы полотенцем, Горшенина пытливо посмотрела ей в глаза.

— Я тебя, Настасья, почти тридцать лет знаю. Всякой видала. Но такой, как нынче, — никогда. Лицо у тебя какое-то... Будто двухслойное. Верхний слой мне знаком: зыркаешь волчицей, которая унюхала овечье стадо. Перед большой сшибкой у тебя всегда такие глаза. Но есть еще что-то, глубже. На тебя непохожее. Огоньки какие-то. Словно радуешься чему-то, но не так, как всегда, а без злобы.

— Я что — если радуюсь, то всегда со злобой? — удивилась Каменная.

— Да. И только, когда победишь кого-нибудь. А тут что-то другое. Ну-ка, говори, что у тебя за радость?

Настасья такой проницательности не очень удивилась. Ефимия только прикидывается пустомелей, а глаз у нее въедливый.

— Внучка у меня будет. Или внук. Понесла Олена от Юраши. Три месяца уже.

Шелковая взвизгнула, кинулась подруге на шею, обдав запахом молока и ароматных трав.

На голубых ясных глазах выступили слезы — они у Ефимии всегда были близко.

— Вот оно, что в жизни-то главное! Прочее — пыль на ветру! Ах, рада я за тебя! Как рада!

— Да. — Настасья плакать не умела, да и улыбаться не очень, поэтому лицо у нее будто заколыхалось. — Есть для кого постараться. И жить мне теперь надо долго. Лет двадцать еще, а хорошо бы и двадцать пять.

— Поживем, — уверенно сказала Горшенина. — Мы, новгородки, до жизни цепкие.

ПОГРЕМЕЦ

В воскресный августовский заполдень, когда небо сочится тягучим медовым зноем, горячий воздух неподвижен, а пыль искриста, Новгород словно засыпает. В Божий день торгуют только утром, потом — грех. Все уже отстояли обедню, потрапезничали и до предвечерней прохлады разлеглись по лавкам.

В окрестностях великого города и вовсе сонное царство. Дороги опустели, заполья — пригородные посады — затихают. В эту жаркую пору не жужжат даже пчелы, не щебечут птицы, лишь гулко стрекочут бессчетные цикады.

Вода в полувысохшей речушке почти не журчала. Захару показалось, что и колесо старой мельницы перестало крутиться, потому что решило вздремнуть, хоть он знал, что мельня давно заброшена.

Сидели в кустах, укрытые от солнца плотной тенью, но Захара бросало в пот. Он не любил непонятного, тревожился, а тут было непонятно всё: чего ради явились в это глухое место, почему беззвучно крались, зачем засели в кустах и отчего нельзя слово молвить? Чуднее всего, что сама госпожа Настасья здесь. Тоже молчит, не шелохнется. А спросить — у боярыни боязно, у серебряной морды — того страшней.

Изосим ладно, он человек змеиный, потаенный, но как понять Юрьевну? Великая жена, первейшая особа на весь Новгород, а сидит в пустой роще, на кортках, словно простая баба-селянка, и давно, целый час уже. Чего ждем-то?

Сказала только: «Пойдем со мной, Захар Климентьевич. Понадобишься».

Он ей с готовностью: «Куда, госпожа? Что велишь делать?»

Она в ответ коротко: «Куда — увидишь. А делать тебе ничего не надо, просто гляди в оба».

Значит, теперь он будет «Климентьевич», поди ж ты. Едва привык зваться фамилией — Попенок, по родителю-покойнику, а тут еще к отчеству привыкай. Давно ли был Захаркой, стольничьим отроком, у всех на побегушках, а ныне избранщик от Славенского конца в степенные посадники! Господи, не сон ли?

Ну и жизнь — будто шальной конь, который понес вскачь, не разбирая дороги. И не остановишь, и не соскочишь — знай, крепко держись за гриву, из седла не сверзнись.

Главное, как это боярыне можно в такое лихое время быть самтретьей, в безлюдном месте? А если марфинские прознают? Сейчас, когда началась выборная схватка и сцепились большущие волчицы, всякое возможно. Исчезни безвестно Настасья Григориева — и драке конец. А кто при ней был, про тех и не вспомнят. Сейчас, даже перемещаясь по городу, хозяйка оберегала себя оружными людьми — и вдруг отправилась зачем-то в темную запусть. Ох, нехорошо...

Один только раз шепотом боярыня спросила Изосима:

— А этот-то где? Явился?

— Куда ж он денется? — засвистел страшный человек из-под маски. — Еще ночью доносец кинули, открыли дураку глаза. Засел, ждет. Ты глянь хорошенько. Сарайчик, окошко.

Ничего Захар не понял: кто «он», что за доносец, но на ветхий сарай, сбоку от мельницы, внимательно посмотрел. И вскоре показалось, будто там, в темном малом оконце, что-то шевельнулось.

Эге, да они тут не одни! Кто-то близ мельни тоже затаился, дожидается. Не от него ли прячемся?

— Идет! — прошелестел Изосим, глядя назад, в широкое поле, в дальнем конце которого темнела городская стена.

Оттуда, от Воскресенских ворот, шла баба — по походке судить, молодая.

Захар стал смотреть на нее.

Вот она приблизилась, просеменила почти мимо кустов. Несмотря на жару, замотана в платок, лица почти не видно. На плечи накинут ветхий суконный опашень до пят. Но из-под него мелькали сапожки — синь сафьян, с серебряными оковками. Значит, из богатеньких.

Остановилась, поглядела вокруг. Подошла к мельне, достала ключ. Исчезла за дверью, которая — вот странно — не скрипнула, будто была хорошо смазана.

— Ну то-то, — сказал Изосим уже не шепотом, а вполголоса. — Значит, сложится. Я, честно скажу, за женку слегка... тре’ожился. — Последнее слово он произнес после запинки, проглотив одну букву. — А коли она здесь, то и старый кот скоро нагрянет.

— Ты что в голос-то? — шикнула на него боярыня. — Этот услышит!

— Не услышит. У людей, Настасья Юрьина, устроено так: если кто на что-то жадно глядит — ничё иное не зрит и не слышит. Он нынче только туда глядит. — Изосим показал на мельню. — Жди. Недолго уже.

Григориева тоже заговорила громче:

— Стало быть, ты велел записки подбросить всем троим: и Булавину, и жене его, и Филиппу, снохачу поганому?

Изосим кивнул.

— Гнездышко у них тут, Настасья Юрьина. Снаружи разор, а нанутри — рай.

Теперь Захар начинал кое-что понимать, но пока еще не всё.

Стало быть, жена какого-то Булавина здесь, на заброшенной мельне, тайно встречается с полюбовником, с неким «старым котом» Филиппом. Погоди-ка, уж не о Ярославе ли Булавине, невском боярине, герое прошлой московской войны речь? Его отец Филипп Яковлевич — известный на весь город похабник. Боярыня его «поганым снохачом» обозвала — это он, значит, с собственной невесткой, при живом сыне, беса тешит?

Мысль, разогнавшись, быстро вычислила остальное.

Изосим подбросил всем троим записки. Жене, наверное, от любовника: приходи на мельню; старику — то ж самое, только от бабы; а еще обманутому мужу, который сейчас затаился в сарайчике.

Оно, конечно, затейно, но что мы-то тут делаем? Почему сама Настасья Каменная в кустах засела?

На это Захар ответа не придумал, и ему стало еще беспокойней. Не вышло бы кровавого лиха...

С поля донесся топот.

В рощу влетел всадник на хорошем коне. Грузно, но спешно прыгнул из седла.

Так и есть, Филипп Булавин. И правда похож на старого котищу: полуседая борода, словно шерсть на морде, круглые горящие глаза.

Наскоро привязал вороного, крикнул:

— Отворяй, душенька! Истомился я!

Захар покачал головой, дивясь бесстыдству. Это ж надо, с родным сыном так!

Дверь отворилась, словно сама собой — опять беззвучно, и боярин, протянув руки для объятья, шагнул внутрь.

— Беда будет, госпожа Настасья, — беспокойно сказал Захар. — Если в сарае Ярослав Булавин, он обоих убьет, он бешеный.

В прошлую войну Ярослав Филиппович, военачальствуя над небольшим конным отрядом, изрядно потрепал псковитян. Про него говорили, что в сече он впадает в неистовство, лезет в самую гущу, рубит не разбирая — бывает, что и своих, если кто подсунется.

— Того нам и надобно, Захар Климентьевич, — спокойно ответила Каменная. — Пускай убьет отца и жену, а двое свидетелей, ты с Изосимом, то увидят.

— З-зачем? — у Попенка задрожал голос.

— Чтоб Булавин у меня вот здесь был. — Боярыня подняла сжатый кулак — он был больше, чем у Захара.

Захар стиснул зубы, чтобы не клацали. Быстро заморгал, соображая.

В мельне распахнулось окно, оттуда донесся женский смех.

В следующее мгновение дощатая дверь сарая чуть не слетела с петель от бешеного удара. Наружу выскочил чернобородый статный молодец с перекошенным от ярости лицом. В руке он сжимал шестопер.

Захара кинуло из жаркого пота в ледяной. Сейчас свершится смертоубийство! Он покосился на Изосима — тот мигнул красивым глазом над маской:

— Рано трястись, Захар. Страшное еще не началось. На нас кинется — тогда и дрожи.

Господи, поледенел Попенок, а ведь правда! Не стал бы этот бешеный свидетелей убивать! Что ему терять-то?

Булавин вломился в мельню, пробив дверь ногой. Изнутри раздались крики: густой, свирепый; стариковский сердитый; женский визгливый.

Что-то загрохотало, обрушилось.

А потом сделалось тихо. Как на кладбище.

— Кажись, готово, — молвила Каменная, немного выждав. — Пойду-ка я с вами, детки. Какой бы он ни был осатаневший, на меня, чай, не кинется.

Раздвинула кусты и пошла вперед, постукивая посохом, — величественная и неторопливая, будто направлялась в церковь или на Господу, а не к месту убийства.

Попенка страх отпустил. При Настасье Юрьевне ничего неподобного случиться не могло.

В мельню он вбежал первым, опередив Изосима.

— Что за крики? — кричал. — Не стряслось ли худа?

Булавин стоял на коленях, зажав виски руками, и мерно раскачивался. Слева, ничком, окунув лицо в багровый подтек, лежал давешний старик. Баба сидела у стены, свесив голову набок. Мертвые глаза пялились в пространство, а крови не было. Шею он ей сломал, что ли?

— Тут злое дело, госпожа Настасья Юрьевна! — завопил Попенок, нарочно произнеся имя-отчество — боярыня еще не дошла до двери.

ПОГРЕМЕЦ

Убийца поднял мутные глаза, непонимающе уставился на Захара, сморгнул, увидев серебряную маску Изосима, но остановил взгляд на Григориевой.

— Настасья Юрьевна, ты?

Спрятал лицо в ладонях, замотал башкой — верно, подумал, не снится ли ему всё это: кровь, трупы, невесть откуда взявшаяся великая боярыня.

— Ярослав Филиппович? Что это тут? Еду со своими людьми по дороге, слышу крики, — медленно произнесла Каменная. — Постой, это никак жена твоя, Наталья? А седой кто?

Булавин встал, оказавшись выше Захара почти на голову, но вся ярость из боярина вышла. Он был словно пьяный или больной — шатался.

— Вот... Мой срам, мое горе... Два Иуды. Отец родной и жена-бесчестница. Обоих своей рукой порешил за прелюбное дело... Вяжите меня, православные. Ни о чем не жалею. И отпираться не стану!

— Ох, беда какая! — закручинилась Григориева. — Прелюбодейство — грех тяжкий, поделом им обоим, но что с тобой, бедным, будет?

От участливого слова детина всхлипнул, начал утирать слезы.

— Пускай... Моя жизнь кончена...

— За отцеубийство знаешь, что бывает? — так же сожалеюще продолжила боярыня.

— Пускай! — снова повторил Булавин.

— Тебе-то, может, и пускай, а про сынка ты подумал? Легко ли ему будет расти, зная, что мать у него была — лахудра, а батюшка — отцеубийца?

Богатырь заревел пуще прежнего, а Настасья подошла к нему, приобняла, погладила по волосам.

— Я бы на твоем месте, хоть я и баба, то же самое бы сделала. Не за прелюбодейство даже, а за лютое вероломство. Это ж какой надо змеей быть, чтобы мужу со свекром изменять? Это ж каким надо быть сатаной, чтоб родного сына так срамить? Нет, Ярославушко, не отдам я тебя на казнь. Не дозволю такому молодцу жестокой смертью, в позоре сгинуть!

Булавин икнул, уставился на нее — даже слезы высохли.

— А... а как же?

— Таких людей, как ты, на свете мало, — сказала ему Григориева, положив подбородок на рукоять посоха и глядя боярину прямо в мокрые глаза. — На вас земля держится. Законы не для вас писаны. В ком великая сила живет, тот может стать либо великим злодеем, либо великим свершителем. Тут всё от судьбы зависит. Куда она развернет.

— Я ныне злодей, хуже и не бывает, — опустил голову убийца.

— Судьба тебя ко мне развернула. И быть тебе, Ярослав Филиппович, не на плахе, а в Грановитой палате, на первом месте.

Бог хочет, чтобы ты Новгороду вольность вернул, всех наших врагов одолел. Я день и ночь думаю, где бы сыскать богатыря в степенные посадники — и вот оно, озарение! Это меня Всевышний сей дорогой послал. Мне — тебя, тебе — меня!

Каменная широко перекрестилась, подняв очи к потолку, и Захар подивился — до того проникновенно она говорила.

— Меня... в степенные? — пролепетал Булавин. — Меня? А как же...

И повел рукой на кровь, на мертвые тела.

— Всё то Изосим устроит. Оставляю его с тобой, он научит. После, ночью, ко мне на двор приходи. Говорить будем. Про великое.

* * *

До места, где остались слуги с лошадьми, идти нужно было через всю немалую рощу, и Захар, конечно, редкой возможностью воспользовался — когда еще окажешься с боярыней наедине.

— Таких, как Булавин, на свете, может, и мало, но ты, госпожа Настасья, одна-единственная, и другой нету, — сказал он. — Этакого медведя заставила под свою дудку плясать! И как быстро! А всего удивительней, что даже запугивать не стала!

Восхищение было совершенно искреннее, Григориева должна была это почувствовать. Всякому человеку, даже великой женке, приятно, когда тобой от души восторгаются.

Оказалось, что слова кстати — Каменной, видно, и самой хотелось поговорить о случившемся.

— У тебя, Захар Климентьевич, ум быстрый. Запомни главный закон, как с людьми обращаться. Какой бы ловкий замысел ты заранее ни удумал, никогда за него намертво не держись. Главное — умей почувствовать человека. Шей наряд по нему, а не пытайся запихнуть в уже сшитое платье. Когда я на Ярослава посмотрела, сразу увидела, что страха в нем вовсе нет. Такого не запугаешь. Я эту породу знаю. Подобный человек — как большой корабль без кормщика: плывет, куда ветер дует, бесстрашно. Если налетит буря — теряет паруса-мачты, норовит разбиться о скалы. Зато с хорошим кормщиком плывет уверенно и гордо. Вернее, с хорошей кормщицей, потому что Булавин никогда другого мужчину выше себя не признает, а женщину — может. Он будет мне верен не от страха, а потому что ему кормщица нужна, он это всем своим нутром чует.

Попенок слушал, затаив дыхание, хоть и понимал, что боярыня не столько с ним, сколько сама с собой говорит. Заглянуть под ее черный плат, прямо в многоумную голову, и подсмотреть, какая там каша варится, — это была удача из удач.

Но дальше Каменная думала молча, и Попенок лезть к ней с разговорами не посмел.

Уже на опушке, подсаживаемая слугами в седло, она сказала:

— Сейчас поедем на Чудинцеву улицу. Там скоро интересно будет.

* * *

На Чудинцевой улице, пограничной между Неревским и Загородским концами, жил Настасьин крестник — настоятель церкви Святого Николы. Она ему когда-то и приход добыла, и каменный храм отстроила, и дом при храме.

Поп высокой гостьи не ждал, весь искланялся, не зная, куда и посадить. Хотел в красный угол, под образа, но боярыня, сославшись на жару, попросилась к открытому оконцу.

— Давненько у тебя не бывала, Иона. Сам знаешь, места тут Марфины. Не любят меня здешние.

— Да и мне нелегко, матушка, — пожаловался священник. — Я зазорное про тебя прихожанам говорить не дозволяю, и Борецкие прихлебатели мне за то жизнь портят. Вот третьего дня...

Он завел долгий рассказ о том, как церковный староста, не иначе как по наказу Железной, затеял пересчитывать свечные деньги и всяко неправедничал, тщась обнаружить недостачу, и придумал, что не хватает-де трех с половиною копеек, а это он, паскуда, воск по майским ценам считал, хотя свечи закуплены еще в марте, по четверть пулы за дюжину...

Захар, сидевший на скамье сбоку, слушал нескончаемую историю, поражаясь терпению Григориевой. И, конечно, тоже поглядывал в окно, пытаясь угадать, что же там может случиться интересного.

Улица как улица. Ходит праздный воскресный люд, отоспавшись после обеда, у церковной паперти ругаются нищие, бабы в цветных платках встали кружком, о чем-то судачат.

Чудинцева улица была пробойная, то есть вела к воротам — Воскресенским, тем самым, за которыми травяное поле, и роща с ручьем, и в роще старая мельня.

Может, час просидели у попа, слушая чепуху. Потом снаружи стало шумно.

— Погоди-ка, Иона, — молвила Григориева, поворачиваясь. — Что за крик?

Люди бежали со всех сторон, взволнованно переговариваясь. «Убили!» «Булавиных убили!» — разобрал Попенок, и сердце у него заколотилось.

От ворот медленно ехала телега, со всех сторон окруженная толпой. Сверху, из окна, поверх голов, было хорошо видно, что́ там, в телеге.

Три неподвижных тела. Нет, неподвижных два. Третье, окровавленное, шевелилось.

Лошадь остановилась прямо перед поповским домом. Несколько зычноголосых мужиков стали кричать, что ехали леском, мимо сломанной мельницы, и увидели на дороге злодейское злодейство: кто-то незадолго перед тем напал на семью бояр Булавиных. Отца Филиппа Яковлевича и боярыню Наталью убили, а Ярослав Филиппович лежал с разрубленной головой, еле живой.

Захар признал одного из рассказчиков — не сразу. Это был свой, григориевский, Зайчата, начальник над «крикунами», только с перекрашенной в рыжину бородой и с повязкой на глазу.

Вон оно, значит, как удумано...

Люди слушали, ахали, ужасались, гадали, кто бы это мог на Булавиных напасть.

Подняли под руки охающего Ярослава. Голова у него была по самые глаза обмотана кровавой тряпкой.

— Не спрашивайте, православные... Налетели какие-то из кустов... Крик услышал: «Получи за старое, вша новгородская!» И ударили чем-то. Боле ничего не видел, не слышал...

— Земля вокруг вся истоптана! — заголосили наперебой Зайчатины люди. — Следы от косых каблуков, какие в Пскове делают! Боярин в ту войну много псковских порубил! Видно, отомстили! А вот, глядите, топор кровавый со сломанным топорищем подобрали! Псковская работа, у нас таких не делают!

Топор — с узким, неновгородским лезвием — пошел по рукам.

— Точно! Псковской топор! — загалдела толпа.

Захар поднялся со скамьи.

— Пойду-ка я, госпожа Настасья, вблизи послушаю...

Стало ему интересно поглядеть, какой из Ярослава Булавина лицедей.

Оказалось, неплохой.

Боярин стоял на телеге, отовсюду видный, да еще поворачивался, чтобы получше себя показать. Размазывал по лицу слезы, говорил несвязно, но чувствительно:

— Ладно меня-то... Но отца старого! Жену неповинную! Ах, сыночек мой, сиротинушка...

Бабы начали жалостливо подвывать.

А в толпе уже сновали григориевские «шептуны». От «крикунов» они отличны тем, что берут не зычностью, а задушевностью.

— Ай, беда! Ай, лихо! Не забыли нам ничего псковские, не простили! Ух, злыдни, и через пять лет достали боярина!

— Аникиту Ананьина в посадники хотите, неревские? Он псковским друг, у него и жена псковская!

— Ярослава Булавина — вот бы кого в посадники! Он за Новгород горой стоит, вон и псковские его боятся!

А некто, ряженый чернецом, убедительно толковал окружным людям, что боярина от неминуемой смерти Господь спас, оттого у псковитянина дрогнула рука, и злые вороги оставили Ярослава Филипповича за мертвого.

Оглянувшись на оконце, Попенок увидел, что Каменная смотрит на него, манит пальцем.

Взбежал на крыльцо, вернулся в горницу.

— Едем, Захар Климентьевич. Через заднюю калитку на соседнюю улицу, и домой. Дальше всё само пойдет, а у нас дел много. Что, хороший у меня «погремец»?

Попенок еле сдержался, чтоб не хлопнуть себя по лбу. Так вот зачем оно всё понадобилось!

— Думаешь Булавина пустить «погремцом» на Неревском конце? Против Ананьина?

— А что ж? Собой пригож, мужикам славен, бабам лестен. Теперь, после смерти родителя, он сам себе голова, над всеми булавинскими вотчинами хозяин.

Но Захар все не мог опомниться:

— На Неревском конце? У Борецкой под носом? Да Марфины псы его в клочки разорвут! Из-за угла зарежут!

— Не зарежут, — уверенно сказала Каменная. — Он ныне на весь Новгород герой. А герои знаешь чем хороши? Их охранять не нужно. Потому что мертвый герой для врагов еще страшнее живого. Случись что теперь с Ярославом — все на Марфу подумают. — Настасья Юрьевна прищурилась и пробормотала почти беззвучное, но Попенок разобрал: — ...Может, и понадобится потом... Поглядим...

Захар мысленно ахнул, взирая на многомудрую боярыню с почтительным замиранием.

О ПОЛЬЗЕ РО́ЗНЮХОВ

Принесли берестянки — донесения от рознюхов, особых людей, которые ходят по улицам, рынкам, папертям, расспрашивают людей, кто из выдвиженцев им люб, а кто нет, и после ведут счет, записывают. У Григориевой во время предвыборной горячки таких шнырей по городу работало больше полусотни. У рознюхов не такая служба, как у шептунов. Они никого не убеждают, слухов не распускают, а только спрашивают и помечают. Можно сказать так: рознюхами проверяется, хорошо ли поработали шептуны.

Ныне, октября двенадцатого, за два дня до того, как на пяти концовских вечах утвердят пять избранщиков, берестянки имели сугубую важность. Новых до послезавтра уже не будет. Если что-то еще можно исправить, то лишь теперь.

Настасья, ради такого дела посадив на нос немецкие стекла, изучала закорючки, сводила цифирь на бумагу.

В Славенском конце всё шло хорошо. Захар Попенок должен был пройти без туги. Не так-то это просто — никому неведомого, безродного человека за несколько недель целому городскому концу в глотку запихнуть. Но есть на то верные, многократно испытанные приемы.

В Славне 1311 дворов. На каждый из них, кроме самых богатых, по воскресеньям приносили по медовому прянику с буквицами «зело» и «правда» — «Захар Попенок». К большим людям Захар сходил лично, поклонился. К самым большим — вдвоем с Настасьей. Не без подарков, конечно, но здесь главное было оказать уважение.

Улиц в Славне тридцать две. На каждой в заранее объявленный день Захар ставил стол, принимал от уличан запросы и желания. Подходи кто хошь — всё выспросит, старательно запишет. Парень он толковый, терпеливый, к любому человеку умеет подстроиться.

Пришлось его, конечно, наскоро женить. Избранщик в посадники должен быть семейным — так в законе написано. Заодно переманили на свою сторону строптивую Варяжскую улицу: у тамошнего старосты дочь давно заневестилась. Собою не красна и ножку волочит, зато семья хорошая, для поповского сироты с такой породниться — великая честь. Пир устроили — весь конец угостили. Выдвиженцу перед выборами поить людей запрещается, а тут не придерешься: свадьба.

Еще одну штуку, новую, сам Захар придумал.

В последнюю неделю отправили по всем дворам дареные шапки красного сукна, по числу взрослых мужчин в доме. Четыре тысячи шапок по полторы копейки — это шестьдесят рублей, расход немалый, зато когда придут кончане на Славенское вече в нарядных шапках одного цвета — сразу будет видно, чья сила. Опять же соперник у Попенка не ахти какой — старшина волховских рыбников, по глупой спеси избираться полез.

В общем, со Славной получалось надежно.

На Плотницком конце у Ондрея Горшенина тоже складывалось неплохо. Это уж Ефимия расстаралась. Она поступила проще. Те же шестьдесят рублей, которые Настасья потратила на красные шапки, Шелковая посулила мастеру, который рубил новый помост для Плотницкого веча. Станет мужнин противник подниматься, а ступенька у него под ногой подломится. Либо пошатнется человек, либо вовсе наземь сверзнется. Это примета черная. За такого выдвиженца люди голосовать не захотят. Ефимия объяснила, как хитрость устроена: подпилили ступеньку, проволокой окрутили, в нужный миг дернут — соперник свалится. Что сказать? Затейно.

Настасья взяла берестянки с трех концов Софийской стороны — Загородского, Неревского и Людина.

В Загородском, всё обдумав, решили не биться, не тратиться попусту. Большинство тамошних крепко стояли за Марфу, оба выдвиженца были ее, какой ни победи. Ладно, это ожидаемое.

Но в Людином случилась нежданность, скверная. Ефимьин племянник, стервец, подвел. Борецкая посулила ему место тысяцкого при ананьинском посадничестве, и Михайла польстился, пошел против родных дяди и тетки. Хотя, если рассудить, Ананьины ему тоже родня. В Новгороде все великие семьи меж собой многократно переродднились.

Одним словом, Людин конец был потерян.

Зато в самом Марфином логове, в Неревском конце, выходило интересное. Там-то все минувшие недели главная схватка и кипела.

Обе стороны перепробовали все обычные предвыборные каверзы.

Конечно, не обошлось без «грязнухи» — так назывались слухи, порочащие враждебного выдвиженца.

Марфины «шептуны» повсюду говорили про Ярослава Булавина, что он брешет: напали на булавинскую семью не псковские из мести, а какие-то безвестные тати, из корысти, а Ярослав-де перетрусил и убежал, бросил старика-отца и беззащитную жену на погибель. Сыскался даже свидетель, калика, божий странник, который якобы сидел в кустах и собственными глазами видел, как Ярослав после сам себя по лбу рубанул саблей. (Здесь всё было кривдой, за исключением того, что псковские на Булавиных не нападали. Саблей боярина ударил Изосим, осторожно — чтобы крови вышло много, а шрам получился тонкий, мужественному лицу в украшение.)

Однако свидетель действительно ходил по улицам — благостный, седобородый. Клялся на иконе, и многие верили. Берестянки от рознюхов стали показывать худое.

Но расторопный Изосим не оплошал. Стал копать, что за калика такой. Оказалось, бывший печерский чернец, выгнан из обители за воровство и многоблудие. Доставили из монастыря подлинных старцев, они о том по всем церквам рассказывали. И рознюхи донесли, что положение поправилось. Не задалась Марфина грязнуха.

Сильно помогал и сам Булавин. На него довольно было поглядеть, послушать — и всем становилось ясно, что такой орел ни от кого бегать не станет.

Погремец был исключительно удачный, Настасья не могла на него нарадоваться.

Один раз тайком, из закрытого возка, она понаблюдала за «руготой» между Ананьиным и Булавиным.

Ругота — это когда выдвиженцы или избранщики прилюдно, на площади, друг перед дружкой встают и лаются, всяк свою правду прославляет, а чужую хулит. Толпа смотрит, слушает, крикуны своего поддерживают, на чужого улюлюкают. От руготы многое зависит, как кто себя покажет.

Очень Григориева за своего погремца тревожилась. Ананьин и умнее, и речистее.

А выходит, боялась зря. Аникита говорил и задушевно, и складно, и убедительно — про выгоды псковской торговли, про единение против Москвы и прочее рассудительное, Ярослав же лишь рокотал про былую славу новгородскую, поминал великих праотцов, да вздымал вынутый из ножен меч. Ни словечка умного не сказал, а получилось только лучше. Тот умно́ — наш красно́. Тот тихо — наш лихо. Толпе, ей умные речи не нужны, она в смысл не вникает, она глядит, кто сокол, а кто куренок щипаный. Кричали Булавину много громче, чем Ананьину.

Свои, григориевские шептуны тоже хорошо поработали. Пустили ответную грязнуху — вроде глупую, из воздуха состряпанную, а, оказалось, очень полезную. В грязнухе что главное? Чтоб ее нельзя было опровергнуть и было интересно пересказывать. Тогда шептунам достаточно начать, а дальше сплетня расползется сама.

Грязнуха — и смех, и грех — была такая.

Будто бы кто-то из ананьинских слуг подглядел, чем Аникита тешится с женой-псковитянкой в опочивальне. Боярин-де надевает на голову уздечку, на спину — седло, встает на четверни, а боярыня сверху садится, мужа плеткой по гузну охаживает, а он ржет по-лошадиному. Изосим говорил: чем дичее слух, тем больше верят. А хоть бы и не верили — все равно разнесут. И верно. Недели не прошло, а уже не только Неревский конец — весь Новгород спорил, правда про узду с плеткой или нет. На последней руготе, когда Ананьин начал верх брать, свои крикуны давай в толпе по-лошадиному заливаться: иго-го, иго-го! Ананьин сбился, в толпе хохот. А после говорили: засмущался — значит, дым не без огня.

* * *

Подсчитав и пересчитав рознюховские донесения по Неревскому концу, Настасья нахмурилась. После всего что было, она ждала лучшего. А тут выходило, что за Ананьина больше половины. И времени остается мало, только два дня...

Сунула руку под плат, почесать родимое пятно.

Думай, голова, думай. В чем причина? И, главное, что можно сделать?

Первая причина, конечно, в том, что по части уличного зазывальства с Марфой в Неревском конце не посоперничаешь. Ананьинские зазывальщики с утра до вечера свободно ходят, голосят, своего выдвиженца расхваливают. А попробуй булавинские сунуться — враз налетают вороги, бьют, гонят.

Пробовали с ними «голку» затеять (это когда голыми руками дерутся, закон сего не воспрещает) — так главному григориевскому крикуну башку проломили, до смерти, остальных помяли. Ничего не поделаешь, у Борецкой бойцов больше, и Корелша, начальник над ними, ярей Змея Горыныча.

Была однако и еще одна причина, недавно выявленная. Раньше Настасья все удивлялась: почему рознюхи по утрам доносят, что неревские больше за Булавина, а если спрашивают после обеда — выходит, что больше за Ананьина?

Вчера узналось, что это неревские попы, подкупленные Марфой, во время обедни хвалят прихожанам Аникиту Ананьина. Завтра по всему городу будут служить торжественную службу — так бывает всегда перед кончанским вечевым днем. Тут-то попы неревским напоследок в уши яду и вольют. Беда...

Настасья поднялась, взяла посох — от его постука лучше думалось. Походила по светлице от окна к двери, пораскинула.

— Эй, Лука!

Вошел письменник.

— Собери в кожаный кошель золотых корабленников — двадцать. Нет, тридцать. И вели заложить парадную колымагу.

Пока запрягали, Каменная сходила на сыновнюю, верней невесткину половину проведать, как оно там. Выборы выборами, но всякий день по меньшей мере дважды боярыня заглядывала к Олене спросить о здоровье.

На лестнице разулась, пошла дальше в одних чулках. Вдруг спит? В бабьем деле чем больше спишь, тем лучше, а хуже всего — разбудить черевую не ко времени. От испуга может всякое выйти.

Во всем доме уже третий месяц полы были устланы шкурами, двери каждодневно смазывались, а говорили все вполголоса — за крик боярыня велела бить батогами.

Жирные петли не скрипнули, удалось приоткрыть, посмотреть в щелочку.

Олена не спала, сидела на лавке. Юраша лежал, как котенок, положив голову ей на колени, а она перебирала ему волосы, почесывала.

При свекрови у Олены такого мягкого, нежного выражения на лице никогда не бывало. Надо же — и вправду любит урода. Чудна́я страна — женское сердце.

Настасья нарочно посохом пристукнула, потянула дверь.

Невестка встрепенулась, улыбку с лица стерла — будто опустила железное забрало.

Живот уже виден, торчит огурцом. Неужто мальчика носит? Лучше бы, конечно, внучку, но ладно, сгодится и внук.

— Что вы всё крадетесь, маменька? — недовольно сказала Олена. — Без стука заходите. Засов мне, что ли, поставить?

— Разбудить боялась, — кротко молвила Каменная. — Всё-всё. Поглядела одним глазком, ухожу.

* * *

В колымаге, подпрыгивающей на досках мостовой, Настасья ехала еще с умилением на лице, но взгляд уже отяжелел. Прикидывала, как вести разговор с владыкой.

Сначала показалось, что разговора вовсе не будет. К боярыне вышел главный софийский ключарь Пимен, верный Марфин прихвостень. Сказал почтительно, пряча в глазах глум, что владыка никого ныне не принимает, хвор. Сразу стало понятно, кто водит Феофила на ремешке.

Качнув мешочком, в котором звякнуло золото, Григориева сочувственно молвила:

— Ну, здоровьица преосвященному. Хотела я ему подношение сделать, чтобы помолился за благополучное разрешение моей невестки, но коли хвор, поеду к настоятелю Святой Софии, а владыке после отпишу, чтобы не обижался.

Ключарь закряхтел. Знал: Феофил ему не простит, что щедрый дар мимо уплыл.

— Доложу, — нехотя сказал Пимен.

Вернувшись, хмуро буркнул:

— Иди, боярыня. Недолго только.

— Ага, — поглядела сквозь него Настасья.

...Архиепископ сидел у себя в келье нахохленный, несчастный, встревоженно хлопал воспаленными глазами. Ему, старику, перед выборами тяжко: давят, тянут со всех сторон. Но и мзду несут, много.

Григориева опять позвякала мешочком, и взгляд преосвященного ожил. Феофил хорошо умел отличать золотой звон от серебряного.

Она села к столу, подношение положила себе под локоть, сразу не отдала.

Малое время поговорили о пустяках: про осеннюю погоду, про цены на хлеб, про молебен за Оленино брюхо.

Тем же мягким голосом, без перерыва, боярыня сказала:

— Попы твои, которые в Нереве служат, с ума посходили от жадности. Грех на себя берут. По закону-обычаю им в выборные дела мешаться не след, а они в церквах говорят пастве за Ананьина. Побранил бы ты их, отче.

Феофил покосился на ее локоть, должно быть, прикидывая, сколько корабленников. Однако страх перед Марфой пересилил.

— Пастырь сам решает, чему паству учить, дочь моя. У вас свои законы, у церкви свои. Не к лицу мне и не к месту за такое священников бранить.

— Что ж, — не стала настаивать Каменная, — тебе, владыко, виднее.

Подумала: ну, пугать я умею не хуже Борецкой.

— Говорят, недомогаешь, отче? Опять чрево мучает?

— Оно, треклятое. Испытывает меня Господь колючими коликами и многими поносами, одной молитвой спасаюсь.

Наклонившись, Настасья тихо молвила:

— Уж не травят ли тебя недруги медленным ядом?

— Что?!

Старик переменился в лице.

Она перешла на шепот:

— Говорят, ты грибы моченые в укропе любишь, по три плошки за ужином съедаешь. И ковриг имбирных штуки по четыре.

— Кто тебе рассказал, что я на ужин ем? — еще больше напугался Феофил. — Я всегда на трапезу в келье затворяюсь!

— Не в том дело, кто рассказал. — Каменная смотрела на него с прищуром. — А в том, что и в грибной рассол, и в имбирное тесто отраву спрятать легче легкого — не почуешь. Сам знаешь, какое сейчас время. Решит кто-нибудь, что ты делу помеха — и не остановятся перед страшным грехом, ироды. Озверели все, Бога не боятся.

И перекрестилась, по-прежнему не отводя от владыки глаз.

Он сделался белее белого. Понял.

Опыт научил Григориеву, что с людьми надо вести себя так: кто сильный — с тем гибко и мягко; кто сам гибок и мягок — тому обухом в лоб.

— Так ты собери нынче попов, поговори с ними, — уже не чинясь приказала она.

— Соберу...

— Скажи, что надо обоих выдвиженцев хвалить, ибо оба люди достойные. Про Ананьина попы пастве уже много говорили, так что завтра пускай и про Ярослава Булавина доброе расскажут. Тогда никто на тебя в обиде не будет — одну сторону уважил и другую не забыл.

Второе правило обращения со слабыми: хлестнул кнутом — дай лизнуть сахарку.

Раскрыв мешочек, Настасья медленно высыпала блестящие золотые кружки с чеканными корабликами.

— Когда у меня родится внук или внучка — не откажи покрестить. Втрое дам.

На обратном пути Каменная опять улыбалась.

Трусливый владыка — это, как всё на свете, и плохо, и хорошо. Верней так: для глупых плохо, для умных — хорошо.

А тебя, Марфа Исаковна, завтра ждет некое удивление. Прибегут твои людишки после обедни, расскажут про поповские речи, а сделать ты уже ничего не сделаешь. Не успеешь. Послезавтра выборы: концы назначат избранщиков.

ТОНКИЙ РАЗГОВОР

Вечером четырнадцатого октября, в конце долгого дня, едучи из Славны на Плотницу, Настасья вышла из возка на мосту, перекинутом через Федоровский ручей, оперлась на дубовые перила, подставила разгоряченное лицо холодному ветру и долго стояла так, смотрела на черную воду.

Устала от людей, криков, толковища, помощников — от всего.

Слуги, сегодня особенно бдительные, в кольчугах и шлемах, стояли по обе стороны моста, терпеливо ждали, оберегали боярыню. Во тьме красноватыми пятнышками светились слюдяные окна великого города. Теперь он был Настасьин. Ну, почти. Дело оставалось за малым. Еще один толчок, один непростой разговор, и многотрудный день будет завершен.

Григориева ехала на пир, который устроил для плотницких обитателей Ондрей Горшенин, победитель на тамошнем вече и ныне один из пяти утвержденных избранщиков. Прошло всё гладко. Еще с утра стало известно, что боярин накрывает вдоль волховского берега столы — праздновать победу, и вече продлилось недолго. Собрались, послушали речь Горшенина и его вялого соперника; соперник споткнулся на ступеньке, грохнулся во весь рост — по толпе прокатился рокот. На кончанском вече голосовали не через выборных представителей, как на вече великом, а попросту — криком, всею толпой. За кого громче покричат, тот и победитель. Если, бывало, кричали примерно одинаково и не разберешь — начиналась драка, и тут уж одолевали те, у кого задору больше и кулаки крепче. Но сегодня все дружно проорали за Горшенина и прямо с площади, гурьбой, повалили угощаться. Теперь уж, наверное, перепились — Григориева ехала поздравлять Ондрея Олфимовича, предварительно объехав другие концы.

На Славне тоже сложилось тихо, чинно. Больше половины кончан пришли в красных шапках. Захар сказал ладную речь, обещался блюсти славенский интерес на степенном посадничестве, и хоть всем мало-мальски сведущим людям было ясно, что посадником Попенку не бывать, слушали его хорошо и прокричали за него одномысленно.

Таким образом вся Торговая сторона, оба ее конца, ничем не удивили, достались без особенных забот.

Иное вышло на Софийской стороне, по которому Каменная ныне и моталась весь день-деньской.

В Людине на вече разразилась большущая голка. Бились сторонники горшенинского племянника Михайлы, сумы переметной, со сторонниками людинского боярина Микши. Тот был человек небогатый, умом недальний, но с хорошей поддержкой на некоторых улицах. Настасья помогла Микше деньгами и людьми, а на вече прислала всех своих крикунов (почему они высвободились, о том сказ впереди). Перекричать Михайлу, конечно, не надеялась. Расчет был на то, что из-за драки собрание разладится и сегодня никого не выберут, назначат новый день — уже и это было бы успехом.

Сначала казалось, что замысел удался. Побоище раззадорилось такое, что сковырнули вечевой помост и опрокинули церковную ограду. Нескольких человек убили до смерти, а покалеченным счет шел на десятки. Уже и за владыкой послали, чтоб шел из Града с иконами — прекращать кровавое неподобие. Того-то Настасье было и надо: явится владыка — голосованию конец. Но с Нерева разом набежали Марфины псы во главе с Корелшей, человек сто или полтораста. Ударили сбоку клином, в кулаке у каждого по свинцовой бите. Рассекли толпу, чужих побили, своих согнали в кучу, и оставшаяся толпа прокричала-таки за Михайлу. Из Настасьиных на Людинской площади четверо лишились жизни и еще человек двадцать унесли на руках.

Ну и ладно. Не очень-то Каменная расстроилась. Людин конец изначально был не ее.

Зато вон что вышло на Нереве, в самом Марфином гнездовище.

Вчера, в самый последний день, вдруг объявили, что Аникита Ананьин переходит из неревских выдвиженцев в загородские. У Ананьиных в Загородском конце тоже были торговые лавки, поэтому нарушения закону от этого не вышло. Случилось оно уже заполдень, после того как по всем неревским церквам попы дружно восславили Ярослава Булавина. Вот Борецкая и решила поступить наверняка, чтобы не лишиться своего главного избранщика. В Загородском конце она могла творить, что пожелает, и Аникиту там, конечно, прокричали. Вот почему освободились Корелша со всеми паробками, чтобы удержать Людинские выборы.

Зато на Неревском вече выборов вообще не получилось. Вышел на помост один Булавин, покрасовался перед толпой, сказал боевитую речь, спросил: «Ладен ли я вам, братья неревские?». Все закричали: «Ладен! Ладен!». И вся недолга.

Двух-с-лишком-месячные труды завершились отменно: три городских конца оказались свои и только два Марфины. Казалось бы — радуйся, Настасья Юрьевна, пируй.

Но не такова была Григориева. Чем больше проглотит, тем делалась голоднее.

Еще со вчерашнего дня, когда стало ясно, что Булавин в Нереве побеждает, закрутилась у Каменной одна думка, опасная, но и несказанно соблазнительная.

С этой думкой она сейчас и ехала на Плотницкий пир. Затем и вышла на продуваемом ветрами мосту — освежить усталую голову.

Ну, пора.

Помогай Господь...

* * *

Шум гульбища был слышен издали. Там над речным берегом покачивалось желтое и пурпурное зарево от костров, на которых зажарили целых быков, свиней, баранов. Сейчас, к ночи, остались одни кости, мясо давно съели. Наполовину пусты стояли и бочки с подогретым медом, пивом, сбитнем. Пировали не первый и не второй час, так что многие уже упировались до сонного лежания, но за столами для вящих людей пока еще сидели чинно и даже слушали речи.

Настасья увидела самого Ондрея Горшенина с чашей в руке. Боярин говорил что-то высоким, звучным голосом. «...И не забуду своих истинных другов, кто шел со мною рядом», — донес ветер обрывок фразы. Все зашумели, закричали, но в веселье уже чувствовалась сытая, хмельная усталость.

На освещенный кострами и факелами круг Григориева не пошла, иначе и ей пришлось бы болтать пустозвонное и выслушивать пьяные славицы. Вгляделась, там ли Ефимия.

Вон она, одесную от мужа. Сидит, во все стороны приветливо улыбается.

— Поди к боярыне, шепни: я жду, — велела Каменная слуге. — Вон там буду, — показала она на лабаз, темневший у самой реки.

Постояла там, глядя на мерцающий Волхов малое время, и подошла Ефимия.

Она была тоже немного навеселе, разгоряченная вином и победой.

Обняла подругу за плечи:

— Всё идет складно, Настасьюшка. Ждала ты, что твой погремец Аникиту Ананьина из Нерева вытеснит?

Раз она сама об этом заговорила, Григориева решила не тянуть.

— Уж не знаю, радоваться ли, — сказала она, придав голосу тревожность. — Ярослав Филиппович возгордился победой без меры. Знаешь, что он мне сейчас сказал, когда я его поздравляла? Почто, говорит, я должен Ондрею Горшенину уступаться? Зазорно, говорит, это мне. Я, говорит, саму Марфу Борецкую в ее вотчине одолел.

Улыбки на лице у Ефимии как не бывало.

— А ты ему что? — спросила она, насторожившись.

— Что с ним, дураком, говорить? — Настасья вздохнула. — С тобой решила перемолвиться. Как ты постановишь, так и сделаю.

Здесь самое трудное было, чтобы Шелковая поверила в искренность. Всё зависело от этого.

— Ярослава-то я, если надо, скручу, — продолжила Григориева. — Есть у меня на него управа. Надавлю — никуда не денется. Поворчит, но сделает, как я велю. Однако взяло меня сомнение. А не воспользоваться ли нам сей нежданностью? Чем хорош Булавин? Тем, что за него стоят мои извечные нелюбители, неревские. С ними, да со славенскими, да с плотницкими, да ежели мой Захар и твой Ондрей за Ярослава поступятся, на великом вече большинство точно будет наше. Это одно. Теперь другое. Войны с Москвой не избежать, а твой Ондрей, сама знаешь, не боевит. Булавин же воевода храбрый, опытный. Когда надо браться за оружие, такой вождь и надобен. Пусть повоевал бы с низовскими. Надолго в степенные посадники он, конечно, негож — горяч, шумлив, и ума нет. Как только мы с тобой от Москвы избавимся, да Марфу одолеем и Новгород под себя заберем, поменяем посадника. Сковырнуть такого простеца, как Булавин, будет просто. И тогда уж поставим Ондрея Олфимовича прочно и надолго. Он глупостей не наделает, в мирное время Новгороду с ним и вернее, и покойнее будет. Ты ведь меня, Ефимьюшка, не обидишь, когда станешь через мужа-посадника из первых первою?

— Тебя обидишь, — вроде бы пошутила Шелковая, но взгляд остался напряженным. — И сколько времени, думаешь, придется Ярослава продержать на посадничестве?

Настасья внутренне воспряла. Если Горшенина сразу не вспылила и готова слушать, значит, самое тяжкое позади. Дальше будет легче. А потому что всё сказанное про Булавина — правда. И Ефимия, баба умная, это понимает.

— Давай вместе считать. Драка с Иваном Московским займет не более полугода, а скорее всего меньше. Нельзя ему будет долго с нами и с Литвой враждовать, когда крыша над головой горит и татары в двери ломятся. Увидит нашу силу — сторгуемся быстро. С Марфой выйдет подольше. Тут как? Во-первых, надо ее без сторонников оставить. Во-вторых, без денег — доходы ее подорвать.

Горшенина нахмурилась:

— Легко сказать «без сторонников». За Марфу полгорода. И доходы ты у нее как отберешь? Ты ее знаешь. Она ладья крепкая. В бурю воду черпает, а тонуть не тонет.

— Клятву помнишь? — спросила Настасья. — Которую мы на Господе дали? Чтобы всем быть едино, кто бы на выборах ни победил? Если Марфа станет во время войны строптивиться против нашего посадника, от нее отвернется весь город. Значит, все Марфины сторонники будут в нашей воле, под нашим приказом. И, пока воюем, мы многих к рукам приберем. Кого лаской — здесь на тебя надеюсь, кого выгодой или иным чем — это я беру на себя. Рассобачить Марфу с ее союзниками нетрудно, если власть в Новгороде наша. Взять хоть тех же Ананьиных, которые с ней сейчас не разлей вода. Они ведь тоже, как она, на Белом море промышляют и на Двине мех берут. Посулим им передать Марфины угодья и ловные права — устоят ли перед таким искушением?

— Вряд ли, — признала Горшенина.

— Или Арзубьевы. Помнишь, как они лет двадцать назад с Борецкими из-за участка на Розваже судились? Можно ту тяжбу возобновить, посулить Арзубьевым поддержку. Говорю тебе: оставим Марфушу и без подручников, и без денег.

Ефимия молчала.

— Значит что? На Москву — полгода? — задумчиво повторила она.

— Самое большое.

— А на то чтоб Марфу голой оставить?

— Еще год.

— Значит, быть Булавину степенным полтора года, а потом — мой Ондрей?

ТОНКИЙ РАЗГОВОР

Две великие женки смотрели друг на друга в упор. Неподалеку шумел пир, орали и похвалялись мужчины, а будущее Господина Великого Новгорода решалось здесь, в темноте и тишине.

— Полтора. Самодолгое — два. И решать, когда пора, будешь ты. Даю на то тебе слово Настасьи Григориевой. Оно у меня твердое, неотменимое.

Зачем человеку нужно твердое слово, про которое все знают, что оно — камень?

Затем, чтобы однажды, в самый нужный час, его, словно калач, разломить и умять во доброе здоровьичко.

Степенной посадник из Ярослава Булавина, может, и паршивый, но на войне он себя покажет, орлиные крылья расправит. И кто потом захочет менять орла на курицу? А править Новгородом Булавину не придется. На то у него есть кормщица...

Лукавые мысли проносились, никак не отражаясь ни в ясном взгляде Григориевой, ни на честнóм ее лице.

Ефимия вздохнула — уже не настороженно, а озабоченно.

— А как со Псковом быть? Ведь права Марфа: без псковитян нам Москву не одолеть. Аникита Ананьин с ними поладит, они его любят. Булавина же псковские ненавидят и боятся. Не забыли, как он их в войну мечом сек. Гляди, Настасья, не погубить бы нам с тобой общего дела в погоне за своими прибытками.

Каменная усмехнулась.

— Полно тебе. Да мы при таком посаднике, как Ярослав, со Псковом еще лучше договоримся. У нас теперь с ними общая беда, общий интерес. А что они Булавина боятся, это еще лучше. Сговорчивей будут.

— Погоди, но твой Ярослав на всех улицах-площадях два месяца псковских злодеев ругал! Они у него отца и жену убили! Как же он, сделавшись посадником, станет за союз со Псковом говорить?

— Красиво станет говорить. Что ради родимого Новгорода готов от своего горя отступиться и мести на псковитянах не искать. Увидишь, как всем это понравится. Эх, Ефимия, нам бы только на Великом Вече не проиграть, и всё у нас сладится. Всё по-нашему выйдет. Но Марфа пока сильна. Загородский конец за нее, и Людин тоже. У нее много друзей, много слуг, много денег. Месяц впереди будет жаркий.

Шелковая неожиданно подмигнула:

— Скажу тебе, раз уж у нас вышел такой честный разговор. Племянник мой, Михайла, только на словах Марфы держится. За нос ее водит. А перед Великим Вечем за кого велю, за того и уступится.

— Ох, Ефимья... — только и вымолвила Григориева.

Раз Горшенина выдала свою сокровенную тайну, значит, из-за Булавина их союз не разрушился, а только крепче стал. Вот теперь всё действительно выйдет ладно.

У литовцев есть поговорка. Они говорят про шибко алчного человека: хочет корову съесть и молока не лишиться.

Вот Настасья ныне и корову съела, и при молоке осталась. Это уметь надо.

ВСТРЕЧА ЖИЗНИ СО СМЕРТЬЮ

Назавтра после кончанских выборов, впервые за почти два с половиной месяца, Изосим получил от боярыни день отдыха и собирался попользоваться им со вкусом.

Перво-наперво поздно встал — не в потемках, но после рассвета, — и как следует занялся лицом. С начала августа за недосугом кожа обветрилась, нарушилась линия бровей, раскосматились волосы. Только и успевал, что бриться, да не каждый день. Бывало щетина отрастет, начнет изнутри тереться о маску — все щеки исчешешь.

Ныне же сел перед зеркалом, прикрыл калечную половину лица платком, верхнюю привел в порядок: подстриг-подровнял брови, особым гребешочком расчесал замечательно длинные ресницы. Начисто выбрился, втер бальзам, подкрасился тушью, наложил белила.

Потом платок убрал и рассматривал себя всего, какой есть. Это зрелище Изосиму никогда не надоедало.

Поверху лик был прекрасен, будто не мужской и даже не девичий, а ангельский. Но чуть опустишь взгляд — и словно поднял крышку сгнившего гроба: сморщенная дырка вместо носа, желтизна оскаленных, вечно сохнущих зубов.

Поднимет глаза — опустит, поднимет — опустит. Вдруг подумалось: вот госпожа Настасья тоже никогда ни перед кем низко надвинутого плата не снимает. А что если и у нее там какое-нибудь уродство? Незарастающие дырья прямо до мозга или ужасные язвы со струпьями? От неожиданной мысли Изосим не улыбнулся, этого он не мог, а лишь издал глухой хмыкающий звук.

Осмотр, как всегда, завершился самым приятным. Калека начистил мелом и надел серебряную личину. Безобразие исчезло, сменилось безупречной, сияющей красотой. Ею Изосим тоже полюбовался.

Затем настало время завтрака. Маску снова пришлось снять.

Ел он всегда медленно, долго и много — на целый день. И в одиночестве. Видеть такое посторонним было нельзя. Один раз, давно, во время трапезы услышал за дверью шорох. Кинулся, схватил комнатного служку, который подглядывал — чем это страшный человек хлюпает? Взял за горло, сдавил и не отпустил, пока из глупого холопа не вышел дух. После ночью вывез тело к Волхову, бросил в воду. Все решили, что раб сбежал.

Наевшись, Изосим неспешно выбрал наряд. Он любил красиво одеваться и платьев имел множество, на все погоды, все случаи, все настроения. Денег хватало на любые надобы, с избытком. Боярыня платила за службу щедро, а вчера вечером выдала сугубую награду, золотом.

Нынче что-то захотелось нарядиться на немецкий лад. Только сапоги выбрал русские, красные, с загнутыми носами, а ферязь ревельскую, синь бархат, плащ голубой, с жемчужной прягой, шапку — кожаный блин с лебединым пером.

Перед тем как уйти со двора, заглянул к цирюльнику, пользовавшему обитателей григориевской усадьбы. Тот, привычный доставать ножницами под масочными тесемками, постриг волосы от висков до плечей плавной волной, заглядение.

По улице Изосим шел прекрасный и гордый, самой серединой. Встречные расступались. Многие, он знал, оборачивались — он научился чувствовать взгляды затылком. Без этого в ремесле Изосима было не выжить. Много врагов, много ненавистников. Левую руку Настасьи Григориевой многажды пытались отсечь — и темной ночью, и средь бела дня. Но Изосима так просто было не взять.

У него под плащом рука на эфесе короткого меча, в сапоге стилет, под ферязью тонкая арапская кольчуга. И зрячий затылок.

Путь был недальний, к Немецкому двору. Там в торговом ряду, у любечанина Егория, по-ихнему Йорга, всегда новый привозной товар. Дорогой, зато самый лучший.

Хозяин встретил выгодного покупателя низким поклоном, спросил о здоровье. Егорий жил в Новгороде давно, по-русски говорил чисто, вкусы и запросы Изосима знал в доскональности.

Вынул из короба баночки и скляночки с притираниями-помадами, похвалил датскую тушь для ресниц, а еще разложил на лавке новинку — надушенные флорентийские перчатки. Нюхать ароматы Изосиму было нечем, поэтому перчатками по десять копеек пара он не заинтересовался, и тогда Егорий стал сбавлять цену. Пожаловался, что новгородские мужчины новый товар не берут, и для почина он готов много скинуть.

Изосим натянул сначала алые, потом лиловые. Замша была тонкая, на коже приятная.

— И так дашь, неденежно. Коли стану носить, другие тоже захотят. Ладно, отложи мне шестеру.

У него было давно отработанное умение говорить только словами, в которых не нужны губы: без «буки», «веди», «мыслете» и прочих подобных букв. Потому и заменил «даром» на «неденежно», «полдюжины» на «шестеру» — язык сам выбрал слова поудобней. Если без какого-то слова совсем не обойдешься, неудобную букву Изосим проглатывал, но это редко.

Отобрав пять пар, он заколебался над шестой: нешто взять белые? Щеголевато, но марко.

Тут вошел еще покупатель, верней покупательница — юная дева, одетая не по-русски. Изосим на нее и не взглянул, она же, переступив порог, при виде человека в маске ойкнула, застыла.

Он к такому привык, но эта оцепенела что-то очень уж надолго.

Изосим недовольно покосился.

Круглые синие глаза на нежном белом личике изумленно таращились, меж раскрытых пухлых губок блестели белые зубы. Одета дура была по-литовски и пропищала что-то тоже по-литовски — Изосим не понял и только хмыкнул.

— Это ты?.. Какая ты красивая... — прошептала тогда дева по-русски, выговаривая звуки певуче и мягко.

Позабавленный, он переспросил:

— «Краси’ая»? Я что — женка?

— Нет, — пролепетала литовка. В ее глазах мерцал ужас. — Но ты же смерть. Мне волошанка одна нагадала. Сказала: «Ты, девка, умрешь рано. Придет за тобой смерть в золотой маске». Ты — моя смерть?

И задохнулась в испуге.

Точно дурочка, понял Изосим. Что на такую время тратить?

— Я ’ного чья с’ерть, но на’ряд ли т’оя. — Сказал и поморщился — влезло сразу два «мыслете» и два «веди». — И где ты углядела золотую личину? — Слово «маска» обошел. Щелкнул себя по металлическому носу. — Это ж сере’ро.

Взял отобранные перчатки, кивнул Егорию, пошел себе прочь.

Сзади послышался постук легких ног. Изосим досадливо обернулся.

— Подожди! Не уходи! — Лицо девы теперь было не столько испуганным, сколько изумленным. — Ты кто?

— Изот. — Так он называл себя, чтобы обойтись без губного смыкания в «Изосиме». — А ты кто? Откуда такая дотошная?

— Я Вита. С купцом Йонасом приехала. По-здешнему он Иона Ковенчанин. Он меня любит, всегда с собой берет.

Изосиму про купца Ёнаса из Ковны слышать доводилось. Богатый, оборотистый, наезжает часто, ездит и по дальним новгородским пятинам, за мехом. Теперь понятно, почему девка такая настырная.

— Так ты лахудра, — кивнул он, из всех слов для этого ремесла выбрав самое для себя простое.

Вита обиженно насупилась.

— Не, лахудра — это которая со всяким ложится, а у меня кроме Йонаса никого не бывает. Я — кобетка.

— Ну козетка так козетка, — он сделал вид, что не так расслышал. — Скачи себе козой, что пристала?

Пошел дальше — опять догнала, забежала вперед.

— Изот, а пошто ты... такой? В маске?

Вот прицепилась!

— Сейчас глянешь...

Он посмотрел вокруг, не пялится ли кто, да и сдернул маску.

— Смерть! Ты моя смерть! Я сразу поняла! — закричала литовская дурочка, попятилась. Изосим же, развеселившись, вернул личину на место. Зашагал своей дорогой, и вдруг понял, что смеется. А думал, навсегда разучился. Очень уж потешно лахудра отпрянула.

Смех, правда, был странный — придушенный, с подзахлебом.

— Не уходи! Я так часто про тебя думаю!

Гляди-ка — снова догнала. Он обернулся, не на шутку удивленный. Такого еще не бывало: чтобы человек, увидевший его настоящее лицо, отшатнулся, а после снова приблизился. Разве что госпожа Настасья, но она особенная, ни на кого не похожая.

Литовка смотрела на него иначе, чем прежде — не с ужасом, а жадно. Взяла за руку, смело. Пальцы у нее были горячие. Изосим вдруг узнал блеск, которым сияли ее глаза. Когда-то, в сгинувшей жизни, женки и девки часто на него так смотрели.

Хмыкнув под маской, он сказал:

— Ишь ты, чё те надо-то...

Есть люди, которых страшное не пугает, а притягивает. Он и сам был из того же теста.

— Мне *тебя* надо, — жарко прошептала полоумная. — Пойдем...

И сжала руку, цепко.

— Да надо ли *'не* те'я? (Да надо ли *мне* тебя?) — опять позабыв про запретные звуки, пробормотал Изосим. Внутри у него творилось непонятное. Будто затлело нечто, как бывает на отгоревшем вроде бы костровище.

— А как ты поймешь, коли не попробуешь? — придвинулась девка, смотря снизу вверх. — Может, тебя меня-то и надо? Пойдем ко мне, пойдем... Йонас на Двину за куницей уехал. Его долго не будет.

Рука была тонкая, но сильная, а из Изосима, наоборот, вся сила куда-то вытекла. И пошел он за ней, словно теля, сам на себя поражаясь.

* * *

Жила она неподалеку, на гостином подворье, где заезжие купцы снимали кто угол, кто пол-дома, кто целую хоромину с торговыми складами. Вита провела Изосима, по-прежнему держа его за руку, через дверцу, под высокое крыльцо, потом какими-то темными переходами, вверх по лесенке, вниз, снова вверх. В конце концов они очутились в странной горенке. Окон в ней не было, зато в скошенной кровле светился залитый солнцем слюдяной подзор.

— Я через него ночью, бывает, на Луну смотрю, — сказала Вита. — Вон оттуда.

И показала на ложе, застеленное покрывалом со сказочными птицами.

Изосим огляделся, но больше в комнатке смотреть было не на что. Видно, никаким иным делом кроме постельного здесь не занимались.

— Сядь, — велела она.

Он сел на край ложа.

— Скинь плащ.

Скинул.

ВСТРЕЧА ЖИЗНИ СО СМЕРТЬЮ

На Изосима нашло непонятное оцепенение, какого он прежде не ведал. Еще одно диво: мелко дрожали руки.

Но когда она попросила снять маску, он дернулся, оттолкнул ее руку, хотел встать.

— Пожалуйста! — взмолилась она, тоже дрожа. — Я хочу видеть тебя, какой ты есть. А потом покажу, какая есть я.

Внезапно Изосим ощутил острое чувство, какого не испытывал так давно, что не сразу и узнал. Страх.

Взялся за тонкое серебро — и не сразу смог стиснуть пальцы, пришлось сделать усилие.

— Что ж, гляди...

Сдернул и хохотнул, оскалив зубы, чтобы вышло еще жутчей.

Минуту или две она алчно водила взглядом по его изуродованному лицу. Потом медленно начала снимать одежду. Под платком, под круглой литовской шапочкой оказались бронзовые волосы, их удерживала такого же цвета заколка в виде бабочки. Вита взялась за бабочкины крылышки, вытянулась длинная острая игла, а волосы тяжело рассыпались по плечам.

На пол соскользнуло платье, нижняя рубаха. Маленькие ноги, уже скинув обувь, шагнули вперед.

— А вот это я, какая я есть. Смотри, трогай...

Изосим осторожно провел ладонями по гладким бокам, следуя их крутому изгибу. Кожа была нежная и теплая.

— Это я, — повторила Вита. — А это ты...

Коснулась обрубка носа, провела ноготком по обнаженным зубам.

— Ты краси'ая, а я — страшный...

— Это знаешь почему? — Она смотрела на него очень серьезно. — Потому что я — жизнь. Мое имя Вита значит «жизнь». А ты — смерть. Жизнь не бывает без смерти, а смерть не бывает без жизни. Значит, нам с тобой друг без друга нельзя.

Он задрожал еще сильней: она опустилась на корточки, начала стягивать с него сапоги. Всё у нее выходило споро. Так же ловко, без усилия она сняла с Изосима одежду, села ему на колени, грудью к груди, обхватила ногами, перевернулась на бок, и он вдруг оказался сверху.

Удивительно! Пока Вита стояла, она казалась маленькой, макушкой чуть выше его плеча, а тут вдруг стала большая, огромная — как земля или море — и утянула его в себя целиком, без остатка.

Когда Изосим проснулся и открыл глаза, первое, что увидел — смутно сияющий сквозь слюду месяц.

Это что ж, уже вечер или даже ночь?

Рядом, опершись щекой на руку, лежала маленькая женщина, ее мерцающий взгляд был неподвижен.

Не сразу сообразив, где он и не приснилось ли всё, Изосим по привычке схватился за лицо — пальцы наткнулись на маску.

— Это ты надела? — спросил он.

— Да. Я буду снимать ее, только когда мы любим друг друга.

Он вскочил, быстро оделся. Литовка осталась как была — нагая, высеребренная луной.

— Куда ты?

— Надо, — отрывисто ответил он. — Пора.

— Оставайся, уйдешь утром. Приходи каждый вечер.

— Я не ’огу.

С нею выбирать удобные слова было ни к чему. Незачем пыжиться, ерепениться, что-то изображать. Она была... странная.

— Приходи, когда сможешь. Я тебя буду ждать. С вечера. Всегда. Йонас уехал на две недели, или на три, или даже на целый месяц.

— Нет. Не жди. Не ’риду.

На двор Изосим чуть не выбежал. И по темной улице шел быстро, кутался в плащ, никак не мог согреться. И даже вопреки привычке не смотрел по сторонам.

«Не ’риду, ’ольше не ’риду. Знаю я, кто ты. Ты — сатанинская услужница, — бормотал он. — От нечистого, за грехи ’ои ’еликие».

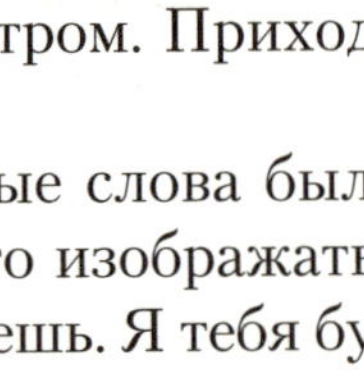

ОСТРОВ ПРОКАЖЕННЫХ

Пришел, конечно. Еле дождался следующего вечера. И потом приходил всякий раз, когда позволяли дела, хотя в последний месяц перед великими выборами забот хватало. Иногда даже получалось переночевать, и это было самое лучшее на свете. Просто засыпать в Витиных руках и потом не видеть всегдашних страшных снов, не вскидываться среди ночи в холодном поту, от зубовного скрежета, как все минувшие годы. Может быть, бронзоволосую литовку подослал и враг рода человеческого, но коли так, спасибо ему. Изосим — оживший мертвец, а не святой угодник, чтобы к нему сходил ангел. Опять же, с ангелом не вкусишь такой телесной сладости.

Йонас Ковенчанин, дай ему Боже хорошего прибытка, прислал с Бела-моря весточку, что ныне рыбьего зуба много и что ранее половины ноября он не вернется.

Но шли недели, и Изосим стал себя спрашивать: а каково оно будет, когда купчина наконец объявится, заберет свою кобетку и уедет? Каково это — остаться без Виты?

И отвечал себе: захочу — не будет никакого Йонаса. А Вита будет.

Так бы и жить дальше. Днем вершить хлопотные Настасьины дела, а по ночам засыпать, прижавшись голым, беззащитным лицом к нежному плечу. Сколько таких ночей от судьбы ни перепадет, то и благо.

Думал так до вчерашнего вечера. Но теперь всё изменилось...

...Изосим закрыл глаза, вызывая из памяти каждое сказанное слово, и на некое время перестал видеть и слышать происходящее вокруг. К яви его вернул сердитый окрик:

— Уснул ты, что ли, Изосим? Тебе сказано!

— Что, госпожа? — Он тряхнул головой, сосредотачиваясь.

— Что я близ Марфы осталась без своего глаза — твой недогляд!

А, это про Хорька. Был у Изосима в доме Борецких полезный человек — комнатный истопник. Через обогревные трубы, которые в стенах повсюду спрятаны, можно подслушать многое, если знать, где какую заслонку открыть-закрыть. Но третьего дня нашли Хорька в канаве, с перерезанным горлом.

— Марфа понимает, что мы берем верх. Наверняка удумала что-нибудь напоследок. Она без боя не сдастся. — Григориева потерла лоб через свой черный плат — так она делала, когда была сильно озабочена. — А без Хорька мы как слепые. Кто его мог выдать?

— Не дознался еще. Но дознаюсь. О Хорьке знали только те, кто ныне здесь.

Изосим обвел взглядом участников совещания. Кроме самой Григориевой и Ефимии Горшениной вкруг стола сидели лишь самые ближние: письменник Лука, Захар Попенок да сильно брюхатая Олена Акинфиевна.

— Я думаю, Марфа твоего лазутчика давно исчислила, — сказала Шелковая. — Нарочно его не трогала вплоть до решающего часа. Иначе ты какого-нибудь другого подослала бы или подкупила бы, а теперь не успеешь. Я бы на Марфином месте сделала так. Ладно, Настасьюшка, что сейчас сетовать? Давай лучше еще раз завтрашнее обговорим. Выборные на вече соберутся к полудню, так? Потом — перекличка, проверка, раздача листов...

Раньше на Великом Вече выборы проходили так же, как на предвыборах: за кого громче проорут, тот и посадник. Часто кончалось побоищем, в котором с обеих сторон билось по несколько тысяч народу. Один раз Софийская и Торговая стороны так разовевались каждая за своего избранщика, что пришлось разломать мост через Волхов — а то уж стали и за оружие хвататься.

Ныне выборы велись чинно, по строгому уставу.

На площадь к вечевому колоколу пускали только выборных: от малых улиц одного старосту, от больших — несколько человек, в зависимости от числа домов. Люди всё основательные, по большей части немолодые. Такие не задерутся.

Завтра бирючи дадут каждому выборному бересту, в которой пять имен. Потом на помост по очереди, определяемой жребием, поднимутся кончанские избранщики, пятеро, и скажут короткую речь. Тут-то обычно трое и уступались, оставались двое.

Выборные проскребут писалом черту под тем избранщиком, кому отдают голос, и отнесут бересту к вечевой избе, где дьяк и подвойский будут принимать выборные листы и вести счет. Закончат уже в сумерки, прокричат победителя с последним лучом заката — и сразу загудит колокол, который подхватят звонницы церквей и монастырей: в Господине Великом Новгороде новый посадник.

— Что рознюхи доносят? — спросила Шелковая про главное.

Госпожа Настасья придвинула мелко исписанную бумагу. Все приготовились слушать, только Олена сидела безучастная, поглаживала живот. Что взять с беременной? Григориева ее сюда усадила не для совета, а ради чести, как вторую в доме.

— Выборщиков, на кого твердая надежда, двести девяносто два. Это которые за меня и за тебя. У Марфы же верных не боле полутораста. — Каменная со значением посмотрела на союзницу поверх очков. Та кивнула, довольная. — Остальные двести колеблются. Сама знаешь, многие решают в последний миг. Для них важно, кто за кого уступится. Тут мы Марфу одолеваем. Когда за Булавина встанут твои Ондрей с Михайлой, да мой Захар, вся серединка-наполовинку будет наша.

— Значит, одолеем? — улыбнулась Горшенина. — Я принесла баклажку ренского. Выпьем с тобой за победу.

Григориева испытующе смотрела на нее.

— ...Мы с тобой Марфу знаем не первый год. Она умеет считать не хуже моего. И можешь быть уверена: какую-нибудь штуку уготовила. Это меня сейчас боле всего тревожит. — Перевела взгляд на Изосима. — А ты что молчишь?

Он пожал плечами.

— А что сказать? Следить надо, сторожко глядеть. Я людей с ночи раскидаю: и на той стороне, и у реки, и около Торга. Что делать — они знают. Кольчуги у них, кинжалы. Десятники — люди толко'ые. Каждый с дудкой. Один раз дунет — значит, надо 'ояры-ню охранить. Д'а раза — ход с той стороны реки 'ерекрыть. Три раза — значит, «Бегите 'се ко 'не!»...

Изосим нахмурился, недовольный, что начал гугнявить. Он не привык к таким долгим речам.

— Есть и другие знаки, — буркнул он. — На разные случаи. Да я, Настасья Юрьина, рядо' с то'й 'уду. Что скажешь, то и ис'олню.

— ...Ладно. — Григориева вздохнула. — Ступайте все. Мы с Ефимией Ондреевной вдвоем отужинаем.

Когда другие уже вышли, Изосим замешкался в дверях, оглядываясь. Боярыня заметила, брови под низко надвинутым платком вопросительно приподнялись.

Он качнул головой: не сейчас, потом.

Но сделал несколько шагов, и дверь сзади отворилась. Григориева догнала верного слугу, взяла за плечо.

— Что это ты на себя не похож? Там сидел, глаза пустые. Уходя замялся. Я тебя таким никогда не видала. Что с тобой? Говори!

— ...Настасья Юрьина, я у тя долго служил, а ныне не держи. Уйти хочу, — сказал Изосим, раз уж она сама начала. Он-то колебался, думал отложить разговор на после выборов.

Боярыня сморгнула — так удивилась.

— Неужто переманил кто? За деньги? — недоверчиво спросила.

— Нет. Уеду из города.

— К кому? ...Или с кем?

Всегда была умна. Догадалась.

Он молчал.

— Ишь ты, нашлась какая-то, рожи твоей не испугалась. — Григориева была раздосадована, но не осердилась. Понимала, что он мог бы просто взять и уехать, не сказавшись. — Чудны дела Господни... Ох, мужчины, даже на такого положиться нельзя.

Но, увидев, как у Изосима обиженно хмурится лоб, Каменная безгневно, даже ласково стукнула его кулаком в грудь.

— Что ж, на всё воля Божья. Коли решил — езжай. Только дело закончи: дознайся, кто Марфе выдал Хорька. Награжу тебя на прощанье за верную службу. Сто рублей дам. Нет, двести — на всю жизнь тебе хватит.

Изосим кашлянул, чтобы прочистить ком в горле.

— С'аси'о те'е, 'оярыня. За 'сё, что для 'еня сделала. А кто иуда — за'тра дознаюсь. Есть у 'еня один ключик.

От волнения он не выбирал слов, и Настасья брезгливо поморщилась:

— Говоришь, будто каша во рту. И слезы на глазах. Полно, ты ли это? Такого слуги мне и самой не надобно. Катись на все четыре стороны. Ты завтра-то меня не подведешь? Хорошо ли ты к вечу подготовился?

Изосим понял: она нарочно заговорила грубо, чтобы он не раскисал, взял себя в руки.

— Лучше некуда, — ответил он. — Ночью схожу, раскидаю людей. От до'а Железной до реки и от реки досюда. Це'очкой. Если что затеется — сразу узнаю, доложат.

«А на обратном пути загляну к ней, проведаю», — подумал он, и сердце сбилось с мерного хода. Оно своевольничало со вчерашнего вечера — то замрет, то поскачет вприпрыжку.

Вчера, едва он переступил порог — средь многих дел выгадал-таки минутку, по дороге, — Вита сказала:

— Приказчик от Йонаса приехал, склад готовить. Через два дня караван будет здесь. Возвращается Йонас. Велел передать, что соскучился. — И передернулась. — Увез бы ты меня. Уедем, а?

— Куда? — хмуро спросил он.

Эх, не ко времени. Через два дня — это сразу после выборов, работы будет много, не до Ковенчанина. Неужто придется его до Виты допустить? Мысль была невыносимой. Перевезти ее куда-нибудь, спрятать? Но ни сегодня, ни завтра не будет и единого свободного мгновения.

— Я знаю куда. — Она прижалась к его груди, задрала голову. Чистые голубые глаза сияли страхом и надеждой. — Я с Йонасом много где побывала. На Дунае-реке, в турской земле, есть остров. Длинный, лесной. Туда никто не пристает, а когда мимо проплывают — крестятся. На острове живут прокаженные, человек двести или триста. Он так и зовется — Остров Прокаженных. Уедем туда, будем жить. Никто нас не сыщет. Станешь ходить без маски. Тамошних безносостью не удивишь, не напугаешь.

Изосим пораженно слушал, а Вита говорила всё горячее — видно, давно об этом думала:

— Ты сильный, умный. Станешь на острове царем, а я при тебе буду царица. Лучше быть царицей у прокаженных, чем у купца кобеткой.

Да она всерьез, понял Изосим. Его охватил озноб, хотя было жарко, в очаге трещали красные дрова.

— Заболеешь! Сгниешь заживо!

— Я узнавала, — шептала литовка. — Проказа — болезнь медленная. Она, бывает, через двадцать лет проступает. Здесь я столько не проживу. Мне уже девятнадцать. Лет через шесть, много через восемь начну вянуть. Кому такая кобетка нужна? Стану за кусок хлеба подол задирать, а потом сдохну под забором. Пускай у меня лучше нос отвалится — кто на прокаженном острове удивится? Будем с тобой двое безносых. Сгнию, и ладно. Зато счастлива буду...

Она еще долго говорила про дунайский остров — пока Изосим не спохватился, не вспомнил о времени.

Прощаясь, Вита крепко к нему прижалась.

— Знаю, какой у тебя послезавтра день. Но ты ко мне перед тем загляни — хотя бы на чуть-чуть. Потом иди, заканчивай свои дела, а я стану собираться в дорогу. Я всё продумала, что с собой взять. Мы уедем отсюда далеко-далеко. И не обернемся.

А Изосим, выйдя из горенки в темный проход, обернулся.

Маленькая женщина стояла в прямоугольнике красноватого света.

Тогда-то сердце у него и сорвалось вскачь.

НЕ ЖЕЛЕЗНАЯ, А ЧУГУННАЯ

Разлили по стеклянным кубкам сладкого вина, выпили до дна, чтобы завтра всё вышло по-задуманному.

Ефимия завела умозрительную беседу. Настасья слушала — отчего не послушать, если дела сделаны, распоряжения отданы, нужное обговорено, а спать еще рано, да и уснешь ли.

— ...От московской узды избавимся, внутренние распри изженим и сделаем наш Новгород лучшим местом на белом свете, — мечтательно говорила Горшенина. — Нам с тобой это по силам. Мы обе в хорошем возрасте, когда есть и опыт, и знание жизни, и деньги, и сила. Жаль, что тебя с Марфой в одну упряжку не соединить. Очень уж вы похожи. Обе слишком твердые, друг о дружку скрежещете, как железо о камень. Ничего не поделаешь. Будем вдвоем.

Она сожалеюще пожала плечами.

— Нашла о ком жалеть, — покривилась Григориева. — Пускай в монастырь идет. А еще бы лучше в сыру землю... Расскажи лучше, как, по-твоему, нам Новгород обустраивать?

— Я много про это думала. — Ефимия потупилась, словно признавалась в неловком. — Знаешь, в чем тайна новгородской силы?

— В торговле, в пушном промысле, в деньгах.

— Нет, сестрица. Торгуют многие, пушнины у Москвы не меньше, а денег у той же Венеции будет побольше, чем у нас... Сила Господина Великого Новгорода в том, что он не столько господин, сколько госпожа.

— Как это? — не поняла Каменная.

— У нас есть то, чего ни у кого больше нет. Ни на Руси, ни в Азии, ни в Европе.

— О чем ты?

— О том, что у нас грамоте учат не только мальчиков, но и девочек. И женки новгородские мужам не рабыни, не детей рожальщицы, а соратницы и даже — уж нам ли с тобой не знать — водительницы. Вот в чем наше главное богатство. Все прочие державы живут в пол-силы, только половиной своего народа пользуются. Будто одной рукой. А у Новгорода две руки: и мужская, и женская. Хочешь топором руби, хочешь жемчугом вышивай.

— Это так, — согласилась Настасья.

— Теперь слушай дальше. Кто в школе лучше учится — мальчики или девочки?

— Девочки. У нас прилежания больше, ум проворней.

— А когда мы вырастаем, то пьяные на улице не валяемся, кулаками сдуру не машем.

— Ты к чему клонишь?

— Если мы ничем не хуже их, а даже лучше, отчего это на вече только мужчины голосуют? Почему в посадники и тысяцкие только мужчины мужчин выбирают? Неужто ты не справилась бы с посадничеством? Или я, или хоть Борецкая?

Григориева слушала с интересом, хоть и недоверчиво улыбалась.

— Где ж это, в каком царстве-государстве видано, чтобы власть была у баб?

— Нигде. А у нас будет. Одних убедим, других уласкаем, третьих за горло возьмем. Почему ты должна править через дурака Булавина, а я через своего слизня-муженька? Давай ты будешь посадницей, а я тысяцкой.

— Ну да, а владыкой посадим Марфу, — засмеялась Настасья. — Как раз она в монастыре сидеть заскучится. Мечты это, сестрица. С бабьей властью никто дела иметь не захочет. Нам с другими государствами торговлю вести, договора заключать. С той же Москвой. Сначала мы с ней разбранимся, а после придется ведь и замириться. Куда нам от нее деться? Да и великий князь неглуп. Знает, что ему без нас и без моря нельзя. Я снова буду на Низу зерно покупать, у меня там севы и пахоты вперед оплачены. Хотя права и Марфа — в Литву хлебный путь тоже проложу. Но нельзя нам менять шило на мыло: то от Москвы зависели, а тут к Литве в такую же удавку попадем.

— Значит, ты порывать с Москвой не хочешь? — Шелковая вздохнула. — А я бы с ними, дикарями немытыми, никаких дел вести не стала. Пускай без нас вконец отатарятся. Поставила бы крепостей по всему низовскому рубежу. Платила бы крымцам, ордынцам, казанцам, ногайцам, чтобы трепали Москву беспрестанно, как собаки медведя. А еще патриарху царьградскому послала бы денег, много. Чтобы у Москвы русскую митрополию отобрал и передал бы нам в Новгород. Или учредил бы нашу собственную, новгородскую.

Настасье становилось всё удивительней. Она таких дальних мыслей от Горшениной не ждала.

— Там видно будет, — уклончиво молвила Каменная. — Дело это протяжное, наших дней не хватит. Будем из другой жизни смотреть, как наши детки-внуки в этой управляются.

— Брось! — махнула Ефимия. Она, кажется, немного захмелела от ренского. — Никакой другой жизни нету, только эта. Живем, пока не померли. И что не успели — того уж не увидим.

Настасья опешила:

— Как это нету? А Бог как же?

— Кто его видал, Бога-то? — Шелковая усмехнулась. — Разве Марфа, в вещем сне.

Каменная была ошеломлена. Она много пожила на свете, повидала всяких людей, но такие, чтобы вовсе в Бога не верили, ей еще не попадались.

Однако расспросить старинную подругу — как это можно жить и в Бога не веровать, Настасье не пришлось. В дверь светелки постучал Лука, сказал, что на двор прибежал некий человек, назвался Китой и просит срочно допустить его к госпоже Ефимии.

— Это может быть важное. — Горшенина, нахмурившись, поднялась. — Подожди, отлучусь.

Вернулась она того мрачнее — и очень быстро, почти бегом.

— Права ты была, Настасья! Есть у Марфы тайный умысел, как повернуть завтрашний день в свою пользу!

— Откуда знаешь? Кто таков Кита?

— А ты чаяла, только у тебя близ Марфы лазутчик есть? — сказала Ефимия и махнула рукой — нечего, мол, сейчас на пустяки время тратить. — А удумала она вот что. Ныне ночью, перед рассветом, ее паробки, замотав лица, нагрянут сюда. Людей у Борецкой больше, чем у тебя, сама знаешь.

— Убить, что ли, меня хочет? — не веря, усмехнулась Григориева. — Врет твой Кита.

— Нет, если тебя убить, весь Новгород вздыбится. Тогда твоего поставленника Булавина на вече единым голосом выберут. Марфа задумала хитрее. Ты хоть и каменная, а есть у тебя одна трещинка. Сама знаешь, какая.

— Олена?!

У Настасьи с лица сползла усмешка.

— Увезут невестку, а тебе скажут: ежели завтра Ананьина не выберут, не родится у тебя ни внук, ни внучка. И тут уж ты сама будешь думать, как Ананьину помочь.

Григориева кинулась к двери.

— Куда ты?

— Уведу своих в башню. Ее приступом не возьмешь.

Шелковая крикнула что-то вслед, но разговоры разговаривать сейчас было некогда.

— Олену Онуфриевну, Юрия Юрьича веди во двор, живо! — бросила Григориева письменнику. — Скажи: гроза. Она поймет.

Выскочила наружу в чем была, хотя к ночи сильно похолодало, лужи прихватило ледком. Побежала к темной громаде Настасьиной башни, громко зовя десятника:

— Прокофий! Прокофий! Тревога!

Ничего, думала, до рассвета еще далеко. Запремся, до утра досидим. Стены каменные, двери кованые. Не ворвутся враги, зубы сломают. А наступит день — уберутся. Разбойствовать в день Великого Веча — это весь город против себя поднять. Не посмеют.

Десятник мешкал, и боярыня заколотила железным кольцом в дверь.

— Прокофий! Просыпайся!

Все ценное тоже перенести в башню. Утварь пускай громят, не жалко. Слуг отослать, чтоб не попали под горячую руку...

Дверь открылась — не как обычно, а со скрежетом и почему-то криво. В проеме стоял незнакомый мужик, испуганно пялился на великую боярыню.

— Где Прокофий? Ты кто, новый стражник? Поднимай всех!

— Нет никого, боярыня. Один я. — Мужик сдернул шапку. — И не стражник я — дверной мастер Зотов.

— Какой дверной мастер? Где стража?

— Перевели всех, пока работы.

— Что за работы?

— Настасьину башню велено новить. Двери менять. Я уж, гляди, и петли снял...

Григориева только теперь увидела, что створка не заперта, а привалена к косяку.

— Кто приказал?

— Вечевой дьяк Назар Ильич. Задаток уплатил, тридцать копеек...

Сзади подошла Горшенина, взяла Настасью за рукав.

— Я тебе начала говорить, да ты не слышала... Не отсидеться вам в башне.

— Эх, а Изосим всех моих увел, — скрипнула зубами Григориева. — И захочешь отбиваться, да не с кем...

Ефимия придвинулась ближе, зашептала:

— Если мы с тобой при Марфе тайных людей держим, то, поди, и она тут не без глаз. Прикажи громко, чтобы все слышали: жду-де нападения лихих людей, закладывайте возок, повезу сына с невесткой в Зубалово.

В Зубалове у Григориевых была вотчина, от города двадцать поприщ. Там сосновый бор, легкий терем — самое лучшее место для летнего провождения.

— И что?

Каменная тяжело дышала.

— Марфины лазутчики ей передадут, она обрадуется. В Зубалове-то вас будет просто взять, вдали от людей. А ты как доедешь до Копорского креста, поворачивай на север, в мое Горшенино. Там своих и оставишь. В Горшенине Марфины их не сыщут.

— Не Шелковая ты, а золотая. Лучше сестры. — Настасья крепко обняла соратницу. — Никогда тебе этого не забуду.

И закричала на весь двор:

— Эй, люди, кто есть! Все сюда! Закладывать возок! Седлать коней! В Зубалово еду!

* * *

Олена в миг опасности не охала, не металась, вопросов не задавала. Собралась сама и собрала мужа в несколько минут. Юраша, поднятый с постели, стоял во дворе встрепанный, в накинутой на плечи шубе и вертел головой на слуг, бегающих с факелами. Олена держала его за руку, тихо говорила что-то успокоительное.

Сели втроем в легкую, но крепкую колымагу двойного лубяного плетения, предназначавшуюся для загородных поездок. Наличные паробки — их набралось всего шестеро, остальных забрал Изосим — надели доспехи и шлемы, сели на коней.

Слуги тихо отперли тяжелый засов на воротах, взялись за створки и ждали команды.

— Вот мое наставление Шкиряте, управителю. — Ефимия дала Григориевой свернутую бересту. — Он у меня толков, всё сделает как надо... Сказала бы я тебе «с Богом», но лучше скажу: «Безопасной дороги».

Настасья, высунувшись из лубяного короба, последний раз оглядела двор. Крикнула слугам:

НЕ ЖЕЛЕЗНАЯ, А ЧУГУННАЯ

— Попрячьтесь все!

Может, теперь Марфины на дом и не нападут, а все же людей лучше поберечь.

— Завтра свидимся на вече, Бог даст, — сказала Каменная подруге. И махнула: — Давай, отворяй!

Ворота рывком открылись. Возница щелкнул кнутом, сильные кони всхрапнули, рванулись.

Колымага вылетела на темную улицу, дальше помчала еще быстрей. С обеих сторон скакали конные, держа мечи наголо.

Глядя из оконца, Настасья увидела мелькание каких-то черных теней, услышала крики, но никто не попытался преградить дорогу.

Возок бешено пронесся по Славной, повернул направо и потом, не снижая скорости, еще раз направо — к городским воротам. Они по ночному времени, конечно, были заперты, но кто ж посмеет не выпустить великую боярыню?

Четверть часа спустя мчали уже по немощеной загородной дороге. Сидевших в колымаге кидало из стороны в сторону. Юраша ойкал, Олена обнимала его за плечи, а Настасья держала невестку, о себе не думала. Ее несколько раз стукнуло головой о стенку, но это было пустое — не навредить бы дитяте.

— Хватит гнать! Оторвались уже! — крикнула она, да еще стукнула в передок посохом. — Стой!

Вышла, прислушалась. Паробки придерживали разгорячившихся коней, те фыркали, переступали копытами. А других звуков не было.

В горшенинском родовом имении Настасья бывала и прежде. Там, на берегу Ильменя, Ефимия отстроила затейные палаты, ни у кого таких нет. После поездки с мужем в Венецию, где дома стоят на воде, загорелось ей завести и у себя такое же чудо.

Прежний дедовский терем разобрали, в дно заколотили сваи, поставили помост, а на нем — сказочную шкатулку с башенками, будто парящую над водой. Летом красиво, зимой глупо: чай не Венеция, снег да лед. Зимой Горшенины, правда, сюда и не ездили.

Но сейчас, в середине ноября, озеро еще не замерзло, и для обережения лучшего места было не придумать. Попасть к малому чудо-дворцу можно было только по мосткам, а их, случись беда, защитить нетрудно.

Шкирята, горшенинский приказчик — Каменной он был знаком и прежде — оказался в самом деле толков.

Разбуженный средь ночи, не испугался, не засуетился, а молча прочитал Ефимьину бересту, молча выслушал Каменную, с минуту подумал и потом с минуту говорил сам: ничего лишнего и всё дельное.

Сказал, что сторожей у него по позднеосеннему времени мало, только пятеро, но григориевских паробков в подмогу ему не нужно. Если нагрянет Марфино множество, все равно не отобьешься. Лучше он поставит на перекрестке дозорного, рядом — куча хвороста. Едва тот услышит в ночи топот — зажжет огонь. У причала будет снаряженная лодка. Усадим Юрия Юрьевича с молодой боярыней — и поминай как звали.

Что марфинские сюда не нагрянут, Григориева ему говорить не стала — пускай сторожится.

На душе стало спокойнее. Ночь уже перевалила за половину, но в ноябре тьма долгая. Времени было еще много.

Обратно ехали споро, но без лишней гонки.

Кажется, менялась погода. Над полями, над дорогой клубился туман, и Настасье казалось, что она качается по волнам млечного моря.

Думала: так оно вышло еще лучше. Пускай Олена с Юрашей побудут вдали от завтрашней сшибки. Когда Марфа поймет, что ее замысел провалился, да увидит, что выборы проиграны, она впадет в ярость и может затеять побоище — терять ей нечего. Устроить большую заваруху Борецкая, конечно, может, оружных людей у нее много, но только сама себе хуже сделает. Оборотит против себя закон, весь город встанет за новоизбранного посадника. И тогда, Бог даст, избавимся от Марфы раньше, чем думалось.

Усмехнулась, глядя в туманную пелену.

Зря тебя Железной прозвали, Марфа свет Исаковна. Не железная ты, а чугунная — тяжелая да тупая. Сила без ума — что войско без полководца.

ФЕОДОРА ПРАВЕДНАЯ

И вот он настал, день Феодоры царицы греческой, которая в полуденные годы своей жизни правила державой, а в вечерние, состарившись, удалилась в обитель и переписывала там священные книги. Можно ль придумать судьбу лучше?

Спала Настасья мало, всего часа два, а проснулась свежая, бурлящая силой. Так всегда бывало перед великими выборами. Уж сколько раз сыграла она в эту игру, и выходило по-разному — то побеждала, то проигрывала, но никогда еще на кон не было поставлено столь многое. Сегодняшний день не просто Марфу Железную отодвинет, отрежет у нее кусок власти. Если всё получится, как задумано, через короткое время останутся в Новгороде только две великие женки, а затем — одна. И может быть, Настасью будут просто звать Настасьей Великой. На Руси баб с таким прозванием еще не бывало.

Ночью на усадьбу никто не нападал. Слуги доложили, что на улице перед воротами шныряли какие-то, но не сунулись.

Значит, ночной поездкой удалось не только сына с невесткой оберечь, но и спасти двор от разорения. Хорошо!

В доме были жарко натоплены печи, в большой палате накрыли богатый стол для всех, кто пойдет с боярыней на вече. День будет долгий, холодный. Поесть-попить горячего не доведется.

Зато уж вечером напируемся — или... Но про «или» Каменная не стала и думать. Не будет никакого «или».

Зала гудела, будто пчелиный рой. Крикуны и шептуны, кому пыпчс топтаться среди толпы, угощались белыми калачами, кашей с мясом, сбитнем, сладким овсяным взваром, но ни пива, ни хмельного меда на столах не было.

Когда боярыня вошла, все умолкли и поднялись.

Настасья сказала короткое слово, одарив взглядом и улыбкой каждого. Пообещала никого не обойти наградой. А напоследок сказала, что хочет проверить, ладно ли приготовились.

— Ну-ка, Ярославу Филипповичу величание!

Люди повернулись всяк к своему десятнику. Те вскинули правую руку с зажатой в ней шапкой.

Руки враз опустились.

— Я-ро-слав! Я-ро-слав! — грянул рев, прокатился под сводами — Григориева зажала уши.

— Ну-ка, а теперь — Ананьин на помост вышел.

Снова поднялись шапки, но теперь вывернутые изнанкой наружу.

Здесь вышло затейнее. Одни засвистели, другие заржали по-лошадиному, шептуны тонкими голосами пронзительно заверещали:

— Лупцуй, женочка! Ой, больно! Ой, сладко!

Боярыня одновременно смеялась и морщилась.

— Будет, будет! Ладно, ешьте побольше. Хлеб да соль.

Пошла к двери, поманив за собой Локотка, нового начальника над крикунами заместо прежнего, сложившего голову на невской голке.

Надо было провести малый совет, самый последний перед вечем.

В светелке собрались ближние помощники: Лука, Захар Попенок, Локоток и Яха Кривой, обычно ведавший шептунами, а сейчас приставленный к Булавину для помощи и направления. Сам-то избранщик здесь быть не мог — он сейчас на улице, перед домом, разъяривал своих сторонников.

— Много там собралось? — спросила боярыня у Яхи.

Тот, потерявший глаз в давней голке (уж не упомнить, кого тогда выбирали), ответил степенно:

— Не то чтобы шибко много, госпожа Настасья, но и немало. А как двинется Ярослав Филипыч на Торговую сторону, по дороге еще подвалят.

— Как он, по-твоему? Хорошо ль себя держит?

Кривой подумал. Он был мужичина бывалый, Настасья ему доверяла, как себе — иначе не приставила бы к такому ответственному делу. Око у Яхи хоть и одно, да зоркое.

— А неплох, пожалуй. Еще я вот что приметил, Юрьевна: он тебе хочет понравиться больше, чем толпе. Всё спрашивает меня, довольна ль ты им.

Григориева кивнула. Устройство булавинской души ей было понятно.

— Ты ему повторяешь, что он мне как сын и даже больше, ибо родной мой сын убог?

— Что как сын — говорю. А про Юрия Юрьевича дурного не брешу, — насупился Яха.

— Ничего, от Юраши не убудет. Обязательно шепни Ярославу перед вечем: она-де тебя полюбила, потому что всегда такого сына хотела, ведь свой-то у нее урод и юрод. Слово в слово скажи.

Кривой поклонился:

— Коли велишь...

— А Изосим где?

— Должно, на площади уже, — сказал Захар, торжественный в парадном кафтане. — У него своих дел много.

Григориева посмотрела на Попенка мельком — его дело нынче было простое: выйти на помост, поклониться на три стороны да сказать проникновенное слово за Булавина. Мужичок умный, учить не надо.

— К столу ступайте.

Там, придавленная с четырех концов, чтоб не сворачивались углы, лежала большая береста. На ней Лука заранее нарисовал площадь Ярославова дворища, где состоится Великое Вече: колокольную башенку, вечевую избу с крыльцом, откуда будут говорить избранщики, и окрестные приплощадные строения.

— Я буду у звонницы, — стала показывать Настасья. — Борецкая встанет где обычно — подле часовни. Шелковая — здесь, спиной к Немецкому двору. — Повернулась к Локотку: — Ни в Марфину часть толпы, ни в Ефимьину, ни в мою людей не посылай. Своих и Ефимьиных подзуживать незачем, а средь Марфиных — пикнуть не дадут, придавят.

Локоток с обидой:

— Что ты меня, госпожа, будто несмышленыша наставляешь? Всем десятникам велено в середине быть, где люд ничейный.

Она засмеялась.

— И то, пустое болтаю. Волнуюсь, вот и раскудахталась как курица. Очень уж дело великое. Ладно, детки, ум умом, а на всё воля Божья. Помолимся.

Все повернулись к иконам, строго закрестились, закланялись.

* * *

Над Новгородом нависало низкое, насупленное небо. Оно было серым, город тоже серый, даже белые стены Града на той стороне реки и купола церквей от вялого ноябрьского дня будто посерели. Все цвета и краски собрались на вечевой площади, по краям которой теснилась многотысячная толпа — ради большого события новгородцы нарядились во всё лучшее. В глазах рябило от красных, синих, зеленых шапок и пестрых кафтанов, а возле пяти кончанских знамен — неревского Орла, славенского Льва, плотницкого Спаса, загородского Всадника и людинского Воина — посверкивало золотое шитье, там собрались вящие люди, цвет великого города.

В первых рядах стояли тепло, по-зимнему одетые барышники — в тулупах, в овчинных шапках. Они еще с ночи занимали места перед самым вечевым кругом, до утра маялись от холода, зато потом продавали насиженную пядь кому-нибудь богатенькому. У каждого барышника — мальчишка, который шныряет на краю толпы, называет цену. Сторгуется — проведет, а толпа одного человека пропустит, одного вытолкнет. Нелегкий промысел барышников новгородцы уважают, но жульничать не дадут. Продал место — поди вон. За два часа до начала барышники просили за место по пять копеек. Ныне же, когда до полудня оставалось недолго, цена подскочила до десяти.

Вечевой колокол редко, зычно погудывал — думмм, думмм. С Софийской стороны по Великому мосту всё подтягивался народ, да и ближние, с Торговой, тоже подходили улицами-переулками.

Прокатился рокот. Это начали прибывать выборщики. Они были в высоких меховых шапках, видные издалека, важные. Люди хватали выборщиков за рукава, кричали, за кого голосовать, но те хранили приличную невозмутимость.

Внутрь пустой площадки, вечевого круга, надо было проходить через оцепление, назвавшись по имени. Бирючи проверяли по списку, кланялись, пропускали, и выборщики шли к вечевой избе, давать присягу. Всё делалось неторопливо, новгородский обычай в большом деле спешки не поощрял.

Григориева прибыла на площадь первой из великих женок. Поднялась на помост, загодя поставленный слугами под самой звонницей. Села в кресло, будто не замечая тысяч устремленных на нее глаз. Ближняя толпа боярыню славила, в дальней свистели, но Настасья Каменная не шевелилась, в самом деле похожая на

каменную бабу, что торчат на степных курганах. В вытянутой вперед руке так же недвижно застыл посох.

Головы Григориева не поворачивала, но глазами водила беспрестанно, ничего не упускала.

Вот явилась и Ефимия Горшенина, одетая во всё белое, кивающая на обе стороны. Лица издали было не разглядеть, но уж, конечно, на улыбки не скупилась. Рядом, подбоченясь, шли муж и племянник, первый в алом кафтане, второй в малиновом. Уже и не прикидывались, что будут соперничать. Опытным зрителям все равно было известно, что оба уступятся, и многие бились об заклад — за кого.

Последней, от моста, прибыла Борецкая, бок о бок с Аникитой Ананьиным. Им закричали, засвистели еще громче, чем Григориевой — это потому что Марфа прибыла с одним из основных избранщиков.

Борецкая картинно благословила его образом. Потом пошла, села на крыльце часовни, черная, как ворона. Нарочно отвернулась, чтобы не видеть Настасьи, и той радостно подумалось: знает, знает, что проиграла!

Впервые за все время Григориева двинулась — поправила на лбу плат. Это был условный знак Кривому: пора вести.

С реки зашумели, закричали.

По мосту, во главе длинного хвоста сторонников ехал второй из основных избранщиков — Ярослав Булавин. Он прибыл верхом, на могучем белом коне. Перед самой площадью, всем видный, картинно перекрестился — то ли на звонницу, то ли на боярыню Григориеву. Спешился. На вече конному въезжать нельзя.

Во всех церквах зазвонили, брякнули механические часы на башне — новгородская гордость. Трижды отрывисто ударил вечевой колокол.

Покричали в небе перепуганные птицы, унеслись прочь. Стало не то чтобы тихо, но молчаливо. Толпа переминалась с ноги на ногу, сопела. Разговоры прекратились.

Настасья подавила зевок. Теперь предстояло скучное: дьяк Назар станет выкликать выборщиков, подвойский — выдавать им голосовальные бересты.

— Изосим где? — спросила Каменная, покосившись по сторонам.

— Не было его здесь, матушка, — ответил Лука. — Уж не случилось ли где худа?

— Коли случилось, стало быть, Изосим там.

Настасья была спокойна. Что проку тревожиться, когда всё сделано и запущено. Дальше уж — как Господь рассудит.

Тонкий, пронзительный голос вечевого дьяка всё выкрикивал имена.

Потом скажет напутственное слово владыка, и все повторят за ним слова молитвы.

Потом станут выходить избранщики. Трое уступятся, двое останутся. Тогда и произойдет голосование — еще нескоро.

Важные члены Господы подходили только теперь, слуги несли за ними складные стулья. Многие бояре нарочно делали крюк, чтобы пройти мимо Григориевой и низко ей поклониться. Она всем кивала — одним слегка, другим пониже.

А когда перекличка выборщиков пошла на вторую сотню, со стороны Федоровского моста донесся дробный топот. Многие обернулись — кто там такой невежа?

Бирючи держали под уздцы взмыленного коня, на котором размахивал руками простоволосый человек в одной рубахе.

Настасья недовольно глянула, отвернулась было — и вдруг дернулась.

Это же Шкирята, горшенинский приказчик!

Сердце умнее головы, оно откликнулось первым: беда. И лишь затем застучали мысли.

Настасья быстро спустилась, пошла с площади, стараясь не бежать.

Издали приказала:

— Отпустите. Он ко мне.

У Шкиряты ворот на мокрой рубахе был надорван, на щеке кровоточила ссадина, взгляд дикий.

— Госпожа, лихо! — закричал он, да осекся — Каменная грозно тряхнула посохом: не вопи!

Взяла за локоть, оттащила подальше от чужих ушей.

— Что?

— Напали! Корелша, Марфин пес! Утром, когда мы уж и не ждали. С воды, на лодках! Туман над озером, не видать!

У Настасьи потемнело в глазах.

— Захватили?

— Нет... — Шкирята поправился: — Когда я вырвался, мои сторожа еще держались. В тереме заперлись. Но долго им не выстоять. Моих всего пятеро, а с Корелшей паробков десятка два. Они на берегу сосенку рубили, таран делать... А я в воду, и вплавь... На берегу у нас конюшня... И сюда, к тебе! Поспеши, боярыня!

В роковые минуты — а их в Настасьиной жизни было немало — мысль у нее не сбивалась, а начинала работать вдесятеро быстрей обычного.

«Вот, стало быть, что Марфа удумала. Ах, змея аспидная... Ночью она нападать и не собиралась. Ей надо меня на время веча из города убрать. Потому они и утра дождались. Что делать? Что?»

— Захара ко мне!

Лука, ни на шаг не отстававший от хозяйки, удивился:

— Он на кругу. Ему скоро перед народом говорить...

— Живо!

Побежал.

Настасья поглядела, кого можно взять. Паробков с ней было мало, все те же шестеро, что ночью. К тому же безоружные — на вече нельзя.

— Вы, шестеро! Бегите на двор. Оборужьтесь. Доспехов не надевайте, некогда. Если кого годного там увидите, берите с собой. На коней — и махом к Антоновским воротам. Мою Чайку заседлайте, с собой возьмите. Там встретимся.

Побежали и эти.

Григориева схватила за ворот двух рассыльных — а больше подле нее никого и не осталось.

— Где хотите сыщите мне Изосима! Кто безносого приведет — дам рубль.

Изосим в таком деле один стоит десятерых. Нашли бы только...

От площади бежал бледный Попенок, всё уже знающий.

— Что делать, боярыня?

— Пойдешь к вечевому дьяку. Скажешь: тебе-де донесли, что в выборном сундуке заложили берест больше нужного. Пускай все перечтут.

Перед голосованием избирательные бересты держали в запечатанном ящике, а то, бывало, накидают заранее таких, где одно имя уже помечено. Всякий избранщик имеет право потребовать проверки.

— Правда что ли? — ахнул Захар.

— Неправда. Нужно время занять. И придирайся, заставляй по два раза пересчитывать. Ступай!

Так. Это даст отсрочку. Часа на два, а то и на три.

С Марфой, конечно, получилась промашка. Недооценила Настасья дорогую подругу. Но можно еще поспеть. До горшенинского имения полчаса конного бега и обратно столько же. Но сколько там провожжаешься? И хватит ли людей?

Где же Изосим?

— Эй ты! — подозвала она уличного мальчишку, во все глаза пялившегося на саму Настасью Каменную. — Держи копейку. Прибежит человек в серебряной маске, скажешь, чтобы добыл коня и гнал в Горшенино, на озеро. После вдесятеро дам и к себе на службу возьму. Повтори!

Паренек повторил, не напутал. Исполнит ли порученное — Бог весть, но больше рядом никого не было.

Боярыня подобрала полы длинного охабня и побежала, как не бегала с девичества, стуча по земле посохом. До Антоновских ворот неблизко, а время дорого.

Бежала и яростно бормотала: «Изосим, урод безносый, где тебя черт носит?»

БРОНЗОВАЯ БАБОЧКА

А урод безносый был близко, в каморке на Немецком дворе. Лежал на постели застывшим лицом кверху. Мертвые глаза над маской изумленно глядели в оконце на потолке, красные эмалевые губы улыбались. Из-под задранного подбородка торчало навершие бронзовой заколки, утопленной в горле по самую бабочку.

ОГОНЬ

Почти все горожане собрались на площади, и на улицах было пусто. Немногие прохожие замирали, зря невиданное: большую, грузную тетку, размашисто бегущую по мостовой. Некоторые, узнавая Настасью Каменную, разевали рот, кое-кто даже осенял себя крестным знамением.

Непривычное к спешке сердце рвалось из груди, сбивалось дыхание, в глаза тек пот, но Григориева не дала себе послабления, замедлила бег только близ ворот, где уже ждала кучка верховых. Там был Шкирята — кто-то дал ему кафтан — и еще семеро (значит, нашли на дворе еще только одного, годного к бою, эх!). Белая кобыла Чайка, завидев хозяйку, приветственно заржала.

— Пособите!

Двое, соскочив, помогли боярыне подняться в седло. Она села по-мужски, бестрепетно задрав платье, и ударила лошадь посохом по крупу.

За воротами дорога была грязная, растоптанная, из-под копыт летели комья и брызги. Прикинув, что полем выйдет короче, да и скакать легче, вскоре после Волховецкого ручья Настасья взяла южнее.

«Поспеть бы, Господи!» — молилась она.

Потом спохватилась — не о том просит. Стала молиться, чтобы с сыном не случилось худа, а пуще того — с невесткиным чревом.

Если сторожа не продержатся и Марфины псы ворвутся в дом, Олена беспременно полезет в драку, и тут недалеко до беды. Бабе на седьмом месяце много ль надо, чтобы плод потерять? Ударят, пнут, да просто толкнут...

— Твои сторожа надежны ли? — крикнула она, поравнявшись с приказчиком. — Чем оружны?

— Самострелы у них немецкие, сабли каленые! И дверь крепка, легко не вышибить! Бог даст, продержатся! — ответил тот. Встречный ветер задирал ему бороду, норовил запихнуть в открытый рот. — Людей бы поболе, боярыня...

Поглядев на управителя с прищуром, Настасья вдруг стала осаживать коня.

Остановилась.

Прочие, вырвавшиеся вперед, вернулись.

— Что не так, госпожа? — спросил седоусый Савва, бывший ушкуйник, служивший у Григориевой лет двадцать.

— Немолода я стала. Переведу дух... Спешимся. Сойдите и вы все, дайте коням передохнуть.

Боярыня и вправду задыхалась, будто это не Чайка скакала, а она сама.

Вокруг было голое поле, вдали серело озеро, дул ветер, качались сиротливые ветлы.

Слуги глядели на хозяйку с недоумением.

Настасья наступила носком сапога на кожаное копытце, закрывавшее острый стальной конец посоха. Подошла к Шкиряте — и коротким, мощным ударом пригвоздила его ступню к земле.

Приказчик завопил, дернулся, а отскочить не смог.

— Держите-ка его, детки, — приказала Каменная.

Приказчика взяли за плечи и за руки, перехватили сзади горло.

— Говори правду, вошь! Где мои? Что с ними?

Тот пучил глаза, шлепал губами, мотал головой.

— Бо... Богом-Христом... Что тебе вздумалось? Да я... Господи...

— Ты почему не к своей госпоже, а ко мне кинулся? Не потому ли, что так было уговорено с Ефимией? Ей надо меня с веча сорвать? Она заодно с Марфой? Напал Корелша иль ты мне наврал? Говори, если хочешь жить: что с моим сыном, что с невесткой?

Приказчик всё тряс башкой и повторял имя Господне, готовился упираться, а времени не было.

Настасья выдернула из правого отрожья своего посоха узкий нож.

— Правду, не то сейчас без глаза будешь! Ну?

— Христом тебе кля... А-а-а-а-а!!!

Паробки, хоть привычные ко всякому, охнули. По щеке взвывшего Шкиряты потек багровый сгусток. Приказчик забился, захрипел.

А Григориева снова подняла страшный, кровавый клинок, поднесла его к целому глазу, от ужаса вылезшему из орбиты и тут же зажмурившемуся.

— Сейчас второй выколю. Ну?

— Скажу, скажу-у-у! — всхлипнул приказчик. — Не нападал никто... Ефимия Ондревна велела впустить Корелшу, я и впустил... Мое дело подневольное... Увезли они твоих...

На миг, только на миг Каменная дрогнула, но скрипнула зубами, не дала сердцу воли.

— Куда? Скажешь «не знаю» — брюхо взрежу. Медленно.

— Корелша сказал, на Лопасню куда-то...

Похоже — правда. В Лопасненском бору у Борецких охотничья изба, место потаенное, для подобного дела годное.

— Сколько их?

— Было двадцать. — Шкирята единственным глазом всё смотрел на нож, не мог оторваться. — Пятнадцать остались у нас. Будто бы осаждают терем. Чтоб ты, когда приедешь, надолго застряла... А Корелша твоих забрал и уехал сам-пят на Лопасню... Всё, боярыня, больше ничего не знаю...

Вот значит как, Ефимьюшка, дорогая сестрица? Значит, не понравилось тебе, что твой Ондрей должен ради Булавина уступиться? Вон как ты порешила...

Теперь стало понятно многое — да, в общем, стало понятно всё, но думать о том сейчас было некогда.

— Этому срежьте голову. Суньте в мешок. Ты, Миньша, скачи в город. Кинешь мешок Горшениным на крыльцо.

Миньша был самым юным из паробков, в лихом деле никогда еще не бывавшим, проку от такого мало. С Корелшей только четверо людей, и нападения они не ждут. Тут главное — не число, а внезапность.

Не обернувшись на вопль, оборванный сочным хрустом, Григориева вскинулась в седло. В ней будто прибавилось холодной, неистовой силы. Настасья запретила себе думать о вече, о выборах. Сейчас — отбить своих, всё прочее после.

* * *

Внезапно напасть не получилось — Настасья была сама виновата. Привыкла командовать людьми, а опыта в боевых делах не имела, вот и сваляла дуру.

Изба стояла посреди широкой лесной поляны, чтобы гостям после лова было где попировать, а при жизни Марфиных сыновей охота Борецких славилась на весь Новгород, на нее собиралось человек по триста.

Надо бы загодя спешиться, подкрасться, но Каменная торопилась, велела вылететь из лесу наскоком. Самый бывалый из паробков, Никифор, хотел возразить, но боярыня прикрикнула, и все подчинились.

Вылететь-то вылетели, гурьбой, но марфинские, должно быть, заранее услышали стук копыт и заперли двери, закрыли ставни.

— Ломай! — закричала Марфа из седла, и люди спешились, взбежали на крыльцо, но из-под венца крыши, из малого оконца высвистела стрела, ударила Савве в живот — хорошо, в железную пряжку, а то бы смерть. Другая стрела задела плечо долговязому Шипу.

Паробки кинулись прятаться за лошадей, двух из которых поранило.

Пришлось пятиться до опушки. Только теперь Григориева поняла свою ошибку, но исправлять было поздно.

Она приложила ладони ко рту закричала:

— Эй, Корелша! Я знаю, вас только пятеро! Нас больше, а скоро еще подъедут! Выпускай Юрия Юрьевича и Олену Акинфиевну! Все равно отобьем! Если сейчас выпустишь, отпущу тебя и твоих людей на все четыре стороны, зла не сделаю! Даю слово! Но коли придется боем отбивать — не взыщи. Все пятеро во́ронам на расклев пойдете! Ты выдь на крыльцо, не бойся!

Открылась дверь. Выглянул приземистый, широкий Корелша, почему-то с факелом в руке.

Пробасил вроде не напрягая голос, а зычно:

— Выпущу твоего сына с невесткой, отчего не выпустить. Вот гонец от Марфы Исаковны прискачет — и выпущу. А ежели тебе, боярыня, невтерпеж, попробуй взять силой. Смерти мы не боимся. Опять же не одни сгинем. Видала это?

Он поднял факел, потом показал вниз. Лишь теперь Настасья увидела, что и стены, и крыльцо дома обложены сухим сеном.

— Сунетесь — подожжемся! А обождешь — сын и невестка живы будут.

— Дай с Оленой поговорить! Может, ты их сгубил уже.

Корелша почесал затылок.

— Не заговорчивая она пока что. Брыкалась сильно, помяли. Лежит.

Не думая о стрелах, Каменная выскочила на поляну.

— Жива она иль нет?! Гляди, собака, — если с ней что, я велю тебя не убить, а на лоскуты резать, медленно!

— Не боязлив я, боярыня. — Оскалил зубы. — А и всяко Марфа Исаковна пострашней тебя будет. Цела твоя невестка, ее только слегка по голове стукнули. Но брюха не тронули, а голова у бабы — место не главное.

И засмеялся.

— Олена! Ты там? Отзовись! — во всю мочь крикнула Настасья.

Из дома донеслось:

— Мааа! Мааа!

Это Юрашка услышал матушкин голос.

Раз сын жив, то, верно, и Олену не убили.

Вполголоса, не оборачиваясь, Каменная спросила:

— Готов ли?

— Чуток бы поближе, — ответил из кустов Савва.

Он единственный, кто несмотря на спешку догадался приторочить к седлу немецкий арбалет. Должно быть, уже зарядил и приложился, только ждал команды. Стрелок он был отменный, но на Корелше панцырь, шлем — бить надо было без промашки в горло или в глаз.

Настасья медленно двинулась вперед, опираясь на посох.

— Погоди. Еще слово скажу... Да подойти ты, не заставляй горло драть. Видишь, я одна, женка, и то не боюсь.

Если старшо́го свалить, да чтоб факел упал подальше от сена, остальных можно взять на меч. На минуту растеряются, оробеют, а тут всего минута и нужна. Отбить Юрашу с Оленой — и еще не поздно будет на вече вернуться.

Корелша колебался, оглядывая кусты за Настасьиной спиной.

— Выйди на середину, боярыня. Тогда и я к тебе спущусь.

Повернулся к дверям, позвал кого-то. Вышел еще один кольчужный. Корелша ему что-то сказал, передал факел. И только после этого сошел с крыльца.

Григориева остановилась, будто бы утереть пот с лица, и снова Савве, негромко:

— В того цель, который с огнем. Не в Корелшу. Как махну посохом — бей.

— Попробую... — раздалось сзади.

Сошлись на поляне, встали в двух шагах друг от друга, Корелша ростом ниже, но шире Настасьи.

— Покупать будешь? — ухмыльнулся он.

Она сделала вид, что удивлена.

— Догадлив ты...

Он засмеялся.

— Ну, покупай. Сколько предложишь?

«Правда, что ли, продастся?» — обнадежилась Григориева. Это бы лучше всего.

— Сколько запросишь, — твердо сказала она. — Хочешь сто рублей?

— А тысячу дашь? — назвал Корелша невозможную сумму, явно глумясь. — И ведь дала бы... Только я непродажный. Из любопытства спросил.

И зашелся хохотом, задрав голову — хоть заглядывай в вывернутые ноздри.

Без размаха, дуговым ударом снизу Каменная вонзила наконечник посоха точно в подставленное горло, между бородой и железным нагрудником.

Закричала:

— Савва!!!

Близко, правее и выше уха будто прожужжала оса — это рассекла воздух стрела арбалета и вонзилась стоявшему на крыльце паробку в переносицу. Он качнулся, со звоном ударившись шлемом о столбец. Сполз. Факел перелетел через перила, упал на сено, и оно сразу задымило.

— Вперед, вперед! — взвыла Григориева, кидаясь с посохом наперевес.

Корелша еще не повалился, еще затыкал ладонями хлещущую кровь, а мимо уже бежали Настасьины молодцы. Легко обогнали боярыню, со свистом вырывая из ножен клинки.

Но и Марфе служили не пентюхи.

С крыльца, толкаясь плечами, скатились трое чешуйных воинов, заступили путь в дом, встали углом, по всей бойцовской науке: самый дюжий, почти великан, впереди, двое остальных одесную и ошую. Бились тоже не заполошно — с умом. У здоровенного в руке был длинный меч, какой обычно держат обеими руками, а он управлялся одной. Взмахнет — товарищи прикрывают щитами. Поди-ка, подступись.

Григориевские наскакивали, да отлетали. На тесном прикрылечном пространстве от двойного превосходства толку было мало. Савва целил новой стрелой, но те были настороже — закрывались щитами.

Позади грозных бойцов разгоралось пламя. Полезло вверх по стенам, добралось до свеса крыши.

Настасья металась за спинами своих паробков, подгоняла их. Никифор ринулся напролом, отбил длинный меч, чуть не достал середнего клинком в лицо, но боковой марфинский низовым ударом подрубил ему колено, и Никифор присел. Его добили, разрубив макушку.

Труп рухнул великану под ноги — тому пришлось шагнуть назад, и меж щитами образовалась щель. Настасья со всей силы метнула в нее посох. Он гулко стукнул детину в грудь, кольчуги не пробил, однако заставил несокрушимого воина пошатнуться, и тут Савва не оплошал — всадил стрелу меж доспешных пластин. С десяти шагов она ушла в тело по самое оперение.

Железный угол распался. Двое остальных еще бились, но теперь каждый в одиночку. Вот свалился один. Второй попятился

было на крыльцо, но оно уже пылало, и он не вынес жара, прыгнул вниз — под удары сразу нескольких мечей.

— Бросьте их! — закричала Настасья бойцам, добивавшим поверженных врагов. — В дом! В дом бегите! Достаньте Олену, Юрия!

Паробки сгрудились перед крыльцом, не решаясь на него ступить. Оно полыхало и трещало, сверху сыпались огненные клочья. Горел уже весь дом, из ставенных щелей вверх тянулись струи черного дыма.

— Мааа! Мааа! — надрывался внутри Юраша.

Каменная подтолкнула одного, другого.

— Что встали? Скорей! Ну же, за мной!

Она хотела сама броситься вперед — Савва сзади ухватил за плечи:

— Куда, боярыня? Не видишь — там как в печи...

Яростно оттолкнув его, Григориева полезла прямо в дым, только прикрыла лицо широким рукавом. Вслепую ударилась локтем о перила, чуть не споткнулась о ступеньку, но все же прорвалась к двери, ввалилась внутрь.

Там было светло и жарко. На полу тлели половики, на стене горели, потрескивая, головы кабанов и лосей. Дышать было трудно.

— Юраша! Олена!

Из дальнего угла, затянутого серой пеленой, послышалось хныканье, и Настасья побежала на звук.

Там на лавке, круглым животом кверху, лежала Олена. Глаза закрыты, на виске кровоподтек. Юраша забился под лавку, съежился, одной рукой закрывал лицо, другой держался за Оленин подол.

— Сейчас, милый, сейчас...

Пощупать жилку — жива ли.

Жилка билась.

По потолку с хрустом прошла трещина, из нее посыпались клочья пламени.

С размаху — шлеп, шлеп! — Григориева влепила невестке две затрещины.

— Очнись!

Но голова лишь мотнулась.

Тогда Настасья, присев, обхватила бесчувственное тело, взвалила на плечо, с рычанием поднялась. Качнулась, но не упала.

— Юраша, вставай! За мной!

Сын пискнул и еще дальше вжался в стену.

— Жди! Сейчас вернусь!

Думая лишь об одном: не уронить бы, Каменная двинулась к выходу. Она и не знала, что в ней столько силы — нести тяжелое тело и не падать.

По крыльцу она не спустилась, а свалилась с него, только крикнув вперед, в дым:

— Примите!

Старалась упасть так, чтобы подложиться собой под Олену, но снизу подхватили в несколько рук, смягчили падение.

От удара и удушья Настасья на малое время сомлела. Перед глазами всё плыло, саднила обожженная кожа, но, едва зрение прояснилось, боярыня оттолкнула слуг и вновь, шатаясь, двинулась к крыльцу.

Дойти не успела.

Окутанная раскаленным, дрожащим воздухом изба покачнулась и рассыпалась, взметнув вверх облако черного дыма, багрового пламени и алых искр.

— Юраш-а-а-а!!!

* * *

Боярыня сидела прямо на земле, гладила мертвого сына по лицу. Оно — вот чудо — не обгорело и было прекрасным, совсем не таким, как при жизни.

— Похож на отца...

Она наклонилась, поцеловала мертвеца в лоб и вздрогнула — на лбу осталось кровавое пятно.

Нет, это не кровавое, это родимое...

Ее тронули за плечо.

— Олена Акинфиевна очнулась. Зовет.

Григориева встрепенулась. Только что казалось — без чужой помощи не подняться, не хватит сил, но и вскочила, и пошла.

Невестка тоже вставала, отталкивая помощников. Сорвала с головы обгоревший платок, по бокам свисали опаленные волосы.

— Гадина! — закричала Олена, глядя мимо свекрови — на лежащего Юрия. — Могла его спасти и не спасла! Бросила в огне! Убью тебя! Ночью зарежу или отравлю!

Подбежала к покойнику, упала прямо на обугленное тело, зарыдала.

— Роди сначала, — сказала Настасья, гладя невесткин затылок.

В угрозу она поверила — Олена зря бросаться словами не станет, однако не испугалась. Мало ли желающих убить Настасью Каменную. Одной больше. Спасибо хоть предупредила — остережемся.

— Коня мне подведите, — оборотилась боярыня к паробкам. — Все остаетесь при Олене Акинфиевне. И знайте: не убережете ее, вам тоже не жить.

Села в седло.

— Куда ты одна, боярыня? — спросил Савва.

Она потянула узду, разворачивая лошадь. Ударила каблуками, поскакала назад, к Новгороду, через сизую мглу меркнущего дня.

УСТАЛА

Три великие женки встретились ночью в вечевой избе. А где еще было встречаться? Не у Ефимии же.

На столе лежали стопы избирательных берест — подсчет закончился с час назад, но результаты были ясны заранее. После того как муж и племянник Горшениной призвали своих выборщиков голосовать за Ананьина, а оставшаяся без предводительства григориевская партия ничего в ответ не предприняла, исход определился во всей несомненности.

Новый степенной посадник и лучшие мужи города сейчас были на великом молебне в Святой Софии, но истинные распорядительницы Новгорода туда не пошли. Им надо было потолковать без посторонних, напрямоту.

Когда вошла Каменная, две другие уже сидели — бок о бок, более не тая своего единства.

Здороваться не стали.

У Настасьи были опалены брови и ресницы, на щеке багровел волдырь, но лицо боярыни никаких чувств не выражало.

Она тоже села и заставила себя взглянуть в глаза Борецкой, светящиеся спокойным торжеством. Еще тяжелее было смотреть на Шелковую, однако на ней Григориева остановила взгляд дольше — и Горшенина не выдержала, потупилась.

— Простить не прощай, но знай, — тихо сказала она. — Я этого не хотела...

Марфа пришла на подмогу союзнице:

— Чего ты добилась, каменная твоя башка? И на выборы не поспела, и сына сгубила. Узнала теперь, каково оно — детей терять? Я так четверых лишилась.

Но Григориева ее будто не слышала, она всё смотрела на Ефимию.

— А чего ты хотела? — спросила Настасья. — Чтобы я сдалась? Чтобы отдала вам Новгород без боя?

Ефимия подняла глаза. Ни стыда, ни раскаяния в них не было, только печаль.

— Я хотела, чтоб ты выбрала — либо родню, либо общее дело. И если б ты осталась на вече, я велела бы Ондрею с Михайлой стоять за Булавина. Но ты алчная, тебе надо всё заграбастать — и ближний мир, и дальний. И туда, и сюда поспеть невозможно. Ты вот попробовала — и не получила ни того, ни другого. Я долго колебалась, но выбрала Марфу. У ней ближнего мира нету, она всю себя за Новгород положит. Она железная, а ты всего лишь каменная... И еще. — Взгляд Шелковой сделался тверже. — Ты, Настасья, всё на Москву оборачиваешься, не хочешь низовских прибытков терять. А я согласна с Марфой: нельзя нам с ихней татарской державой вести никаких дел. Отгородиться от них прочной границей, стеной непроходимой. Пускай к нам не суются!

— Будет тебе воду в ступе толочь, — перебила ее Григориева. — Недосуг мне. Говорите, зачем позвали. Ты, Марфа, желала горем моим полюбоваться? А ты, Ефимья, покрасоваться своим иудством? Или есть у вас ко мне дело?

Две остальные переглянулись. Марфа кивнула Горшениной — давай ты.

Шелковая испытующе посмотрела на Каменную, начала осторожно:

— Мы на Господе клялись: чей избранщик победит, тому все будем помогать. Порадеем Новгороду заедино, позабыв наши распри... Победил Аникита Ананьин, вчистую. За него почти пятьсот голосов, а за твоего Булавина меньше полутораста.

— Дальше что? — снова оборвала ее Каменная. — Чего вы от меня хотите?

— Того, что ты обещала. Со Псковом и с Казимиром Литовским мы сговоримся, однако ж напустить на Ивана братьев и татар можешь только ты.

— Ну да. — Григориева усмехнулась. — Попользуетесь мною, а потом скрутите в баранку.

— Ты клятву давала! — воздела к потолку перст Борецкая. — Перед людьми и Богом! Отречешься — завтра же созовем Господу, поставим тебя на поток!

— Погоди. — Ефимия досадливо махнула рукой. — Иль голова у тебя впрямь железная? Без Настасьи нам Москву не одолеть. Мы это знаем, она знает, вся Господа знает. Но и тебе, Настасья Юрьевна, без ладу с нами жизни в Новгороде теперь нету. Потому нужно нам меж собой как-то сторговаться. Говори, чего хочешь. Если разумного — столкуемся.

Помолчав минуту-другую, Григориева сказала:

— Тысяцкий будет мой.

— Нет! — сразу отрезала Марфа.

Ефимия была мягче:

— Не будет в Господе единения, если степенной посадник с тысяцким станут смотреть в разные стороны. Тысяцким станет мой Ондрей, это уже решено.

Каменная дернула углом рта, но сдержалась. Подумала-подумала:

— Тогда пусть вечевые дьяк и подвойский будут мои.

На это Борецкая коротко, зло хохотнула:

— Ишь, хитра! Обе печати заполучить хочет! Этак ты от имени веча любой указ состряпаешь!

Вечевой дьяк и подвойский каждый имели свою печать, и без них обеих ни одна важная грамота не считалась действительной.

— Давай так, Марфуша, — примирительно молвила Ефимия. — Дьяком останется твой Назар, а подвойского уступи. Гляди, Настасья: одна печать твоя будет, и коли ты с чем не согласишься, делу хода не дастся. Это много. Большего не проси, не в том ты ныне положении.

Григориева задумалась в третий раз, совсем надолго. Наконец горько покачала головой.

— Щедры вы, сестры ненаглядные... Да с ножом у горла не поторгуешься. Ладно. Подвойским завтра же поставите Захара Попенка. А клятву свою я помню. Я ее не ради вас, а ради Новгорода давала. Начинайте тайные переговоры с Казимиром и с псковской Господой. Как сладитесь — возьмусь за дело я. В орду пошлю ловкого человека с дарами. К Андрею Углицкому и Борису Волоцкому съезжу сама... И всё, жены. — Она тяжело поднялась. — Последняя это наша встреча. Хватит, набеседовались. Прощайте. Вам победу праздновать, мне сына хоронить.

* * *

Григориева, не попрощавшись, ушла; Борецкая отправилась праздновать победу, позвала Шелковую с собой, но Ефимия отговорилась ломотой в висках. Голова и правда болела, но пуще того не заохотилось слушать хмельное бахвальство Марфиных подручных. Нынешняя трудная победа была ее, Ефимьиных рук дело.

Воротилась домой, пешком. На Великом мосту, кутаясь в легкую шубу из белой лисы, оглянулась назад. Там уныло темнела Торговая сторона, даже огни не горели. Все, кто обрадовался Марфиному торжеству, ушли на Софийскую гулять и угощаться, остались только побитые. Что ж, так оно всегда бывает: что одному радость — другому горе, теми дровами топится печка жизни.

Уже дома, прежде чем идти на свою половину, зашла к Ондрею. Он не спал, дожидался.

УСТАЛА

— Ну что? Вышло? — спросил с тревогой и надеждой.

— Да. Не заспорила даже. Быть тебе тысяцким.

Муж просиял, прижал Ефимьины руки к груди, стал их целовать, приговаривая:

— Умница моя, всех обвила, всех перегнула...

Еще б ему не радоваться. Быть степенным тысяцким покойней и прибыльней, чем посадником. Верши себе торговые суды, разрешай купеческие споры. Всем нужен, всяк хочет угодить, и от опасных дел далеко. В самый раз для Ондрея.

— А что Каменная? — Горшенин поежился. — Ты Шкирятину голову-то видала?

Ефимия пожала плечами:

— Что мне на ужасы смотреть? — Устало потерла глаза. — Настасья, конечно, мстить будет. Она по-ветхозаветному живет — око за око. Жалко ее дурачка-сына, но ему на том свете, я чай, лучше. Если он, конечно, есть — тот свет, — задумчиво добавила боярыня. — Ты не бойся, тебе Настасья беды не сделает. Ей нужно будет наказать меня, а какая у нас с тобой любовь, ей известно. Вот дочь надо услать из города. Пошли-ка зятька куда-нибудь по тысяцким делам. В Любек, что ли, на наше подворье. А когда покончим с Москвой и Настасья станет не нужна, молодые смогут воротиться.

Горшенин на то, что его бедой жену не накажешь, совсем не обиделся.

— Что дальше будет? — спросил он, повеселев.

— Как задумали, так и будет. Ананьин поедет в Псков. К Казимиру Литовскому сначала напишем, потом тоже надо будет съездить. Может, сама отправлюсь. К весне, я думаю, уготовимся. Тогда нужно будет, чтобы на Москву напали татары и удельные князья взбунтовались. Здесь поможет Каменная. Сколь зла она на меня и Марфу ни таи, а деваться ей некуда. В одной ладье плывем... Ладно, Ондрей Олфимович, пойду я почивать. День был длинный.

Супруги церемонно поклонились друг другу, разошлись по своим покоям. Ложа они не делили уже много лет.

...В опочивальне Ефимию ждала воспитанница — не столь давно приближенная, сладкая. Встретила в одной рубахе, с распущенными волосами красивого бронзового отлива. Помогла раздеться. Снимая с плеч камчатную сорочицу, поцеловала сзади в шею.

— Ох, устала я, заятко, — так устала, мочи нет, — пожаловалась боярыня. — Не для моих лет такая жизнь. А куда денешься? Есть ли на свете место, где можно жить вдали от суеты и мороки? В монастыре разве, но какая из меня монахиня?

Пухлый ротик воспитанницы приоткрылся в улыбке.

— Есть такое место. Ложись, боярыня. Расскажу тебе про него сказку, убаюкаю, — проворковала она, певуче выговаривая слова на литовский лад. — Слыхала ль ты про Остров Дев на Дунае-реке?

Часть третья

С ВЕРХУ В НИЗ

НАУКА МОСКОВСКОЙ ЖИЗНИ

По февральской санной дороге, по бело-золотому руслу реки Москвы, новгородская великая боярыня Григориева катила в теплом, удобном возке почти без качки — как на перине. Возок изнутри был обит собольим мехом, в ногах лежал укутанный жарень — чугунный брус, который во время остановок накаливают на огне.

Зимой путешествовать сладко. Ни ухабов, ни грязи, ни комаров с мухами. И быстро. Если шибко не гнать, ночевать не в пути, а в селениях, за день проезжаешь поприщ сто. С поспешанием же выйдут и все полтораста.

Но Каменная не торопилась, она и так должна была делать частые остановки, чтобы не слишком отрываться от новгородского санного поезда, тащившегося сзади.

Вот и теперь, похоже, уехала дальше нужного.

— Выезжай на берег! — крикнула Настасья вознице через переднее окошко. — Справа холм с крестом — видишь? Туда подымись.

Вверх двинулись медленнее. Сильные лошади всхрапывали, зарывались в снег, но тащили исправно. Паробки, окружавшие возок, предпочли спешиться, вели своих коней в поводу. Прочие григориевские сани, где лежали припасы и подарки, остались ждать внизу.

Про длинную пологую горку, будто оплешивевшую — она была понизу лесиста, но с голой макушкой — Настасье говорили, что оттуда, если встать под черным крестом в славу Святого Егория, можно увидеть всю Москву. Низовская столица была совсем близко, за излучиной.

Захотелось размяться, вдохнуть морозца, да и надо было дождаться остальных новгородцев, чтобы въехать в город первой, а они все вроде как при ней свита.

Прежде, чем смотреть на Москву, Настасья оглянулась назад. Голова длинного поезда только-только выползала из-за высокого берега. Великий князь Иван Васильевич раз в три месяца выделил день на новгородские дела — вершить тяжбы, посредничать, принимать прошения. Сначала мало кто хотел ехать на московский суд, однако съездившие остались довольны. Несколько долгих споров были решены быстро и без оглядки на величие или худость рода. Для великого князя все новгородцы, хоть бояре, хоть черный люд, были одинаки. Поэтому на сей раз искателей справедливости и ходатаев набралось на сотню повозок. Ехали и главные вечевые служители, дьяк с подвойским, везли жалобу на наместника Борисова. Сам Борисов, верно, уже находился в Кремле. Было и ему на что пожаловаться.

Отношения между Верхом и Низом, между великим князем и великим городом, истоньшились и натянулись, словно готовая лопнуть струна. В Литву из Новгорода скакали тайные гонцы, в Псков — явные, стены и башни укреплялись, из бойниц торчали новые пушки, в амбарах на случай осады копился хлебный запас.

Григориева тоже ехала в Низ будто бы по хлебным делам: сговариваться с вотчинниками о дополнительных весенних засевах. На Господе решили, что это усыпит подозрительность Ивана Васильевича — не станет, мол, главная новгородская зерноторговица тратить деньги на мирное дело перед войной. На самом же деле Каменная должна была завернуть в Углич, а на обратном пути в Волок-Ламский, поговорить с князем Борисом Васильевичем и князем Андреем Васильевичем об их обидах на старшего брата.

Еще Настасья обещала наведаться на Татарское подворье, к Шаган-мурзе, посланнику хана Ахмата. Один воз, в нем три тысячи рублей серебром, предназначался ордынцам. Другой, поменьше, на полторы тысячи, должен был отправиться в Казань, к тамошнему царю.

Деньги были общие, собранные по боярам и купцам. Настасья уже придумала, как ими распорядиться — не татарам же в самом деле отдавать?

Решила, что отошлет серебро во фряжскую Генову, в банку Святого Георгия. К шестнадцати Настенькиным годам капитал, глядишь, утроится.

Десять дней назад Олена принесла девочку. Все боялись, не получится ли убогая, в покойного отца, но нет, родилась крепкая, крикастая. Настенькой ее пока звала только Григориева, невестка хотела назвать как-то по-своему, однако это ей кукиш. Уезжая, Каменная велела владыке Феофилу, чтобы запретил попам крестить дитятю до бабкиного возвращения. Пускай Олена пока выкормит младенца. Ничего нет лучше родного материнского молока. Когда Настасья вернется — не ранее конца весны, можно будет передать подросшую внучку кормилице. Олена же тогда станет ненадобна. Воспитывать дочку ей незачем, да и вообще больше ее не нужно. Хватит девочке бабушки, а мать помнить не к чему.

Про то, куда деть Олену, Настасья еще не решила, однако, зная невесткин нрав, понимала: добром та не отступится. Что ж, грехом больше, грехом меньше. Лишь бы маленькой Настеньке было хорошо, в ней надежда всего григориевского рода.

Пока думала о приятном, в сторону Москвы не смотрела. Медлила, собиралась с духом.

Наконец со вздохом встала под трехсаженным крестом, прикрыла рукой глаза от яркого солнца, стала испытующе разглядывать враждебный город. Прежде, бывая по торговым делам на Низу, Каменная всегда объезжала Москву стороной — чуралась.

Вроде город стоял и неплохо — в речном изгибе, на нескольких холмах, а был он какой-то скверный. Расползся по белой земле серым лишаем. Средь снежных пустырей темнели пятна построек. Свой кремль московские называют белокаменным, а он у них тоже серый. Дерюга, а не город.

Слуги переодевались в нарядное: доставали из седельных вьюков одинаковые скарлатные тегилеи, бобровые шапки. С возка стянули дорожный чехол — сафьяновая обивка засверкала позолоченными гвоздями.

— Четверо по сторонам, четверо сзади! — велела боярыня конникам. Вознице приказала: — Шапку поправь, гляди гордо — вперед и вверх. Ладно, поехали!

Спустились с холма лихо — пристроились как раз перед головой новгородского поезда. Пускай задние побесятся. А Москва пусть знает: великая новгородская жена Настасья Григориева едет.

* * *

Вблизи низовская столица оказалась еще гаже, чем издали. С Новгородом нечего и сравнивать.

Мостовой нет вовсе, возок прыгал с колдобины на ухаб. Навоз никто не убирает, смотреть погано. Всюду мусор, отбросы. Как же оно тут летом-то зловонит!

В посаде домишки сляпаны кое-как, заборы кривые, но и когда миновали земляной вал, въехали в сам город, краше не сделалось, только дома стояли потеснее.

Григориева смотрела через оконце чистого шведского стекла на москвичей — диву давалась.

Новгородцы бы сейчас орали вознице: что за птицу везешь? Эти же пялятся молча, а некоторые сдергивают шапки — приучены кланяться силе и богатству.

НАУКА МОСКОВСКОЙ ЖИЗНИ

А вот и Кремль. Что ж, крепость изрядная, больше новгородского Града. Где-то внутри, близ Чудова монастыря, подворье григориевского торгового дома.

Можно бы ждать, что в детинце, где живут лучшие московские люди, будет краснее и богаче, но и тут терема стояли беззатейные, церкви деревянные — от Бога срамота.

Настасья глядела то в правое оконце, то в левое, и становилось ей всё тревожней.

Москва была по всем статьям хуже Новгорода, однако же чувствовалось, что это — Столица, средоточие силы, и из чего складывалось такое чувство, стало ясно не сразу.

Здесь жизни больше, вдруг поняла боярыня. В Новгороде все неспешные, большинство шатаются праздно — себя показать, на людей поглазеть, да разнюхать, нет ли какой потехи. А тут не ходят — снуют. И кругом кипят работы: в одном месте рубят, в другом тащат огромные бревна, в самой середине Кремля торчат леса — строят что-то большое, каменное.

И очень много оружных людей. Будто война или к походу готовятся.

Мимо проскакал один конный отряд, вскоре другой. Пронеслась куда-то рысью татарская полусотня. С криком «Пади! Государево дело!» летел наметом гонец в багряном великокняжеском кафтане.

«Быстро живут, — подумала Григориева, хмурясь. — Быстрее нашего. Не обогнали бы...»

Да и одернула себя: «Тебе-то с чего тревожиться? Вспомни, баба, за чем приехала».

* * *

Московский приказчик Олферий Выгодцев при встрече прослезился. Он не бывал дома, в Новгороде, лет двадцать и столько же времени не видал хозяйку.

— Экая ты стала, матушка, — сказал он с почтением. — Будто гусыня. А была худющая, быстрая, как хорь.

— Ты, дядя, тоже не помолодел, — весело отвечала боярыня.

Выгодцев был мужичина себе на уме, хитрый, ворующий в меру.

— Ну, рассказывай, о чем не успел отписать.

— Борисов-наместник прибыл третьего дня. Мой человек из дворца доложил: вчера боярин просидел у государя три часа и сегодня опять с утра заперлись. А прочее, о чем ты в последнем письме спрашивала, ныне так: ордынский посол Шаган-мурза наезжает в Кремль через день, требует допустить к великому князю, хочет истребовать задолженную дань, но татарина к Ивану Васильевичу не пускают, говорят, что нездоров. Шаган бесится. Два дня назад прямо перед теремом грозил плеткой, кричал про государева батюшку — тот-де тоже гордился-гордился, а после в плену перед Улуг-Магметом на коленках ползал... Еще мне рассказали, что Иван хотел от Орды малой мздой откупиться, но государыня Софья Фоминишна ему запеняла: зазорно-де татарам дань платить. Грекиня ныне по-русски бойко научилась, всюду нос сует, во все вмешивается, и многие на то ропщут...

— Расскажи-ка еще про Софью, — потребовала Каменная. — Сильна она? Может Ивана подмять?

— Даже не думай. — Олферий усмехнулся, хорошо понимая ход мыслей хозяйки. — Как в Новгороде здесь не будет. Женке в Москве воли не дадут. Я, по правде сказать, думаю, что слухи про Софьину строптивость Иван нарочно поощряет. Есть у меня одна старушка в государыниных покоях, песельница — великой княгине перед сном баюкальные песни поет. Рассказывает интересное: при чужих-де Софья на Ивана и покрикивает, и ножкой потопывает, а когда они вдвоем, тиха и покорна. Великий князь хитер. Ему удобно, чтобы его считали подкаблучником. Всякое нелюбое решение можно на жену списать.

Настасья кивнула, соглашаясь. Это на Ивана было похоже.

— Умен ты, Олферий Васильич. Повезло мне иметь на Москве такие глаза и уши. А впредь они мне еще больше понадобятся.

Приказчик поклонился и сразу, не теряясь, завел речь про московскую дороговизну и про свое невеликое жалование — хорошо бы прибавить. Тут наступило время поставить его на место, чтоб не считал хозяйку дурой.

— Ты и так себе втрое прибавляешь, если не вчетверо. Летом обоз мне отправил, удержал по десяти копеек с воза, а сам заплатил по семь с полушкой. Сукна немецкие я тебе в сентябре присылала. Ты написал, что три штуки подарил торговому дьяку, мзды ради, а сам дал ему всего полтину деньгами. Знаю и про другие твои промыслы.

У Олферия забегали глазки — тщился вычислить, кто из своих доносит. Но Григориева нарочно сказала так, чтобы догадаться было невозможно.

— Ох, Юрьевна, ничего от тебя не скроешь, — с лукавым смирением потупился приказчик, чувствуя, что боярыня не сердится.

— Ладно. Приворовывай, да не воруй, и будет у нас с тобой лад. А теперь говори главное: сговорился о встрече?

— Да. От Борисова пришел слуга, ждет в людской. Проводит прямо к государю, через черное крыльцо.

Григориева довольно улыбнулась. Что Иван не напускает на себя важности, а просит быть неотложно и без церемоний, это был знак хороший.

— Пускай подождет. Умоюсь с дороги, переоденусь в уместное...

Выгодцев пошел распорядиться, а Настасья, не теряя времени, освежила лицо колодезной водой, тело растерла полотенцем, чтобы застоявшаяся кровь побежала быстрей.

Постучал приказчик — велела ему войти, повернуться к стене, а сама пока одевалась — служанки уже вынули из сундуков платье.

— Что мне надобно знать перед беседой с Иваном? — спросила она в продолжение разговора. — Ты Москву изнутри понимаешь. Расскажи.

Покряхтев, почесав седой затылок, Олферий ответил так:

— Новгородские Москву боятся, говорят про нее одно плохое. И плохого тут, конечно, много. Но ты, боярыня, пойми вот что. Тут можно жить припеваючи — если с умом. Это как... — Он не сразу нашел сравнение. — Как по морю плыть, когда сильный ветер. Дурак начнет против ветра поворачивать и мачту себе сломает. Либо под волну бортом встанет, и перевернет его. Кто среднего ума, встанет прямо под ветром и знай гонит вперед — не туда, куда ему надо, а куда надо ветру. Башковитый же человек начинает парус немножко поворачивать, то влево примет, то вправо, и ветер принесет туда, куда тебе надо.

— Ты говори попросту, без парусов, — велела Настасья.

— А попросту так. Московские правила нетрудные. Власти не перечь, кланяйся ей чем ниже, тем лучше. Про законы ведай, что они для дураков писаны, и блюди один-единственный: понимай, чего хочет власть — не на словах говорит, а на самом деле хочет, и никогда тому не препонствуй. На Москве дела делать выгодно. Умный человек в сто разных рук копейку совать не будет, а даст гривенку в одну руку, самонужную — и после получит прибытка вдесятеро. Вот и вся наука. Тебе после новгородских хитроумностей ее освоить будет легко.

Григориева выслушала совет внимательно. Согласилась:

— Да, так жить просто. Если у тебя хребет гибкий. Если ты не ногами по земле ходишь, а на брюхе извиваешься.

— Это да. У кого хребет не гнется — здесь сломают.

Смотря на приказчика, Настасья удовлетворенно думала: коли ты так мыслишь, можно от тебя не таиться.

— Снурки сама завяжу, — сказала она служанкам. — Ступайте, девки, отдохните с дороги. Если Захар Попенок уже здесь, пускай войдет.

Остались вдвоем.

— Повернись, Олферий, теперь можно. Отчего не спрашиваешь, для какой надобы я буду встречаться с Иваном?

— Захочешь — скажешь, — кротко молвил Выгодцев. — А не захочешь — мне и знать незачем.

Но глазами помаргивал. Понимал, что и его судьба решается.

— Как это незачем? Ты теперь будешь моя правая рука, считай — мой посол на Москве. Должен всё знать, всё понимать... Про наши новгородские дела тебе известно. Там ныне Железная с Шелковой правят. Пока меня не трогают, стелят мягко, но потом сожрут и косточки обглодают — ясно.

Олферий осторожно заметил:

— Я еще в ноябре подумал, что теперь тебе кроме как к Москве податься некуда. Если решила — правильно делаешь. Настоящая сила — тут.

— Податься не значит поддаться. Я к Ивану не в прислужницы собралась.

Постучали в дверь. Вошел Попенок, поклонился Выгодцеву — тот в ответ согнулся чуть не пополам, не узнал былого помощника. На новой должности Захар стал осанист, пышнобород, толст — будто лет на двадцать постарился.

— Это подвойский великого веча Захар Климентьевич Попенок, — сказала Настасья, и приказчик поклонился снова, теперь уже лбом в пол.

— Захар знает мои замыслы. Вы еще после промеж собой поговорите. Познакомитесь...

Она подмигнула Попенку. Тот поверх склоненной седой головы прежнего начальника оскалился.

— ...Если коротко, про самое главное, то мыслю я так. Господину Великому Новгороду нужно быть не с Литвой, а с Москвой. — Григориева с нажимом повторила: — *С Москвой*, а не *под Москвой*. Ясно? С Иваном я ныне встречаюсь, чтобы объяснить ему выгоду сего уклада. Ну, задавит он Новгород, сделает еще одной своей вотчиной. Что проку? Будто у Ивана мало других вотчин. Нет, не так нужно. Без свободы захиреет торговля, зачахнут промыслы. Новгород для Руси — дверь в Европу. Эта дверь должна отпираться легко, без скрипа. Я предложу великому князю в новгородские дела не встреваться, наместников московских не сажать, дать нам жить своим обычаем и своей волей, а за это Новгород станет платить в государеву казну по двадцати пяти копеек с каждого прибыточного рубля. И получится это больше, чем Иван собирает со всех своих остальных земель. Так зачем же резать корову, которая дает много молока, а будет давать еще больше?

Выгодцев слушал — мял бороду.

— Что думаешь, Олферий? Услышит меня Иван? — спросила Настасья.

— Услышать-то услышит. Он ухватист... Ты только вот в чем, боярыня, не ошибись. Иван Васильевич любит не деньги. Он любит то, чего можно через деньги достичь. Про это подумай.

За хороший совет Григориева приказчика обняла и поцеловала. Старик от такой чести аж всхлипнул.

БЕСЧИННАЯ БАНЬКА

Дворцовый слуга, ожидавший Григориеву, был не в багряном кафтане и собою не виден — маленький, неприметный человечек в черном. Не поклонившись, не поздоровавшись, сказал:

— Иди за мной, боярыня. Посох здесь оставь. К государю входят с пустыми руками.

— Может, еще и обыщут? — окрысилась Каменная.

Черный человечек спокойно ответил:

— Надо будет — до пахов ощупают.

Спускать дерзость, да еще слуге, Настасья не привыкла. Стукнула наглеца посохом по хребтине. Тот ойкнул и теперь поклонился.

— А палку все-таки оставь. Не пустят...

Семенил впереди — с опаской оглядывался на суровую женищу.

Пришлось пройти через три заставы: сначала у ворот великокняжеского двора, потом у черного крыльца и еще раз перед входом во внутренние покои. Молодцы стремянной сотни, охранявшие государеву особу, были богатыри хоть куда, и собою нарядны, с золочеными бердышами, а вот дворец боярыне показался убог. Терем был сложен еще прапрадедом Ивана, скряжистым Калитой — из крепких мореных бревен, прочно, да некрасно. Что ж до убранства — в Новгороде средней руки боярин живет богаче и удобней. Кое-где лежали византийские ковры и висели фряжские арацци, тканые картины — должно быть, из Софьиного приданого, но были они ветхими и тусклыми. На сундуках вдоль стен, правда, сверкали чаши, кубки, ендовы из тяжелого серебра, однако у каждой стоял охранник. Боятся покражи, что ли?

Помещения были тесны, потолки низки, а натоплено так, что не продохнуть.

Пока Настасья шла длинной чередой комнат, придумала хорошую штуку. Надо будет, коли столкуемся, подарить Ивану заместо этой стыдобы от Новгородской земли каменные палаты со всей обстановкой, достойные великого государя. Сразу и прикинула: со своими мастерами это встанет тысяч в десять. Немало. Зато всем будет видно, на чьем богатстве стоит русская держава.

— Дальше иди одна, боярыня. Мне нельзя.

Черный остановился перед узкой дверью, где тоже застыли два багряных стража — молчаливые, на Григориеву даже не взглянувшие.

— Дверь-то откройте, истуканы, — велела Настасья, но они и ухом не повели.

— Тьфу на вас!

Бестрепетной рукой, сама (но внутренне прошептав молитву) дернула створку.

Вошла и оказалась в малой горнице со скучными стенами. Были они обтянуты бархатом, но серым, без узоров, без золотых набоек — будто попадаешь внутрь валенка.

Возле простого, пустого стола на своем калечном стуле сидел наместник Борисов.

— Здравствуй, — сказал, — Настасья свет-Юрьевна. Видишь: обещал — сделал. Великий государь будет с тобой с глазу на глаз говорить. И не в парадной зале, приметь, а в тайной комнате. Мало кому такая честь выпадает. Непросто мне было это устроить.

— Отблагодарю, Семен Никитич, не сомневайся. На-ко вот пока.

Сняла с пальца золотой перстень с большим лалом, подумав: кабы Иван сам не хотел встречи, никто бы его не уговорил.

— Что ты, что ты! Здесь-то! Как можно?

Борисов заплескал руками, воровато оглянулся, но перстень все же цапнул, спрятал в пояс.

— Где он?

— Сейчас будет. — Боярин перешел на шепот. — Ты уж не прогневай государя. Не подводи меня, старика. Дай ему, чего потребует. И тебе лучше будет, и Новгороду. Вот ваши меня не любят, а я за столько лет больше новгородским, чем московским сделался. Полюбил я ваш город, добра ему желаю.

— Так ты у нас немалым добром и разжился.

— Добра много не бывает, так и в Писании сказано, — осклабился наместник. Внезапно ухмылка исчезла с его лица, пухлая рука сотворила крестное знамение. — Идет...

Григориева никаких звуков не услышала, но несколько мгновений спустя в сплошной вроде бы стене открылся узкий прямоугольник, и в комнату вошел такой же узкий человек — длинный и сутулый. Великий князь был по-домашнему: в черном суконном кафтане, опоясанном ремешком, и держался тоже не так, как в Новгороде.

— Здорова ли, Настасья Юрьева, — приветливо молвил он гостье, а ткнувшемуся лбом в столешницу наместнику бросил: — Давненько не виделись, старый котище.

Каменная внутренне усмехнулась: ага, давненько.

— Ладно, ладно. — Иван махнул рукой Григориевой, тоже склонившей голову. — Здесь у меня попросту. Эта горница для бесед без покровов и без чинов. Тут душа нагишом — как в баньке. Потому зовется «бесчинная банька». Думала ли ты, новгородская боярыня, что будешь с московским государем в бане париться?

Голос у князя был веселый, губы улыбались, но глаза смотрели остро, и Настасья на шутку не откликнулась.

— Без чинов так без чинов, — сказала она серьезно. — Твоя воля. И покровы мне не нужны. Что у меня на душе, то будет и на языке.

Тогда Иван улыбку с лица убрал, сел к столу, на голую скамью, показал жестом: садись и ты.

— Что ж, Юрьевна, поговорим начистоту. Это пускай ваши вечевые, присланные мне голову морочить, завтра на приеме неправды врут, а от тебя я жду правды.

— Будет тебе правда, господин великий князь...

Он перебил:

— Не величай меня, зови Иваном Васильевичем. И давай я тебе облегчение дам, чтоб ты не ломала голову, о чем сказывать, а что обойти. Про новгородские измены и кривды мне ведомо всё. И про псковские ездки Аникишки Ананьина, и про ваши писательства Казимиру. Про то, что ты ордынцам и казанцам казну везешь, я тоже знаю. И про братцев моих ненаглядных — что они от тебя подарки получают. Вы, новгородские, задумали от Москвы вовсе отложиться. Это для меня не новость. Единственное, чего я не знаю — для какой надобы ты искала со мной встречи. Вот прямо к этому и переходи.

Настасья молчала, впечатленная. Ишь ты, повсюду у него глаза. Не глуп Иван, ох не глуп. И сказала себе: вот и хорошо, что неглуп. Нам теперь с ним быть заодно.

— Говорить с государем начистоту при лишних ушах нельзя. — Григориева покосилась на Борисова. — Прямой разговор бывает непочтителен.

Князь рассмеялся.

— Это так. Власть должна печься о благочинии. Выкатись-ка отсюда на своих колесиках, Никитич. А то я потом припомню, что меня при тебе зазорили, и впаду в искушение: на что мне такой свидетель?

Борисов, кажется, был только рад не присутствовать при опасной беседе.

Кряхтя, он повернул на подлокотнике рычажок, выехал дугой к узкой дверце, кое-как протиснулся.

Остались вдвоем.

— Ну, Юрьевна, говори. Никто нас не слышит. Хоть собакой обзывай, я не обидчив.

И снова она не поддалась шутливому тону. Сразу приступила к делу:

— Ты чего хочешь, княже? Превратить Новгород в Низ? Чтоб мы стали твоими холопами, жили твоим умом? Не будет этого, пока стоит Новгород. Можно, конечно, нас под корень срубить, но это все равно, что истребить плодоноснейшую смоковницу своего вертограда. Сам себя обокрадешь. Тебе ли не знать, что новгородский доход чуть не вдвое больше всего низовского? Новгород — это деньги, большие деньги. А деньги — они, как живительная вода. Куда потекут, там всё зеленеет, цветет, дает урожай.

— Новгород мне враг. — Иван больше не улыбался. — А вражеские деньги подобны не воде, но огню. Куда его искры залетят, там начинается пожар.

— Да, деньги больше похожи на пламя, — согласилась Настасья. — Можно пожар устроить, но можно и обогреться. Можно кашу сварить. Прав ты и в том, что деньги бывают вражеские, бывают дружеские, а еще они бывают свои. И если правитель о преумножении своих денег не заботится, его держава непрочна. Смотри сам, княже. Задавишь ты Новгород. Отберешь у него всю волю, посадишь своих слуг управлять, вершить торговлю. Дальше что будет? Тебе ль не знать: твои наместники только воровать умеют. Пройдет малое время, и все умные, богатые из Новгорода уедут в иные земли. Торговля обмельчает, промыслы захиреют. Придется тебе еще из Москвы в Верх деньги слать, как это случилось с Нижним Новгородом. Был он богатый, торговый город, а ныне — твоя вотчина и твоя же обуза.

Иван вздохнул:

— Верно говоришь. Но такова природа человеков. Если государь желает беспрекословного послушания, приходится на иное закрывать глаза. Верному слуге давай кормиться — так мне еще отец завещал.

— А ты попробуй с нами и со Псковом жить по-другому. Не вмешивайся в наши дела, дай нам бытовать по-своему.

Она стала говорить про обдуманное — о четвертной дани со всякого прибытка, в чем он ни будь. Перечислила новгородские и псковские статьи дохода. Закончила же вот чем:

— Притом платить станем без утайки и обмана. На том я дам тебе мое григориевское слово. Поставь меня собирать дань с Новгорода и Пскова — и твоя казна переполнится. Ты станешь богатейшим из государей.

— И сколько от такой дани мне выйдет дохода? — спросил Иван.

— Если на рубли считать, то от Новгорода тысяч восемьдесят в год и от Пскова, я думаю, еще треть столько.

Великий князь при всей своей сдержанности дернул бородой. Таких деньжищ он не собирал со всех своих обширных владений.

А Григориева, памятуя совет Олферия, повела разговор дальше.

— Дань — это не главное. Мы поможем тебе от ордынской узды избавиться, устроим на то особый сбор. Будешь ты не под ханом, а сам себе держатель, истинный самодержец. Потом раздавишь Орден, который ныне слаб. На это мы ничего не пожалеем, уж больно надоел нам немецкий соседушка. Взяв орденские земли, крепко встанешь на море, и мы с тобой тоже расторгуемся. Понастроим кораблей, будем возить товары хоть во франкскую землю, хоть в английскую. А еще поможем тебе одолеть Литву, отобрать у нее все старинные русские земли, до Киева и дальше. Твой меч, наше злато. Станешь ты государем всего русского языка и всей русской веры — всея Руси. Как Ярослав Мудрый. Все другие народы живут розно, бьются между собой: немцы с немцами, франки с франками, англы с англами, фряги с фрягами. А у тебя будет единая держава, первая на весь христианский мир.

У Ивана все ярче блестели глаза. Они казались уже не тускло-оловянными, а переливчато-ртутными.

Настасья умолкла. Нужно было дать князю время охватить умом всю громадность замысла.

Государь поднялся, начал вышагивать от стены к стене. Боярыня ждала, внутренне замерев. Сейчас решалось всё: и судьба Новгорода, и ее собственная.

Догадаться о ходе мыслей Ивана было невозможно, его лицо сохраняло непроницаемость, лишь на лбу прорезалась глубокая морщина.

Наконец он остановился над Григориевой. Она тоже сделала лицо бесстрастным. Так они и смотрели друг на друга — будто два каменных идола.

— Истинно — великая ты женка, — очень нескоро заговорил великий князь. — Я и мужей такого полета не видывал. В небе паришь, Юрьевна, далеко прозираешь...

Настасья тоже поднялась. Банька не банька, но сидеть, когда государь пред тобой стоит, негоже.

— Время ныне такое, что иначе нельзя. Либо взлететь, либо пропасть.

— А я летать не умею. Я человек земной, привык не в небо, а под ноги смотреть. Не подползает ли змея, не споткнуться бы о камень, не провалиться бы в яму...

Григориева нахмурилась:

— К чему это ты?

— А к тому, боярыня, что стелешь ты мягко, да вставать потом будет тяжко. Хочешь меня на золотую цепь посадить? Чтобы каз-

на моей державы раскормилась на ваших прибылях и зависела от Новгорода со Псковом? А если меж нами возникнет раздор и деньги приходить перестанут? Без них войско мое взбунтуется, дьяки поразбегутся.

— Зачем же нам вздорить, если мы друг другу выгодны?

— Пока у вас свой закон и свои порядки, вы всегда можете и свою военную силу собрать. Либо иноземную нанять. А денег у вас будет против моего втрое, вы ведь мне станете только четверть отдавать. Хорош я буду самодержавный государь. Нет, Юрьевна, так мы не сговоримся.

— А как сговоримся? — подобралась она.

— В одном государстве двух законов и двух властей быть не может. Иначе рано или поздно они между собою сшибутся. Сговоримся мы с тобой, Юрьевна, вот как. Новгороду быть в полной моей воле, как всем прочим русским землям. Ни веча у вас не будет, ни выборов. Я вам стану и вече, и выбор. В Граде у вас помещу свою дружину, а вам оружаться запрещу. Взамен же, — быстро добавил великий князь, видя, как у Григориевой под черным платом сдвигаются брови, — дам от себя пожалование.

— Какое?

— В торговые ваши дела вмешиваться не стану. Торгуйте как торговали. Имущества вашего не трону... С одним условием. — Иван вдруг лукаво улыбнулся. Это было неожиданно. — Передо мной за Новгород ответчицей будет Настасья Григориева-Каменная. Никому другому не поверю. Правь там моим именем, как моя полновластная наместница. Будешь собирать для меня четверть, поможешь мне выйти к морю, пособишь отобрать у Литвы русские земли — всё, как ты говорила. Твоих недругов я знаю, помогу тебе с ними поквитаться. Новгород будет под тобой, а ты — подо мной. — Тут великий князь снова удивил — голос у него дрогнул, в выпуклом глазу сверкнула влага. — Одиноко мне, Юрьевна. Никогда и ни с кем я не говорю так, как сейчас с тобою. И то мне отрада. Будем иногда встречаться — когда ты на Москву наедешь, когда я в Новгород. Скучать по тебе буду.

Он и руку ей на плечо положил, душевно.

— Внука у тебя родилась, знаю. Вырасти ее такой же сильной, как ты сама. Помолвлю с ней своего наследника — породнимся. Не при мне, так при них станет вся Русь единой, а Москва — новым Цареградом. И достигнет того наше с тобой общее потомство! Так что, Юрьевна, согласна ты иль нет?

Настасья была довольна. Всё, о чем мечталось, сбылось — и даже более.

— На такое не согласиться — надо вовсе без ума быть. — Она коротко рассмеялась. — Я и не ждала, что ты на новгородскую вольность уступишься. Но подумала, отчего бы не попробовать.

Засмеялся и он. Они смотрели друга на друга с удовольствием. Вот какого бы мне сына, подумалось Настасье. Вспомнился ей Юраша — как он лежал на земле, лицом светлый, телом черный. Теперь никакого сына нет. Ну, сестрицы дорогие, за всё сполна мне заплатите. Попотчую вас лихом-горюшком, будете сыты.

Отсмеявшись, великий князь сел, положил костлявые руки на стол.

— Ну, какую шубу сшить, мы с тобой решили. Осталось малое — медведя убить. Новгород пока что не твой и не мой. Есть вековой обычай, есть договор, по которому еще пращуры мои клялись блюсти новгородские права и вольности. Который год ломаю голову, как сей узел развязать. Ничего пока не придумал.

Настасья ему спокойно:

— А и не надо. Уже придумано всё.

Иван к ней так и подался.

— Говори!

— Отобрать у Господина Великого Новгорода вековое право ты не можешь. Однако, если он сам от вольности откажется и признает тебя не господином, но своим государем — тогда дело иное. Никто тебя не назовет клятвопреступником — ни митрополит, ни патриарх.

— Сам откажется от вольности? — недоверчиво переспросил Иван Васильевич. — И что мне для этого нужно сделать?

— Прими завтра новгородское посольство, только и всего. Дьяка Назара Ильина и подвойского Захара Попенка. Они зачтут тебе грамотку от веча.

— И что в той грамотке?

— Всякие пустяки. Не в грамотке дело, а в величании. У Назара с Захарием заготовлено две бумаги. Одна с всегдашним титулованием: от Господина Великого Новгорода господину великому князю. А в другой заменено одно слово: не «господину великому князю», а «государю великому князю». И печати привешены — вечевого дьяка и вечевого подвойского. Грамота, скрепленная сими двумя знаками, считается докончательной. И если великое вече обращается к тебе как к своему государю, это означает отказ от всех вольностей и прав. Государь может поступать с холопами, как ему пожелается. Если же вече потом начнет от грамоты отказываться (а оно, конечно, откажется), это будет твоему государству измена и оскорбление. Иди тогда на них войной, как пошел бы на мятежных холопей.

— А грамота, где меня зовут государем, подлинная? — Князь все не мог взять в толк. — Я знаю, что вечевой дьяк из Марфиных людей. На такой бумаге его печать можно было заполучить только обманом. После он возьмет и отопрется.

«Ишь, до каких мелочей новгородские дела изучил, — подумала Настасья. — Даже кто чей человек знает».

— Не отопрется Назар. Был он Марфин, а стал мой. Дорога с Верху в Низ долгая. Подружилась я с Назаром, нашла к нему ключ. Золотой. Он хоть и вечевой дьяк, а жалования имеет три рубля в месяц. Не больно дорого мне его печать и стала.

— Две грамотки, — повторил Иван Васильевич, теребя бороду. — И которую же они завтра прочтут?

— Какую скажу, ту и прочтут. Договорились мы с тобой, княже? Имею я твое государево слово, что Новгород будет мой?

Великий князь ответил невпопад — вопросом, притом неожиданным:

— А правду ль говорят, Настасья, что у тебя на лбу некий тайный знак? Приподними плат, покажи.

Григориева вздрогнула. Откуда знает? Ведь не видел никто, а кто видели, тех давно на свете нет!

— Зачем тебе?

Но уже сама поняла, зачем. Хочет показать, что от него тайн быть не может. Подумала: «Служанка какая-нибудь подглядела. Вернусь — всех выгоню. Возьму новых».

— У государя не спрашивают зачем. Покажи.

— Прости, Иван Васильевич, — твердо ответила боярыня. — Но я зарок дала. Перед Богом. Вдовьего плата ни перед кем не снимать... Ты мне на вопрос не ответил. Договорились мы или нет?

Иван зашелся в приступе смеха — чуть не до слез.

— Эк, посуровела-то! Шутил я, Юрьевна. На что мне твой лоб? Конечно, договорились. Святить наш уговор крестоцелованием не будем, мы ведь с тобой оба не сугубые молельники. Просто пожмем руки. Никогда прежде женке руку не жал, но ты не просто женка, а великая.

Оба встали, скрепили союз долгим рукопожатием.

На прощание Каменная впервые назвала великого князя по-новому:

— Завтра, государь, вручу тебе Новгород.

Она уже вышла, а Иван Васильевич всё стоял, глядел ей вслед. Сказал вслух, вроде как сам себе:

— Умна тетка, ох умна!

ЖЕЛУДЬ И ДУБ

А может, и не себе, потому что сразу вслед за тем обернулся к потайной двери:

— Всё слыхал, Никитич?

Дверь была хитрая — с потайной скважинкой, чтобы слышать и видеть все сказанное в «баньке».

Вкатился Борисов, очень довольный.

— Я тебе говорил, государь, эту кречетиху прикармливать надо, она добудет тебе новгородского тетерева.

Великий князь усмехнулся, он был в веселом расположении.

— А она думала, это она тебя прикармливает. — Подмигнул боярину. — Но ты, чай, не внакладе? С двух маток молоко сосал — и от меня, и от нее.

— Уж от Настасьи молока было всяко поболе, чем от твоей милости, — хитро улыбнулся наместник. — Глянь: перстень с лалом ныне получил. Ты меня таким отродясь не даривал.

— Государева власть слуг не кормит, а дозволяет кормиться, — наставительно молвил Иван. — Что думаешь? Замыслы у Каменной великие. На что у меня голова холодная, и то в жар кинуло.

Старик заколебался, сглотнул. Его всегда мягкое лицо будто затвердело.

— Ты меня знаешь, государь... Я своей выгоды не упущу и себе во вред ничего не сделаю, а всё же твою государеву пользу держу выше своей.

— Знаю. Потому и посадил тебя в Новгород. Для моей державы нет места важней и службы хитрей. Говори, не мнись.

— Трудно такое проговаривается, — вздохнул Никитин. — Но скажу. Настасья Григориева — жена истинно великая, и будет от нее твоему государству в Новгороде такая же великая польза. Побольше, чем от меня. Да уж и стар я, немощен... Ставь ее в мое место. Я хоть и не дурак, но до Настасьи мне далеко. Назначай ее наместницей. Никогда прежде такого не бывало, чтобы баба наместничала, но в Новгороде к бабьему правлению привычны. Всё будет, как она тебе обещает. Получишь ты плотника с чудо-топором, и срубит тебе тот плотник, а верней сказать плотница, палаты невиданного величия.

Сказал — и повесил голову, чуть не заплакал.

Иван снова заходил по комнате, сложив за спиной руки и похрустывая пальцами.

Остановился, повернулся.

— Плох твой совет, боярин. Но это и хорошо, что в тебе верности больше, чем ума. Те, в ком ума больше, чем верности, рано или поздно предают. Опасно государю держать подле себя людей, которые его мудренее.

Калека на это только поклонился сединами в стол.

— Ты ее видал? Слыхал? Как она на меня смотрит! Как разговаривает! Будто она мне ровня! — На худом лице Ивана зло задвигались желваки. Он уже не сдерживался: — Ненавижу, ненавижу новгородскую повадку! Это чума, холера! Если каленым железом не выжечь, на всю державу перекинется! Говоришь, она мне построит палаты невиданного величия? Конечно, построит. И доход даст, и Литву с Орденом поможет сокрушить. А какова будет плата, ты подумал? Сделай такую вот каменную Настасью правительницей над богатейшей частью державы — не сковырнешь ее потом. Умна, хитра, осторожна! То ли она при мне будет, то ли я при ней. Я загадал: если она передо мной заголится, покажет свое родимое пятно, — значит, согнется под мою волю. Нет, не показала, застроптивилась. В малом, считай в никаком деле! Такая не согнется. И, глядя на нее, другие мои наместники, да удельные князья, да бояре тоже спину гнуть перестанут. Скажут: хотим быть, как новгородские. Скажут: правь нами не своим хотением, а по закону. И что я буду за самодержец, если писаные законы выше моей государевой воли? Одно название, вроде польского короля или германского кесаря. Нет, Борисов, мы иначе сделаем...

Наместник распрямился, истово глядя на повелителя: только повели — всё исполню.

— Ты вернешься в Новгород. Я нарочно к ним такого, как ты, приставил: калечного, мягкого, жадного. Чтоб тоже размякли, потеряли страх. А вместе со страхом и осторожность. Пускай Настасья думает, что купила тебя с потрохами, но я-то знаю: ты, калека, десяти богатырей стоишь.

Старик нечасто слышал от своего сурового хозяина похвалу и растроганно шмыгнул носом.

— Ни в чем Каменной не перечь. Она поможет вычистить Новгород от лютых моих врагов, добела. А как покончим с врагами, возьмусь и за тамошних друзей. Самодержцу друзья не нужны, нужны слуги. У новгородцев кровь вольностью отравленная. Это не вылечить. Надо их породу под корень. — Иван рубанул воздух рукой. — Когда Настасья свою работу исполнит, положу ей конец. Никого из вящих в Новгороде не оставлю, даже Феофила вертлявого. Расселю весь порченый новгородский род по моей широкой державе, малыми кучками. Кто не сдохнет по дороге, тот обучится смирению. А на Новгородчину переведу жить своих, привычных к покорству. Новгородская торговля, конечно, запустеет. И ляд с нею. Лучше прирезать заразную овцу, даже если она шерстиста и приплодиста, чем дать хвори перекинуться на всё стадо. Так буду править Русью. То же завещаю и детям.

Борисов подождал, не будет ли сказано что-нибудь еще. Не дождался и, всхлипнув, прошептал:

— Велик ты, государь. Все мы пред тобою черваки навозные.

— Не предо мною — перед Державою. — Иван воздел к потолку острый палец. — Я и сам перед Господом — желудь малый. Но дуб, который от меня произрастет — Русская Держава, — пребудет вовеки.

ЗНАК КАИНА

Прелестное видение

Повесть

ОБ ИОВЕ МНОГОМУЧЕНИКЕ

— ...А с Пучежа ехано вверх на Юрьевец, и ехали долго, два дня и еще полдня, яко дорога от нехожести вся заросла бурьянами. А поля в той стороне тож все неубраны, деревни пусты, и не встретилось нам за все за два с половиною дня ни единого жива человека. А и Юрьевец, когда доехали, тож стоит запущен. Домы есть, а людей нету, а которые есть — лежат в до́мах мертвы, и на улицах тож лежат, и смрад великий, ибо от сыпного того поветрия, как я уже сказывал, человеки покрываются гнойными язвами и заживо тлеют, а когда издохнут, не жрет их ни зверь, ни птица — брезгуют...

Голос у Федорца скрипучий, дребезгливый, нудный. Будто всверливается в самый мозг с двух сторон. Ох, голова моя, головушка! Ох мука мучительская! Страдал ли кто когда такими страданьями, яко аз, несчастный? Чтоб с самого утра в глазах от дневного света резь, и всяк запах уксусен, и всяк звук мерзостен, и чтоб тошнило, да не проташнивало? Лежать не улежишь, стоять не устоишь. Выехал верхий в поля — лицо ветром обдуть, но в седле тряско, от коня несет кислым потом, копыта по грязи чавкают, словно кто прямо в уши натолкал бумагу и там ее комкает, комкает... А еще Федорца слушай. Идет, терзатель, у конского бока, заглядывает в свою берестяную запись и нудит, нудит.

За что столь жестоко караешь меня, Господи? И головной дневною мукою, и бессонным ночным метанием, и изжогою адовой, и брюшным запором — шестой день живу не опростан, нутро — яко глыба каменна! Еще вот и людишки по всей волжской стороне перемерли, и кто будет сеять хлеб, платить подати?

Да что вопрошать? Ведаю, ведаю, чем я Тебя прогневал. Пес я смердящий, во тьме гордости, невоздержания и всякого злодейства заблудший, Гелиогабала мерзостями своими затмивший. Поделом мне все Твои казни, и даже мало. Потому и не ропщу, принимаю кару Твою со смирением.

— ...И так ехано по волжскому по берегу до Елнать-реки, и нигде никого живого не встречено. Вся тамошняя земля от мора стоит пуста. Пашни брошены, скотину бессмотренну пожрали волки, а люди все по воле Божьей примерли. А за Елнать-рекой, как было велено, переправились мы на заволжскую сторону, стали там смотреть. И в Заволжье мора нету, но случилась там иная напасть, доселе невиданная. Во августе во месяце, когда скоро жито жать, вышла из лесов на поля малая мышь, бессчетными сонмищами. И, сказывают, стала вся земля от края до края от мыши сера и шевелиста, ибо ползла та мелкая тварь сплошной сплошнотой, и пожирала всякую травинку и всякий колос, и остановить ее не было мочи. Так ползла она день и еще день, обглодала все жито до корешка, и сошла в Волгу, и перетопла, а людишки все разошлись неведомо куда, ради гладной нужи спасения, чтоб пустобрюхи не помереть, но никто не спасся, ибо хлеба не было нигде. Которые на правый берег переплыли — померли от сыпного мора. Которые убегли в леса — тех порезали лесные язычники. И ныне на Волге безлюдно, что по той стороне, что по этой...

Неужто я хуже фараона, Господи? На него ты насылал жаб, кои излезоша из вод и покрыша землю Египетскую, но не карал мышью всепожирающей. Что жабы? Поквакали да сгинули, а пустые бесколосные поля, бестравные луга — случалась ли на земле кара страшнее? И голова болит, голова...

— ...А в Быкове-городце встретился нам только один человек, и тот был безумный. Кричал про тебя непотребное, и за то убили мы его до смерти, так что и в Быкове ныне никого нет. Только в городе в Костроме, переправившись обратно, видали мы малое количество живых. Из прежних шести тыщ остались после мора стодванадесять человек, горько плакася и не зная, чем зиму зимовать...

Умолкни, палач! «Ззззиму зззимовать» — как спицей раскаленной в висок! Яко у многомученика Иова всякий вздох мой тягостен, всякий миг исполнен яда!

И вдруг является мне видение. Будто вознощусь я в небо, под облака, и вижу оттуда всю Русскую землю. Города в ней — как муравейники, села — как серые пятнышки. И копошатся там букашки-муравьишки, без толку и смысла, и пищат писклявыми голосишками. Всё-то жалуются, за животишки свои боятся, перебирают кто меж ними жив, а кто помер, и плачут, плачут, а многие и ропщут.

Эх вы, букахи малые, неблагодарные! Эх вы, сироты неразумные! Не понимаете, что мною одним живы. Вот сжалится надо мною Господь, приберет меня многогрешного, и вам всем тоже конец. Давно мне это открылось, только не говорю вам, вас же жалеючи: меня не станет, и света не станет. Будет Страшный Суд. То-то взвоете! А ведь есть средь вас, глупых дураков, такие, кто моей смерти желает. Вчера близ Слободы еще двоих с ножами взяли. Ныне воскресенье, день Божий, и расспрашивать их грех. Завтра спознаем, кем посланы...

Поднимаемся на малый холм, откуда видно всю Слободу, освещенную позднеполуденным осенним солнцем.

Вот он предо мною, мой Град Небесный. Конечно, не тот, из Откровения, у коего стена из ясписа, а сам он чистое золото и стекло (тому быть рано, и не мне, убогому, его строить), а все же мой град — лучший из возможных на сирой земле.

На Слободу всегда смотреть утешительно, но ныне от муки телесной, от терзания души, от дурных вестей и это милое зрелище не в радость.

А Федорец все вкручивает, все всверливает, все каркает.

— ...Пуста стоит твоя земля, государь. Орать ее некому, дани собирать не с кого, нигде хлеба краюхи не сыскать. Весь край тот обескровленный...

Каррр, каррр, каррр!

Нет больше мочи слушать! Заткнуть, заткнуть ворона!

У меня в очах, и без того смутных, густеет, чернеет лютая ярость, рука сама выдергивает из-за пояса татарский кинжал. Перегибаюсь с седла, хватаю Федорца левой рукой за темя и вонзаю клинок прямо в поганую пасть — по рукоятку, с красными брызгами и зубными осколками.

— Кляп те в грызло, ворон!

От собственного крика в голове будто взрывается пороховая мина — и я хриплю от боли.

Федорец тоже хрипит. Глазные яблоки у него выпучиваются, опускаются зраками книзу — на выросший из-под носа дивный рог, ибо у кинжала рукоять резного турьего рога, обвитая златою нитью.

Ишь, удивился!

Малость похрипев, Федорец булькает, а глаза закатывает под самый лоб — и до того его рожа потешна, что мой гневный рык переходит в хохот. Я смеюсь, не могу остановиться, и эта тряска, эта судорога вытягивает из меня всю силу, так что не усидеть в седле.

Машу рукой: стелите, стелите!

Привычные слуги принимают меня, трясущегося, на руки, мягко кладут на разложенный тюфяк — он всегда приторочен на крупе у ближнего рынды.

Уже на земле, под собольей полостью, я еще какое-то время сотрясаюсь, глядя вверх, на высокое, прекрасное, грозное небо. Туда, туда стремится измученная душа моя, а обрыдлое тело пусть бы себе осталось на земле...

На краткий миг я закрываю очи, а когда открываю их вновь, то я уже не здесь, не на холме, где тревожно галдят слуги и воет октябрьский ветер, а в мире ином, беззвучно тихом.

ОБ ОДОЛЕНИИ ВЕЛИКАНОВ

Но в тихом не отрадно, а страшно.

Я маленький-маленький. Сижу съеженный в великом-превеликом кресле — подлокотник вровень с моим плечом. Я — не я и даже не человек, а кресло никакое не кресло.

Я никчемный грибок поганка, расту на лесном пне. Тяжелая шляпка своим краем закрывает всю верхнюю половину белого света, а в нижнюю ее половину смотреть я боюсь.

Там великаны. Они стоят полукругом и на меня, жалкого и маленького, смотрят. Они чего-то от меня ждут.

Великаны зверолики, свирепоужасны. Башки их огромны, вытянуты кверху трубами; брады свисают густыми серыми паутинами; очи алчны и злобны.

Сейчас накинутся, сейчас!

Убежать бы, но не пошевельнешься — я прирос к пню.

Позвать бы на помощь, но некого. Я всеми брошен в сем диком лесу, в сей темной чащобе.

— Матушка! Маменька! — хочу я крикнуть, но губы не шевелятся. Я не только бездвижен, но бессловесен. И это всегда так, когда мне снится страшное: не могу ни двинуться, ни крикнуть.

— Вздень подбородок! Глянь смело! Подыми десницу! Восстань! — шепчет мне откуда-то тихий глас. Он единственный мне заступник, но он может только шептать. На него не обопрешься, за него не спрячешься.

Великий страх стискивает мое поганочье нутро. Великаны же все грознее супят косматые брови, переглядываются меж собой. Сейчас сорвут меня с пня! Сейчас растопчут!

А некоторые уж подались вперед. Вот-вот накинутся!

От ужаса я обмачиваюсь. Снизу становится горячо и сыро.

— Восстань! — повторяет голос. — Подымись! Не то пропадешь!

Но я безгласен и бессилен, как бессильна и тщетноропотна всяка тленна тварь перед своею Судьбой.

— Ты помазан Мною! Встань, не то отвернусь от тебя!

Глас кричит шепотом — оказывается, такое бывает. Это когда средь великого людского множества крик слышен лишь тебе одному.

Меня охватывает трепет. Великаны страшны, но еще страшнее от мысли, что невидимый тихокричащий замолчит и от меня отвернется. Тогда я останусь вовсе никому не нужен.

И я напрягаю все свои силы, я отрываюсь от пня, я встаю. Поганочья ножка дрожит, но не подламывается, руки же у меня обычные, человечьи, и в правой невесть откуда взялся сияющий жезл, от него истекает волшебный свет.

Нападайте, великаны! Я не дамся без битвы!

И свершается чудо.

Оттого что я поднялся, я стал выше, а великаны ниже. Они не бросаются на меня, а съеживаются, склоняются, простираются ниц.

Я победил их! Я не поганка! Я пылающий, но неопалимый терновник, озаряющий мрак чащи, яко горит огнем, но не сгораше, и свет мой столь ярок, что на меня больно смотреть!

Я наслаждаюсь своим переливчатым сиянием, и мгновение превращается в вечность.

О РАБЕ БЕССТРАШНОМ

Обычно, очнувшись от сна, открываешь глаза и попадаешь из тьмы в утренний свет, а тут все наоборот: из лучезарного света я оказываюсь в черной черноте и пугаюсь. Страх этот привычный, ночной — когда вскинешься на постели в глухой час и думаешь: неужто всё, Господи, неужто конец? Неужто душа моя отлетела из тела, и се — последняя бездна, про которую речено: «Тьма кромешная, где плач и скрежет зубовный»?

Но сверху надо мной, лежащим, из темноты сгущается еще пущая темнота, круглая. Чья-то голова склоняется надо мной.

— Проснулся, государь?

Малюта.

Так это просто стемнело, пока я спал! Наступил осенний вечер, а может уже и ночь. Безлунно, беззвездно. Я лежу на тюфяке, укрытый шубой, и надо мной нагнулся Малюта.

Я смеюсь. Я говорю легко:

— А ты думал, Лукьяныч, я помер?

Мне хорошо. Мне очень хорошо. Голова не болит, тело не ломит, тошнота прошла.

Он ворчит:

— Рано тебе помирать. Не всех ты еще верных слуг перегубил. За что Федорца сработал? Чем он перед тобой виноват? Много, что ли, у тебя честных да исправных холопов? Глянь вокруг на твоих опричничков! Шпынь на трутне сидит, пьянью погоняет, а Федорец и вина не пил. Себя на твоей службе не жалел, старался.

Я окончательно просыпаюсь. Вспоминаю: напало неистовство, и оборвал я скрипучий голос ударом кинжала. Еще один грех, еще одна перед Господом вина.

А можно и иначе посмотреть: нет ничего такого, что свершилось бы не по воле Божией. Коли свершилось — знать, так тому и должно.

— Не я это, Малютушка. Бог на Федорца прогневался, руку мою направил. За что — даже я, царь, не ведаю. Где уж тебе знать? Не нами, не нами судьба человеческая решается. Помоги-тко, Лукьяныч.

Сам Малюта ростом мал, потому и прозвище, но руки у него длинные, сильные. Ловко, а в то же время и бережно он ставит меня на ноги. Ведет к коню. Один рында встает на четвереньки — чтоб мне ногой ему на спину опереться, еще двое берут меня под локти.

Ах, хорошо-то как! Голова ясная, свежая! А еще — вот милость Господня — в брюхе ощущается некое отрадное шевеление и даже рокотание.

— Погодите!

Неужто сжалился Всевышний? Прислушиваюсь к себе. Так и есть!

— Порты с меня, живо!

А порты-то сырые, только сейчас это чувствую. Не приснилось, что обмочился. Со мной часто бывает, если примнится страшное. А страшное мне снится через ночь. Одну ночь вовсе не сплю, а другую — усну, да зрю ужасы.

Ох, облегчение великое! Ох, счастье несказанное! Опростался наконец, слава апостолам!

Слуги обмывают мне гузно, обтирают бархатной тряпицей. Ветерок обдувает — ой ладно, ой любо!

— Эй ты, как тебя. Снимай свои порты, надену, а то мои поганы.

Рында поспешно раздевается, и я натягиваю его портки. Ткань у них грубая, дешевый англский настрафиль — царапает кожу. Зато сухо.

Парень зябко переминается, белея во тьме голыми ногами. Я треплю его по щеке.

— Вернемся — поди к сотнику. Скажи, государь велел тебе дать штуку красного сукна.

Великодушно мне, щедро. Так весь мир и одарил бы.

Многие мудрецы древности, многие святые начетники всяко размышляли о человеческом счастье — в чем оно: в покое ли душевном, в семейном ли довольстве, в отрадных ли свершениях. А счастье — это когда ты выспался, брюхо облегчил, и голова не болит. И ведь ни в какой преумной книге сей простой истины не вычтешь...

— Ночью буду молиться, — говорю я Малюте. — И за Федорца помолюсь. Много ль кому на свете такая честь выпадает: от царской руки страдальческий венец принять, а потом еще, чтобы помазанник Божий за спасение души помолился? Все грехи с Федорца снимутся. За меня-то, как помру, такого заступника сыскать будет негде. Отвернетесь все, на прах мой безответный плюнете, станете про меня небылицы плести: зверь-де был царь Иван, и зваться-де ему в веках царем Иродом.

Обычно, когда я про такое думаю, сердце возгорает яростью, но сейчас гнева нет, только легкая горечь. Ибо и они, будущие мои хулители, тоже умрут и за хулу свою ответят не мне, а Судии более строгому. Тогда-то и раскаются.

— Помолится он, — бурчит Лукьяныч. — Вдове бы лучше пожаловал сельцо или деньгами рублишек сто. У Федорца детей шестеро, теперь сироты...

— О сиротах Бог позаботится. Вели лучше от меня в Троицу сторублевый вклад сделать, чтобы десять лет поминали опричного дворянина Федора... как его?

— Никитина сына Оладьина, — вздыхает Малюта.

Дальше едем молча. С черного холма, по черному полю, на черных конях, в черных опричных плащах, в темноте почти не видные. Едем из кромешности к свету, к чудесному зареву.

Крыша моего дворца сияет в ночи, окруженная огненной короною. И хоть знаю я, что огонь тот рукотворный, душе трепетно. Это стража разводит костры вокруг моего обиталища, дабы было светло, как днем, и дабы ни один злодей не подкрался к стенам, но размягченному взору мнится: то не царский терем, а сияющий Град Ночной, моя неприступная крепость и нерушимая защита.

Еду, думаю про чудесный сон. Это было не пророческое видение и не сатанинское наваждение, а воспоминание о страшном и великом дне, когда преставилась маменька и меня маленького, семилетнего, в первый раз усадили на трон одного. Обложили

головенку ватой, нахлобучили широкую Мономахову шапку, дали в руку тяжелый скипетр, и я, напуганный, потерянный, осиротевший, с ужаса обмочился. Ужас меня охватил не от престола, на котором я сиживал и прежде, не от Мономахова жаркого венца, а оттого, что на всем свете ныне я один и всегда буду один, и никто никогда не подскажет мне шепотом, когда поднимать скипетр и что говорить. Нету больше маменьки.

Сидел я в Грановитой мокрый, сжавшийся, а внизу стояли бояре в горлатных шапках, и все смотрели на меня и ждали, чтобы я поднялся и воздел скипетр.

Только не кричал мне тогда шепотом никакой голос. А может, и кричал, да я еще его не умел слышать. Однако встал, скипетр воздел и все прочее положенное исполнил. Страшные бояре склонились, я же остался прям. И понял: я — один, над всеми вознесенный. В том великая моя крепость и страшная моя беззащитность.

Сколько лет с тех пор прошло, сколько всего переменилось, но по-прежнему я — один, вознесен надо всеми, и мне нельзя никому показывать свою слабость.

— Скажи, Лукьяныч, а каково это — быть обычным человеком? Не государем? — спрашиваю я у Малюты и с любопытством жду ответа.

Он не может взять в толк, чего я хочу. Крутит косматой башкой — шапка, как всегда, засунута за кушак, ворот нараспашку. Малюта не любит, когда что-нибудь сдавливает голову или шею, а холодно ему, медведюге, не бывает.

— Ну, каково это — быть одним из малых? Из тех, кого тьма-тьмущая? — допытываюсь я. — Вот родился ты, Гришка Скуратов-Бельский прозвищем Малюта, и сызмальства знаешь, что над тобою много людей высших и бо́льших, кто знатнее, сильнее, богаче? Не обидно тебе живется?

Задумывается и отвечает не сразу.

— Нисколько не обидно, и я бы с тобой, Иван Васильевич, ни за что не поменялся бы. Вот сколько ты себя помнишь, ты всегда был государь, так?

Киваю.

— ...И куда тебе было подниматься? Некуда. Какую мечту мечтать? Никакую. Выше тебя только Бог, до него все одно не докарабкаешься. А мне, Гришке Скуратову, было чего желать, было куда карабкаться и ныне, когда вскарабкался, есть чем погордиться. Я мог подняться, мог и упасть. А ты можешь только упасть.

— Ты что несешь, пес? — не впервые изумляюсь я Малютиной отчаянности.

Он лишь весело скалит острые зубы.

— Не бойсь. Для того я и с тобой, чтоб ты не падал. А кто на тебя помыслит худое — вот этими песьими клыками разорву. Ты меня знаешь.

О РАБЕ БЕССТРАШНОМ

Много стал о себе понимать, думаю я, отворачиваясь. Все повторяется. Истинно рек Еклесиаст, царь Израильский: «Что было, тожде есть, то же будет». Даже наилучшие, наивернейшие слуги хороши до поры до времени, а потом перезревают, портятся и приходится их перебирать, как запревшие злаки.

Самые ценные помощники получаются либо из тех, кто меня до цепенящей судороги страшится, либо из тех, в ком страха нет вовсе. Вторые драгоценней, ибо очень редки, но беда в том, что они-то обычно и портятся. Начинают мыслить себя незаменимыми, льститься уверенностью, что я без них как без рук. И тогда, хоть бывает жалко, приходится сей загнивший член отсекать.

Так было с Адашевым, умнейшим, но и гордейшим из столпов моей младости. Мало ему показалось служить мне десницею, возжелал стать и моею головою, а я, по молодости и неопытности, слишком долго то своевольство терпел.

С Басмановыми, отцом и сыном, вышло интереснее. Один был бесстрашен, другой — боязлив, на том близ меня и держались. Алексей — храбрец, безо всякого предо мной трепета, а Федька —

будто лоза гибкая, дрожащая. Возьмешь его шутейно за горло — обмирает, будто девка, розовые щечки становятся белы, зраки в синих глаза черны.

Когда я велел обоих взять в застенок, людишки чего только не повыдумывали. Кто говорил, что я караю Басмановых за польскую измену, кто говорил — за крымскую, а третьи — будто за злодейское на мою особу умышление. На самом же деле это я побился с Малютой об заклад: кто кого зарежет, чтобы спастись — Алексей сына, или Федор отца? Я поставил свой индийский алмазный перстень на трусливого Федьку, Лукьяныч — половину своих поместий на бесстрашного Алексея. Думал, дурак, что обогатится.

Поначалу я собирался Басмановых только попугать. Поставил их перед собою. Положил на стол нож. Говорю сначала Алексею: «Желаю испытать твою мне верность, яко Господь испытывал верность Авраамову. Возьми сына своего Исаака и принеси во всесожжение. Зарежь Федьку на моих глазах, и впредь будешь первым при мне помощником. Над всей державой тебя поставлю». А Федьке никаких наград сулить не стал. Сказал просто: «Хочешь жизнь свою спасти — зарежь отца. Не то готовься к лютой, жестокой казни».

И махнул рукой, чтобы обоих одновременно развязали.

Федор сразу к ножу кинулся. Алексей же только поглядел на меня, да скривился. «Поганый ты, — сказал. — И служить тебе погано. Лучше сдохнуть».

Если б он промолчал, я бы Федьку остановил, а тут обидно стало. И зарезал Федька отца, за что потом и понес должную муку, ибо нельзя это: сыну на родителя руку поднимать.

Я же, отойдя от обиды на Алексееву неблагодарность, много над Малютой смеялся: кто-де лучше человечью породу знает? За науку отписываю с тебя половину твоих деревенек. А он мне: «Ты, может, и умней, да и я не внакладе. Теперь, без Басмановых, я близ тебя первый буду». Вот он какой, Малюта — дерзкий.

Беспременно надо, чтобы рядом был раб прехрабрый, кто служит не за страх. Однако нельзя и забывать, что такой слуга подобен прирученному медведю. Однажды может встать на дыбы и ощерить пасть.

Я кошусь на Малюту, а ему нипочем — ухмыляется.

— Что глазами жжешь, Иван Васильевич? Или зарезать меня хочешь, как Федорца зарезал?

Подъезжает вплотную, подставляет открытое горло:

— На, режь. Не жалко.

Натягиваю поводья. Останавливает своего коня и Лукьяныч.

Мне любопытно:

— Ты что же, вовсе не боишься смерти?

— А чего мне ее бояться? — Он беззаботно дергает широченным плечом. — Иль ты мало смертей повидал? Пока терзаешь человека, он орет, корчится. А как испустит дух — успокаивается, делается благ и тих. Знать, ему там лучше, чем здесь.

— И муки не боишься? — спрашиваю я. — Вот если тебя медленным огнем жечь?

Малюта достает из поясного кошеля кресало, разжигает трут. Прикладывает тлеющий конец к своей ладони. Остро пахнет жженым мясом, а Малюта знай улыбается и глядит мне в глаза.

— Брось! Вонько!

Вырываю трут.

Я всегда это знал: я один из всех человеков чувствую боль по-настоящему. Такое мне испытание от Господа. Прочие на пытке и визжат, и бабьим голосом орут, а все притворство. Им бы, как мне, один денек головной болезнью помаяться...

Вот Малюта жжет себя — и не прикидывается, что больно. Тем и ценен, что честен. Пусть поживет пока.

— Обмотай тряпицей, а после покажись немцу Елисею, — говорю я заботливо. — Не то рука загниет, а она мне нужна. Ладно, едем.

Вот они уже — врата моей мирной обители, спасительного моего Острова. Сами распахиваются навстречу.

О ТИХОМ ОСТРОВЕ МЕЖ БУРНЫХ ВОД

И за ними открывается широкий двор, залитый багряно-желтым от многая огней сиянием.

Таким же ослепительным озарением явилась ко мне некогда мысль: ради спасения бессмертной души и бренной плоти укрыться от людской злобы и вражьих происков, от московских сонмищ и греховной суеты в некоем тихом месте. А перед тем, ночью, было мне сонное видение.

Будто я — утлый челн средь бурных вод, уязвительный от острых скал, от морских чудищ, от неистовых бурь, и погибель моя неизбежна, но на краю моря-океана разливается утешительный свет, и править надо туда, ибо там Остров, где я обрету успокоение.

Все утро я ломал голову над загадочным сном, а потом вдруг разверзлись очи, и я понял!

Успокоение — там, где покойно. А покойно мне было только в раннем детстве, когда бывал с матушкой вдали от темных и тесных кремлевских переходов, на приволье Александровской слободы. Там еще батюшкой поставлен легкий и веселый летний дворец, а близ него три чудесных храма, где так умилительно возносилась детская невинная душа во время служб и молебствий. Там, там, в Слободе обрету я утраченный рай!

О ТИХОМ ОСТРОВЕ МЕЖ БУРНЫХ ВОД

Вот как обустроился мой тихий остров меж бурных вод — то последнее виталище, о коем тосковал пророк Иеремия: «Кто даст мне в пустыне виталище последнее, и оставлю люди моя, и отъиду от них, понеже все любодействуют, соборище преступников».

В нетерпении велел я поскорей окружить Слободу стенами. Триста мужиков работали день и ночь. Ради скорости клали не сплошной камень, а ставили деревянные срубы, засыпали землей, а камнем обложили только снаружи, в один слой. Со стороны поглядеть — грозно, а что внутри прах, о том никто не ведает. Мужиков всех потопили в прудах, чтоб не болтали, и за то окаянство молил я у Господа прощения три слезные ночи, а на четвертую был прощен, ибо не зверства для, не глупой прихотью сгубил триста душ, а ради государственной пользы. Пусть враги страшатся моей твердыни. Все равно истинная ее крепость не в стенах, а в Божием благословении.

Моя слобода поставлена по завету Иезекиилеву, в подобие Граду Господню. Как и там, у меня трое ворот. Северные, мощью подобные Сцилле и Харибде, — для чужих людей: земских бояр и иноземных послов. Южные — повседневные, для своих, опричных и слуг. Восточные всегда заперты, они — для Господня Пришествия, ибо сказано: «Сия врата заключенна будут не отверзнутся, и никто же пройдет ими, яко Господь Бог Израилев внидет ими». А на закате ворот нет вовсе, ибо в великий невечерний день, когда приидет Господь, солнце не угаснет, и заката не будет.

Здесь, на милом моем Острове, я и спасаюсь уже шестой год. Мирно мне здесь, спокойно, лепо.

Москва, премерзкий Вавилон, цветом сера. Даже Кремль, прежде белокаменный, давно стускнел. А мой Остров бел и черен. Над белым поясом стен высятся беленые стены теремов и церквей, а крыши крыты черной черепицей. В том двоецветии великий смысл: тако и на земле обитают белое Добро и черное Зло, но оба они ничтожны перед Божьей волей, высоко над всем вознесенной — как вознесены над Слободой летучие золотые купола с крестами.

Однако в ночное время мой Остров не бел и не черен, а огнен. Я медленно еду между костров и факелов, крестясь во тьму на три стороны, трем церквам: Покровской, Троицкой и Распятской. Блестит железными колпаками стража, сверкают острые бердыши, тлеют зажженные фитили. Пятьсот опричных молодцев каждую ночь стерегут мой сон. Только где он, тот сон? Прошлой ночью не смежил вежд, не буду спать и нынче. Там, на холме, под ветром, бездомно и бескрышно несколько часов поспал, и то счастье.

Еду мимо Пытошного приказа, где на колах еще дергаются и мычат давешние псковитяне, что взяты по литовскому изменному делу. А в подвешенных клетях с прошлой недели гниют мертвые Лобановы: сам вор Мишка, его жена, дети, слуги и холопы, все их гадючье племя.

Вдыхаю особенный запах Слободы, какого нигде больше нет.

От церквей тянет свечным воском и ладаном.

От костров — дымом и смолой.

От Пытошного приказа — трупным смрадом.

Град мой цветом черен и бел, с златой искрой поверху, воздухи же здесь троевонны: сладкое благокурение для чистой души, чадный огнь ради Страха Господня, мерзкий тлен для бренного тела. Помни, грешный человек, что из праха ты сотворен и в прах обратишься. Трепещи Геенны пламенной. Но не теряй и надежды на спасение, на иную блаженную жизнь — вот тебе ее ароматное дыхание.

Кто умеет понимать — понимает. Но таких мало.

Вот Антоний Женкин, посол Лизаветы Английской, в перехваченной тайной грамотке отписывал своей королеве, пошлой девице, что-де, быв в «резиденце» у «кинга Джона», сиречь у меня, в Александрове, едва не стошнился, так-де там мертвечиной провонено, и Слободой моею брезговал, а про меня, собака, написал, что я-де подобен Ваалу, питающемуся человечиной. И впал я, те враки прочтя, в гневное неистовство, и забился судорогой, и повелел английский двор разметать, слуг побить, а самого Женкина повесить на воротах вверх ногами, над навозной кучею, чтобы, издыхая долгой смертью, понюхал истинно смрадного. Но Малюта держал меня за плечи и говорил, что ссориться с Лизаветой нам нельзя, а можно придумать лучше. И придумал. Хорошо придумал.

Мне потом очевидный человек рассказывал — свой опричный дворянин, нанявшийся к англичанам в слуги, чтобы за ними доглядывать. Я слушал — хохотал до икания.

Сел Женкин трапезничать по своему английскому обычаю. И подают ему ихнее английское варево. Лезет он туда ложкой, гущу зачерпнуть — и выуживает отрезанное ухо, но за разговором не глядит, что вынул, и даже надкусывает и лишь потом, узрев, вопит в ужасе и облевывает всю скатерть. Про это я велел трижды пересказать, повторяя: «Так кто из нас, Антошка, человечину жрет — я иль ты?».

Улыбаюсь, вспомнив, и сейчас, но не злорадно, а умилительно. Бог — он все видит, и неправому за неправду всегда воздаст.

На душе возвышенно, и я бережно, будто полную до краев чашу, несу в себе это светлое чувство.

Буду молиться. Ах, как хорошо я сегодня буду молиться!

О ПРОСВЕТЛЕНИИ

Иду в скарбяницу и велю себя переоблачить.

Слуги снимают с меня распашную ферязь на собольей подбивке, разматывают парчовый кушак, принимают златотканый кафтан, потом шерстяной зипун, потом шелковую рубаху. Стягивают алосафьяновые сапоги, чужие грубые порты.

Стою перед иконами наг, в одном нательном кресте. Все те одежды мирские, для моления негодные. Сказано у Иезекииля: «Да оденутся в одежды льняные, и увясла на головах их должны быть льняные, и исподняя одежда на чреслах их».

Потому для службы подают мне особое облачение, черного крашеного льна: нижние порты и рубаху, сверху рубище, на голову — куколь с черепом и костями.

Смиренным чернецом, прижимая к груди тяжелый игуменский крест, влачусь я через багровый двор, меж рядов стражи, и глаз пока не подымаю, гляжу только под ноги. Шепчу: «Грешен, Господи, паки грешен», — и так триста тридцать три раза. Повторяю покаянные словеса все время, пока не поднимусь по крутой лестнице, подолгу останавливаясь, на Распятскую звонницу.

Дюжие звонари уже раскачали било, но колокола еще не звонят. Это мое, игуменово дело. Я принимаю тугое вервие, наваливаюсь — и рождается могучий, сначала тихий гуд. С каждым толчком он делается громче, торжественней, победительней.

О ПРОСВЕТЛЕНИИ

«Се я, Господь ваш! Зову вас к служению! Приидите и славьте меня!» — зову я братию гласом великим, зычным, слышным на много поприщ. Мне рассказывали, что посадские жители и крестьяне по деревням, заслышав из Слободы ночное колокольное глаголанье, пугаются и крестятся. Так оно и должно быть.

Устав, я передаю веревки звонарям, а сам смотрю, как к храму со всех сторон тянутся малые огоньки, будто заблудшие души. Это мои деточки, опричная братия, восстав от сна и тоже обрядившись в черные рубища, спешат на ночное моление в Покровский храм, у каждого в руке зажженная свечка.

Сколь много думано за минувшие годы об истинном государстве! Сколь много положено трудов!

Я единственный из государей, кто живет Богом и кто понимает: земное царство должно строиться по примеру Царства Небесного, где единый Господь, близ него архангелы, под ними ангелы, а еще ниже — спасенные души. И ведь явлен еще древними благодетельными отцами образец для посюсторонней жизни: монашеская обитель, где правит игумен, а ему помогают иеромонахи, где черноризная братия исполняет послушания, а монастырские крестьяне иноков кормят, дабы молились за спасение всех сущих душ.

Тако и я хотел бы устроить мою державу, и немало уже сделано, невзирая на противление злосердных и ропот скудоумных.

Моя Слобода — драгоценное семя, из которого потом произрастет могучее древо обхватом во всю Русь. Не при мне, слабом и грешном, а, может быть, при моем внуке. Тогда православный государь будет царем-пресвитером, архимандритом над всерусским монастырем. И всяк человек в том ладном общежительстве будет на своем месте — кто правит, кто помогает, кто молится и кто трудится. И все до единого спасутся. Может быть, и меня, страдного, давно уже истлевшего, наконец поймут и помянут добрым словом...

Пока же вот: есть я, Александровский игумен, и есть моя черная братия, несколько сотен иноков. На сей малости вся Русь и стоит, ею одной и держится.

Спускаюсь с колокольни вниз — опять небыстро, останавливаясь и дожидаясь нового дыхания. Когда-то был я силен и неутомим, но в трудах и в грехах порастратился. По воле Божьей в сорок в один год сделался будто дряхлый старик, но не ропщу и не жалуюсь, а принимаю телесную немощь свою со смирением.

В храм вхожу через золоченые Васильевские врата, недавно вывезенные из Новгорода, где сим чудом похвалялась их новгородская София. Но такой красе не место в обреченном городе, ибо он проклят Господом, и аз, подобно всаднику Апокалипсиса, был прислан то проклятье исполнить.

О ПРОСВЕТЛЕНИИ

Вся братия уже собралась, ждет. Храм черен от остроконечных куколей, и все они склоняются предо мной, игуменом, а я ласково крещу, благословляю своих чад.

Начинаем с песнопения. Хор певческих дьяков — у каждого голос райского звучания — заводит гимн архангелу Михаилу, сотворенный мной в миг высокого вдохновения.

Пою и я, подняв увлажненные глаза к расписному своду. Пою о неминуемом смертном часе.

Молю ти ся, святый ангеле,
Яви ми свой светлый зрак
И весело воззри на мя окаянного
И тихо напои мене смертною чашею...

Пою о прощении за все мои тяжкие грехи:

Всех ангел престрашен еси, святый ангеле,
Не устраши мою душу убогую,
Наполненну злосмрадия,
И очисти, и престави ю престолу Божию непорочну...

Пою об одолении и покарании лютых врагов моих — левокрестящегося богохульника Жигмонта польского, ненавистника Ягана свейского, безбожного Девлета крымского, а паче всего лживых и лукавых рабов моих, кто льнет и ласкается, а сам таит в сердце измену и в рукаве нож.

Господи Исусе Христос,
Излей миро, яко благ и человеколюбец,
На раба твоего Ивана,
И запрети всем врагам, борющимся со мною.
Сотвори их яко овец,
И сокруши их яко прах пред лицом ветра...

Еще прошу слезно у Господа поддержать меня, слабого, и послать мне некий явный знак, что я Ему люб, что не покинут в одиночестве. Давно уже не было никакого видимого, несомненного знамения Божьей милости, не было шепотного крика, не было наставления — как мне сиротствующему жить.

Напоследок, как положено, молю защитить меня от соблазнов Сатаны, прельстителя душ, который насылает на человеков свои прелестные видения, и упаси Христос принять те ложные прелестия за Знак Божий.

Допев гимн и почитав собранию Книгу Иеремии («Смотри, Я поставил тебя в сей день над народами и царствами, чтобы искоренять и разорять, губить и разрушать, созидать и насаждать»), я спускаюсь от аналоя к братии.

Пав на колени, начинаю бить земные поклоны, горячо повторяя: «Яви знак, яви знак, яви знак!». Девятьсот девяносто девять раз стукаюсь лбом о каменную плиту. На меня нисходит ярая неустанность, движения мои как никогда точны, и я верю, верю, верю, что чудо будет — сегодня же!

Чем больней, чем безжалостней к себе лобное стучание, тем доходчивей молитва.

И все вокруг тоже стучат головами об пол, бормочут. Всяк просит о своем. Мимолетно думаю: вот подслушать бы их истинные моления — но гоню суетную, несвоевременную мысль прочь. Однажды я повелел всем кричать ихние прошения Господу гласно, но поднялся такой неподобный ор, что повеление пришлось отменить.

Я бьюсь лбом о камень, одной и той же онемевшей точицей, до звона — и вдруг слышу шепот, тоже гулкий, но одному мне слышный: «Буудет, буудет тебе знак. Жди-и-и».

Иль примерещилось?

Перед тысячным ударом встаю, хлопаю в ладоши.

Поднимается и вся братия, выстраивается в два ряда, а я хожу и смотрю, кто как помолился. У истовых лбы разбиты в кровь, или шишкасты, иль с синяками. Таких я хвалю, а иных, особенно к себе суровых, и лобызаю. Но есть и ленивые, чистолобые — и тех я браню, а кое-кого и охаживаю своим игуменским посохом. Не жалей себя, не жалей, когда радеешь Господу!

О ПРОСВЕТЛЕНИИ

У пономаря Малюты на низком челе ни малого следа, но Малюту я не трогаю. У него шкура толстая, а кость упорная, такой башке каменный пол нипочем.

Идем, говорю, брат пономарь. Отдавши Богу Богово, займемся делами кесаревыми.

А Лукьяныч и рад. Он еще утром говорил, что пришла плохая весть из Ливонии, да я, скорбный головой и томный духом, не захотел слушать. И без того было тошно.

— Собирай думу, — говорю. — Ныне мысль во мне ясная, дух светел. Пусть гонец расскажет, что за беда. Потолкуем, приговорим.

Моя опричная Дума не то что московская — к ночным сидениям привычна. Когда я, вновь переоблачившись в царское, вхожу в тронную залу, вся дюжина ближних советников уже там. Тоже скинули рубища, сидят хмурые. Кто крутит на пальце перстни, кто теребит бороду. Знают уже, что за напасть. Один я не знаю.

Слушаю бледного, трясущегося гонца, проскакавшего семьсот поприщ, и дивлюсь, чему и прежде не раз дивился.

И как это они, дурных вестей доставщики, не сбегают дорогой? Как не боятся везти мне, грозному царю, послания, от которых я впадаю в гнев и — все знают — часто обрушиваю горькую свою досаду на того, кто меня опечалил. Грешен аз, паки грешен. Ни в чем не повинных слуг моих в обиде на судьбу, бывало, и посохом кованым пронзал, и ножом бил, и на муки посылал. А все равно едут, как агнцы на заклание. Не случалось ни разу, чтобы вестник несчастья до меня не добрался.

И делается мне по душевной моей благости умилительно. Вот ведь нередко бранюсь я, неблагодарный, на народ мой, а русский народ всех прочих языков возвышенней, Божьей воле и государю своему покорней. Поляки или немцы, да те же татаре давно взбунтовались бы, не стерпев испытаний — и тем огневили бы Господа, и погубили бы свои души. А мои голуби терпят и мою ярость, и мое окаянство. За то и спасутся.

— Не трясись, — ласково говорю я гонцу. — Говори складно. Не будет тебе никакого худа, а за быстрый доезд получишь награду. Так что, говоришь, с Магнусом?

А с Магнусом, ливонским королем и моим подручником, вышло худое. Потерпел он от воевод Ягана Свейского тяжкое поражение. Стрельцы и дети боярские, кто при Магнусе воевал, все полегли в бою, а сам Магнус, убоявшись моей кары, уплыл за море, на свой Есель-остров, и возвращаться оттуда не хочет. Не надо, говорит, ему ливонской короны. И моего покровительства не надо.

Плохо, очень плохо. Стрельцов-то можно новых послать, но где взять для Ливонии нового короля?

Малюта, опричные бояре и окольничьи смотрят на меня. Ждут, что скажу.

Я сижу, потирая ноющий лоб. Велю:

— Говорите, кто что думает.

— Эх, — вздыхает Аникита Одоевский. — Отработать бы Магнуса, свинью датскую, за трусость и непокорство, да как его на том Еселе возьмешь? Это корабли нужны, а у нас нету.

Аникита любит встрять первым, а полезное предлагает редко. Больше передо мной красуется, все угадывает, как лучше понравиться. Держу его за имя — чтоб не говорили, будто мои опричные сплошь сорняки худородные.

Иное дело — окольничий Андрюшка Луговской. Этот тихогласен, но лишнего не болтает. Говорит:

— За измену твоему служению Магнус, конечно, подлежит смерти. А корабли для того не надобны. Вели, государь, послать на Есель нужного человечка. У меня такой есть, есть и верное зелье. А то, прикажи, сам съезжу.

Луговской — дока в отравных делах. Прошлый год был в Литве и подсыпал яда перебежчику Юшке князь-Щербатову, и тот Юшка в великих корчах издох, за что Луговской и пожалован в окольничьи.

Я поворачиваюсь к думским спиной, чтоб не отвлекаться их пытливыми взглядами. В голове знакомое легкое щекотание, какое всегда бывает перед наитием. Раньше оно нисходило на меня часто, ныне редко, но все же не покидает меня, спасает в тяжкую минуту. Наитию помогает молитва, духовное просветление. И без вдохновенного этого наития государем быть не можно.

— Зачем мне Магнуса травить? — размышляю я вслух. — Он сбежал не от измены, а потому что страшится моего гнева. И податься ему от нас некуда. Свеи, поляки, немцы Магнуса зовут собачонкой кровавого московского Ирода. Кому он в Европе нужен? Никому. А мне он нужен. Живой и послушный... Сделаем вот как. Напишите от меня грамотку, ласковую. Что не виню его в поражении. Это-де сам я виноват, что дал ему мало войска и что я впредь то исправлю. А еще отправьте Магнусу тысячу рублей — да не серебром, а золотом. И передайте: вернется — получит еще. Никуда он от нас не денется. Приплывет обратно.

— Мудро! — басит за спиной Малюта. — Пусть возвращается, а там видно будет, что с ним делать. Оно и дешевле выйдет, чем корабли снаряжать.

Лукьяныч не льстив, потому его хвала мне приятна.

Поворачиваюсь, упершись руками в бока: более не смиренный игумен, а всея Руси великий государь, кем прочна держава.

Вдруг вижу: Малюта смотрит мне не в глаза, а выше. Что такое?

Хмурюсь.

— Ты почему взгляд отводишь? Или скрываешь что?

Он вместо ответа манит комнатного отрока, кто оправляет свечи. Что-то шепчет — слуга опрометью кидается прочь.

Я вскипаю:

— Ты что о себе возомнил, собака?! Как смеешь при мне тайничать?!

— Сейчас увидишь, — отвечает Малюта.

А отрок уже вбегает обратно. В руке у него зеркало.

— Погляди на себя, государь.

Беру зеркало за серебряную ручку. Смотрю.

Господь всеблагий!

На лбу, точно посередине, краснеет круглый кровоподтек, будто кто поставил мне на чело печать. Синяки от молений бывали и раньше, но такого ровного, густого, с будто нарисованными краями не случалось никогда.

Сердце мое трепещет от священного восторга.

Вот он, знак, о коем я столь истово просил!

Я отмечен Господом! Я понят Им! Я прощен!

По лицу текут слезы. Через их пелену зала кажется радужной.

О сладчайший миг! О великое облегчение!

Все грехи мои сняты! На мне Божье благословение, и явлено оно так, чтобы все увидели и склонились.

— Зрите! — провозглашаю я. — Се от Господа Бога Саваофа печать! Служите мне верно, держитесь руки моей, и все спасетесь!

Думские низко кланяются. Первым разгибается Малюта.

— Опять молиться пойдем? — вздыхает он. — Спать охота.

— Иди, спи, дуболом. Ты мне сегодня больше не надобен, — усмехаюсь я. Мне приходит в голову отрадная мысль. — А что Корнилий Пещерник? Не помер еще?

— Помер — сказали бы. Никак ты придумал, какой его казнью казнить? Пора бы. Месяц уже сидит.

Я поглаживаю свое отмеченное благодатью чело, улыбаюсь.

О ЖЕСТОКОВЫЙНОМ КОРНИЛИИ

Тем же вопросом встречает меня и Корнилий:

— Придумал уже, Каин, как будешь меня казнить?

Он сидит в темнице для самых бережных узников, которые не должны помереть сами от холода или сырости. В темнице тепло и сухо, даже есть малое оконце, через которое идет воздух, а днем льется свет.

Корнилий костляв, седобрад и седобров, в латаной черной рясе и выцветшей скуфье. Вставать и не думает. Сам грязен, согбен, вшив, сидит меж злопахучих луж и нечистот, а смотрит на царя презрительно, словно на мокрицу. В прежние разы меня от этого взгляда кидало в ярость, а ныне я спокоен и победителен. Стою, опершись на посох, златое шитье на висящих рассечных рукавах сверкает в свете факелов. Лоб у меня закрыт бархатной тафьей, надвинутой по брови.

Отвечаю с усмешкой:

— Да вот, поспорил с Григорий Лукьянычем, как тебя до самой души пронять. Он говорит: надо связать Пещерника и посадить по шею в кувшин с голодными мышами, чтоб они его живого грызли, а мы бы заходили да слушали, как Пещерник орать станет. Это, говорит, турки так с мятежными греками делают, и иные по три, по четыре дня в мышином кувшине сидят, пока не испустят духа, ибо у мыши зуб мелкий, до становой жилы не прокусывает.

Действительно, Малюта давеча такое предлагал, и я внимательно слежу за лицом Корнилия — не пробежит ли тень страха.

Нет, не пробежала. Одно жестоковыйное презрение.

— Хорошая казнь, коли ею турки мучают православных, — бестрепетно отвечает. — А ты, изверг, безбожных турок не лучше. Трави меня мышами. Я смертию праведных умру с умилением.

— Вот и я Лукьянычу толкую, что мукой телесной тебя не проймешь. — Подпускаю в голос доверительности, будто закадычничаю с дорогим другом. — Ты силен верой в свою праведность и безгреховную чистоту. Потому я придумал для тебя вот что... — Немного медлю, чтобы он замер, — но Корнилию все нипочем, только щерится. — Надо тебя загрешить. Сломаю тебя не лютой напастью, а грязной страстью. Велел я послать в Москву за беспутными девками. Они тебя, прикованного, догола разденут и станут ласкаться, плоть твою распалять. Плоть — она на ласки слабая, ей так от природы положено. Согрешишь, никуда не денешься, святой праведник. Нарушишь обет целомудренный. А я погляжу, как у тебя плоть над духом возликует.

Ну-ка, напугается иль нет?

Не напугался, но разозлился.

— Мое тело, сосуд бренный, в твоей власти! Грязни его чем вздумаешь — хоть кровью, хоть скверной, а души моей ты не достанешь! Ее ты ничем не загрязнишь, руки у тебя коротки! Тьфу на тебя, кал ты смрадный! И сколь в злато ни наряжайся, калом только и пребудешь!

И схватил с полу рукой кало, и кинул в меня, да не попал — немощен.

Есть особый род бесстрашных, самый редкий: это когда человек мне враг и того не скрывает. Да хулит меня не из безопасного далека, бумажными бранями, как изменник Андрейка Курбский, а в лицо. Бывает, что и прямо с дыбы, а иные уже и сидя на колу.

О ЖЕСТОКОВЫЙНОМ КОРНИЛИИ

Редко, но встречаются такие, бесово приплодье. От Дьявола в них бесстрашие, от кого ж еще? Изводишь их, изводишь, но вместо прежних появляются новые.

Про Корнилия этого, пещерного отшельника, люди донесли, что бранит меня подлыми словами, обзывает братоубийцей Каином и сатанинской отрыжкою. А богомольцы схимника чтут, слушают и многие соблазняются.

Получив донос, поехали мои метельщики, вынули старца из его пещеры, доставили в Слободу для расспроса. А он отпираться и не подумал. И дьякам, и писцам стал меня так люто бесчестить, что они уши позатыкали.

Малюта мне сказал: в Пытошный приказ ругателя привезли. Поди, послушай, как он тебя лает. Ты такое любишь.

Чего только с Корнилием не делали, но крепко в Пещернике бес засел, ничем рогатого не изгонишь.

Некое время назад я приказал упрямца более ни огнем, ни железом не испытывать. А вдруг в нем не черт сидит, а наоборот? Околеет Корнилий в своей непреклонности да вознесется к престолу Божию и будет там на меня архангелам наговаривать. На что мне оно надо? И так я перед Господом великий грешник.

Я хожу к Корнилию, слушаю его поношения, терплю его уязвления не только оттого, что никак не придумаю, как согнуть сию жесткую выю. Во всей моей земле нет больше никого, кто держался бы со мною свысока, словно я не цесарь и великий князь, а червь земной и Пещерник взирает на меня из-под небес, брезгуя раздавить каблуком. Этот взор несносен, но и притягателен. Иногда мне кажется, что исчезни Пещерник, и я останусь на свете один-одинешенек. Чувство странное, самому мне непонятное, но только из-за него строптивец доселе и жив. Кто тогда поговорит со мной без оглядки и трепета? Разве что Малюта, но какой из него собеседник?

— Пошутил я про блудных девок, отче, — говорю, убрав усмешку. — У меня тут не похабный дом, а святая обитель. Пришел же я ныне спросить твою мудрость вот о чем.

Тон мой смиренен, а душа ликует. Есть у меня сегодня, чем поколебать Корнилиеву веру в его праведность и мою криведность.

— По-твоему, я Каин, Ирод, Навуходоносор, Валтасар, сосуд мерзостный, лютый душегуб и прочая, и прочая. Коли так, отчего же Господь Отец Небесный помазал меня, злодея, править над Русью, излюбленной своей землей, в которой единственной Его право славят, где Ему право молятся? Думал ты об этом? Может быть, ты себя мудрее Господа мыслишь, если сам решаешь, достоин я быть государем или нет?

Вопрос Корнилия не смущает, да я и не ждал, что старец смутится. Тому еще рано.

— Думал я об этом, Иване, много думал. Мне земным моим умишком Божьей мудрости не объять, однако же отвечу тебе так. Господь поставил над самой любимой своей державой худшего изверга, потому что Он кого больше любит, того суровее испытывает, того заботливее готовит к будущему блаженству.

— Как это?

— А так. Люди русские от тебя терпят многие муки и казни, голод и разорение, но так оно на печальной сей земле и должно быть. Это Диавол-Сатана льстит нас жизненными негами, покоем и мирными кровами — чтобы человеки цеплялись за бренный мир и страшились смерти. Вот мне рассказывали — уж не знаю, правда иль нет, — будто есть во фряжской земле чудный град Ференца, весь каменный, изукрашенный лепыми дворцами и зелеными садами, игристыми водами и многими красотами. Бедных там будто бы мало, и все сыты, и никакие тираны над ними не тиранствуют, а правят ими добросердечные правители по письменному закону. Тот, кто мне сие рассказывал, лил умилительные слезы и сокрушался, что у нас на Руси не так. Плакал тогда и я с ним. А потом устыдился, ибо понял: радость не в земном довольстве, а в небесном блаженстве. Для того ты, Каин, и понадобился Господу, чтобы оборачивать русских людей от сей бренной жизни к Иному Миру. Чтоб православные пеклись не о плоти, а о души спасении.

О ЖЕСТОКОВЫЙНОМ КОРНИЛИИ

Еще и затем я навещаю Корнилия, что устами сего сквернавца иногда глаголет истина. Ах, хорошо он сказал! Истинно так: я — орудие воли Господней, и даже худшие мои неистовства, за которые я потом горько каюсь, державе моей не во зло, а во благо. Буду говорить о том в Москве на церковном соборе, дабы иерархи и пастыри донесли эту правду до всех углов Руси.

С одним только согласиться я не могу.

— Бог — Царь небесный, а я — царь земной. Как же ты, высокоумный, не уразумеешь, что, может, и я своих людей не от злобы, а от великой к ним любви испытываю? — корю я Пещерника. — Я над своим стадом пастырь, я — отец над чадами. Моею рукой водит Бог, но я не слепое орудие, а следую зову своего сострадательного сердца. Проливая кровь, лью я и слезы. Огрязняя руки православной кровью, ею же я очищаю ваши души! И Господь то видит! — У меня проливаются слезы, голос мой дрожит. — Было мне сегодня на ночном молебне явственное от Бога знамение. Вот, гляди! Эй, светите ярче! — С двух сторон подступают факельщики, а я сдвигаю тафью, обнажив чело, и показываю перстом: — Гос-

подь отметил меня ровнокруглым алым знаком, поставил Свою печать! Зри и трепещи, мнимосвятый богохульник!

Ага, затрепетал! Вжался в стену! То-то!

— Не тебе, букашке, не вам, смертным человекам, меня судить! Я один такой! Я Богом отмечен!

— Да, ты один такой меж человеков. Как Каин. Истинно се чудо Господне. Се — знак на Каине, яко и в Библии сказано! — Тощая рука Пещерника отмахивает кресты. — Отмечен ты, но не благодатью, а Каиновой печатью! День-то ныне какой — помнишь?

— Какой? Шестое октября.

— То-то, что шестое! Два года, как ты, Каин, сгубил своего брата Авеля — блаженного князя Владимира Андреевича. Проклят ты, Иване! Навечно проклят! Оттого и жены твои чахнут, оттого и потомства тебе не будет...

— Врешь! — кричу я. — Два сына у меня!

— Из прежней, докаиновой твоей жизни! Но быть их семени бесплодну! Засохнет твой род, яко изгнившая смоковница! Не будет тебе внуков ни от старшего сына, ни от младшего! И новых сыновей у тебя не будет — если только не сыщешь себе такую же, как ты сам, окаянную Каиницу, чтоб нарожала тебе каинят, как змея змеенышей. Каин ты, Каин меченый! Тьфу на тебя! Изыди!

Сдерживаюсь. Отвечаю на лай величественно, уместно царскому званию:

— Если сия печать — «знак на Каине», то помни, пастырь заблудший, что сказал Господь о Каиновом знамении: «Еже не убити его всякому обретающему его!» Ничем враги мои меня не изведут.

Выхожу из темницы степенно, но внутренне весь дрожу, потрясенный.

А ведь верно! Шестого октября, два года назад, Малюта по моему велению показал Владимиру Старицкому, моему двоюроду, кубок с ядом и булатный кинжал: «Выбирай свою смерть». Это мы с Малютой тоже тогда поспорили — что выберет. И опять я угадал, что Владимир, хилая душа, побоится крови. Поплакал он, да и выпил, подох в корчах — смертью горшей, нежели от клинка.

Неужто прав Пещерник, Господи? Неужто Ты за многие мои вины отметил меня печатью Каина?

А и поделом! Я Каин и есть, нечистый, скверный и злобесный душегубец!

Иду по темному тюремному переходу и горько плачу. Голова моя опущена, стопы тяжелы, плоть студениста, словно некто вынул из меня хребет.

Это часто бывает: когда с высот ликования и самоверия я вдруг сверзаюсь в бездну отчаяния и самоненависти, как наигорший грешник, низвергнутый в Геенну.

Однако есть у меня на такую напасть верное лекарство. Оно здесь же, близко, в полусотне шагов.

Сейчас полечусь, сейчас!

О ХУДШИХ МЕНЯ ИЗВЕРГАХ

Пытошный дьяк, великий знатец расспросного дела, смущен. Семенит рядом, оправдывается:

— Батюшко-государь, я через змея этого Корнилия сон потерял. Все ломаю голову, как бы его, сучьего сына, пред твоей волей склонить. От бессонницы и удумал: что если ему спать не давать? Приставить человека — и как начнет задремывать, тот бы ему чугунной сковородкой по башке. Без сна дух слабеет, мысль цепенеет. Недельку Корнилий помается — шелковый станет. А?

Не слушаю, подзываю дьяка Разбойной избы, который пока держится сзади, средь свиты.

— Эй, Бастрюка!

Подбегает, отпихнув пытошного локтем.

— Я, государь!

Спрашиваю, утерев слезы:

— Изверги есть?

— Тех-то, прежних, как было велено, всех отработали. Однако доставлены новые. Ты их еще не видел.

Я — нетерпеливо:

— И каковы они? Довольно ли мерзки? Сколько их?

О ХУДШИХ МЕНЯ ИЗВЕРГАХ

С тех пор как я придумал лекарство от тягчайшего из уныний, по всем краям разослан указ: самолютых извергов, какие где только сыщутся, впредь на месте смертию не казнить, а везти сюда, в Слободу. Здесь разбойный дьяк их принимает, и которые окажутся мерзостью недостаточны, сразу вешает, самых же содрогательных помещает в особые клети для государевой надобности.

Когда я падаю духом и устрашаюсь, не сквернейший ли я из злодеев, прихожу посмотреть на извергов — и вижу, что есть худшие меня. Тогда немного отпускает, становится полегче.

— Ныне извергов трое, все свежие. — От усердия Бастрюка аж запинается. — Вчера из Москвы привезли уловленного кровавого любострастника. Ныне утром с рязанским обозом доставили христохульницу. А недавно, перед самым закатом, из Кимр прибыла девка, великая двоеубийца, которая...

Перебиваю его:

— На месте обскажешь подробно, про каждого. Веди сначала к любострастнику.

В тесной каморе сидит на корточках съеженный человек, затравленно озирается, мигает единственным глазом. Вместо другого — запекшаяся багровая корка. Волоса странные — будто потраченные лишаем. То свисают клоками, а то проплешины, и тоже багровые.

Я хмурюсь:

— Как посмели без меня расспрашивать?

— Такого привезли, — объясняет дьяк. — Когда поймали, толпа начала колотить, волосья рвать, чуть не разодрали. Еле стража отбила.

— Ну-ка, зачти, что прислано. Да начало пропусти, где величания и прочее. Про злодейства чти.

Он разворачивает свиток.

— «...Мая месяца третьего числа на пустыре за Поганой Лужей в бурьянах сыскан труп малый, детский, женского пола. Потроха вырезаны, нос-уши отгрызены, а про остальное и писать срамно.

Вкруг лихого места ради очищения от бесовской злобы хожено с крестами и кадилами.

Июня двадцатого у Щипка в яме сыскан другой труп, купеческой дочки Марьяны Филимоновой, а лет той Марьяне семь с половиной. Была она тож выпотрошена, зубами погрызана, опоганена. Служили молебен и ходили крестным ходом.

Августа в четырнадцатый день из реки из Яузы близ Кривой Мельни рыбацкие люди вытащили мертвую отроковицу, в коей признана дьячкова дочь Марфа Дьячкова одиннадцати лет, а признали ее по тельному крестику, как у той Марфы лицо все откушено, и срамные части тож.

По Москве пошел слух, что бродит под заборами оборотень, полумужик-полуволк, грызет малых девок, и многие велели детям со двора не ходить. Служили службы по всем приходам, от оборотня во избавление.

А сентября осьмнадцатого дня мужики-плотники, идучи полем через Остоженку в лавку попить квасу, услыхали в кустах рык и чавк, подумали — не собаки ли, да пошли посмотреть забавы ради, и увидели там посадского, а под ним дите, женского полу, а он ту девчонку поганит, а сам ей зубами ухо грызет. И оторвали его, схвативши, а девчонка уже мертвая. И зашумели криком, и прибежали на крик люди, и поняли, что это он и есть, волк-оборотень, и стали его убивать и мало не убили.

А на первом расспросе посадский сказался Никифором Мясорезом с Мясницкого ряда на Арбате и повинился, что волчьим тем погрызом сгрыз до десяти малых девчонок, да иных кидал в колодцы и их не сыскали. А зачем то поганство делает, Мясорез объяснить не сумел...»

Я смотрю на Мясореза, он же глядит только на дьяка, кажется, считая его здесь главным. Машу рукой, чтобы посветили. От факелов изверг сжимается еще больше, его блестящий глаз бегает зраком, из проваленного рта (ишь, и зубы вышиблены) вырывается жалобный хлип.

Посмотри на него, Господи. Какие страсти творил! Много гадостнее и мерзостнее меня. Где мне до такого?

О ХУДШИХ МЕНЯ ИЗВЕРГАХ

— Зачем же ты, Никифор, невинных деток терзал и истреблял? — спрашиваю.

Он весь подается в мою сторону, привлеченный мягким голосом. Должно быть, с ним давно никто ласково не разговаривал.

Дьяк замахивается плеткой:

— Отвечай, когда царь спрашивает!

— Не жнаю... — лепечет изверг беззубо. — Так-то живу, как живу, и вдруг беш вшеляется... Как шядет на шею, начнет в ухо шептать да погонять, не могу ему перечить. Иду, куда жовет. Делаю, что говорит... Может, и не я это вовше...

Что ж, бес и меня искушает. Иной раз впадаю и я в беспамятное неистовство. Но никогда, даже в кромешнейшей ярости, не доходил я до столь адовых гнусей. И девчонки малые, овечки безвинные, во мне никогда блудного огня не распаляли.

Взгляни на сего выродка, Господи. Что по сравнению с ним Каин? Этот хуже Каина и хуже меня! Прости же мне, недостойному рабу Твоему, мои грехи, как и я сейчас прощу наипакостнейшего из рабов моих.

— Ступай себе с Богом, Никифор Мясорез. Прощаю тебя ради Христа. Помолюсь, чтобы бес из тебя отселился. Встань, брат мой во несчастье.

Ошалевший изверг хлопает глазом, не встает. Его подхватывают, поднимают, и я лобызаю худшего из моих подданных в распухшие уста.

Зри, Господи! Если уж я, царь жестокий, милую претяжко виновного, неужто Ты, всемилостивый, не умилишься искренним моим раскаянием?

Трогаю печать на лбу, загадываю: когда сей знак сойдет, тогда Бог меня и простит. А до той поры стану жить на воде и сухой корке, носить власяницу с веригами и всечасно молиться, даже и ночью. А еще пошлю на заупокой Владимира Старицкого сто, нет двести рублей. И в Троицу пошлю, и в Кириллов.

На душе уже не так черно, но все равно маятно.

— Веди дальше, — говорю дьяку. — Кто там у тебя еще?

О ХУДШИХ МЕНЯ ИЗВЕРГАХ

...Заходим в другую клеть, такую же.

Там, посередке, сидит баба, качается из стороны в сторону.

— Се христохульница, — объясняет дьяк, заглядывая в другую грамотку. — Рязанский наместник пишет: прасолова женка Маланья, потерявши в мор мужа и четверых детей, впала в души исступление. Закрыв глаза младшему сыну, последнему из всех, сорвала со стены икону Спасителя, и резала Христов Лик ножом, и топтала ногами, и бранила Господа страшными, неповторимыми хулами, и делала то при многих свидетелях.

Я крещусь: вот уж злодейство так злодейство!

Подхожу, беру бабу за подбородок, поднимаю лицо, чтобы заглянуть в глаза. Каков взор у той, что посмела поднять руку на Спасителя?

А нет никакого взора. Глаза недвижные, смотрят сквозь. Се душа уже погибшая, угасшая.

— Хотел бы я тебя помиловать, Малаша, но не могу, — говорю я сочувственно, ибо слезное сокрушение уместно и над непростимым грешником. — Кабы ты меня хулила и обидела — простил бы. Но за обиду Сына Божия — не могу. Рабы Иродовы секли Его пречистое тело плетьми, а иные надевали на Его чело венец терновый, а третьи прибивали гвоздями и пронзали копьем. Неужто ж мало тебе Христовых мук, что стала ты Его лик пресветлый ножом кромсать?

Реку и плачу — так жалко мне Сына Господня.

А баба не слышит, не смотрит. Сидит, раскачивается.

— Все что могу для тебя сделать, великая ты грешница, наказать тебя тою же мерою. Может, за то уменьшат тебе кару в загробной жизни. Ибо земная кара временная и преходящая, загробная же казнь вечная. Из жалости тебя приговариваю. И помолюсь о тебе.

Дальше говорю уже не ей, а дьяку:

— Дать сорок ударов кнутом, как Христа секли. И гляди — чтоб со спины всю кожу начисто снять. На голове затяните венок с колючим терном...

Задумываюсь: где же терн взять?

Но пытошный, догадавшись, высовывается из-за спин:

— У меня, государь, проволока есть немецкая, недавно привезли. Ее можно колючками накрутить. Чем не терн?

— Ладно, пускай проволока. Потом возьмите христохульницу и приколотите гвоздями — но не стоймя и не к кресту, упаси Господи, не возвышенно — а плашмя, к деревянному настилу. Лицо ей покромсайте ножом, как и она резала. И оставьте. Пусть лежит так, пока ее душа не умирится.

Баба — будто не про нее говорено. Как сидела, так и сидит.

— Поглядишь, государь? — спрашивает пытошный. — Мы быстро, только проволоку накрутить.

— Сами работайте. Не хочу сегодня на грешное смотреть.

Томно мне, грустно. Каких только тварей не носит земля! Образ Христов — да ножом?! Воистину последние времена близятся. Недолго уже осталось.

Выхожу понурый.

— Кто там у тебя еще?

— Девка, сотворившая великое двоеубийство.

— Это еще что за птица?

О ВЕЛИКОМ ДВОЕУБИЙСТВЕ

— Редкая птица, государь. Великих убийств, как ты ведаешь, в законе два: кто убьет родного отца или кто убьет монаха либо рукоположенного пастыря. Эта же, именем Ирина, прозванием Бе́лочница, убила и родителя, и священника. Потому она — великая двоеубийца, и кимрянский волостель, согласно указу о сугубых извергах, прислал ее на твой Государев суд.

— Не в себе была, как те двое? Бес вселился? Кого она сначала убила — отца или попа?

— Ее родной отец и был поп, ибо она родом поповна. Про беса же не ведаю, еще не расспрашивали.

Я вздыхаю. Увы мне!

На этой преступнице тоже не явить всепрощения. За отцеубийство еще можно бы, но за священника — никак. Попы и монахи — они не только мои, но и Боговы. Аз, грешный, многих из духовенства живота лишил и тем я девки-кимрянки не лучше. А все ж отца родного, да пребудет его душа в вечной благости, я не убивал. На Руси это злодейство почти и не слыханное. За всю жизнь одного только отцеубийцу я и видывал — Федьку Басманова, но и тот на ужасное дело пошел от ужасного же страха.

Девка Ирина грешнее меня, это отрадно. Нельзя помиловать — хоть посмотрю на такую. А и любопытно, как она решилась кровного родителя, священную особу, смертию убить? Если по случайности, без умысла — плохо.

— Ну показывай.

Темница такая же, как две соседние, только без смрада. Преступницу всего несколько часов как привезли, не успела нагадить.

Сначала мне кажется, что в каморе пусто. Потом, вглядевшись, вижу: лежит кто-то на полу, лицом к стене. Засовы лязгнули — не повернулась.

Одета чудно́: из-под задравшегося подола серой рясы — штаны, как у татарок, и лубяные сапоги, я таких прежде не видывал. Волосы стрижены — не по-девичьи, а по-юношески. Тоже странно.

Разбойный на девку:

— Встань, паскудина! К тебе царь!

А она, не повернувшись:

— Хоть псарь.

Удерживаю рванувшегося дьяка за рукав. Подхожу. Говорю чувствительно, неспешно, чтобы вникла:

— Ты какой казни желаешь? За отцеубийство кладут живьем в гроб и в землю закапывают. За убийство попа — на костре жгут. Сама решай. Только в этой милости я и властен.

Интересно: что выберет? Я бы лучше огонь выбрал, чем в подземной тьме, в тесной домовине задохнуться.

Девка в ответ скучливо:

— Все равно мне, дядя. Под землей, я чай, не страшней, чем на земле. А и сгореть тож неплохо. Улечу с дымом в небо, от вас, обрыдлых. Живите тут без меня, копошитесь.

Ишь ты. Везет мне сегодня на бесстрашных. Сначала Малюта, потом Корнилий, теперь эта.

— Посветите-ка!

Теперь вижу, что у девки Ирины руки связаны за спиной.

— Дерется, кошка бешеная, — поясняет дьяк. — Тюремщику перстом в глаз ткнула. Кровищи было! Не окривел бы.

— Подымите ее. Погляжу. А и ты, Ирина Белочница, посмотри на царя православного.

Поставленная на ноги, великая двоеубийца почти с меня ростом — высокая. Волосы спереди такой же длины, что сзади. Пали на лицо, и, как у Мясореза, виден только один глаз. В нем никакого страха, лишь удивление.

— Ты правда царь? Это за тебя по всем церквам и монастырям молитвы чтут? Заради тебя, облезлого, всех людей терзают?

Лицо у злодейки чистое, юное, однако без девичьей нежности — обветренное. Бровь густая, с изгибом. Рот твердый.

Я ей кротко:

— Так уж Бог судил — меня над людьми вознести, хотя я, может, всех вас грешней. Да что про меня толковать? Про себя расскажи, поповская дочь. Послушаю — решу, как с тобою быть. Может, не казнить, а отправить в монастырь на покаяние?

Нарочно солгал — посмотреть, не блеснет ли надежда. Где надежда, там и страх.

И верно, блеснуло что-то. Глаз чуть сощурился, в меня вглядываясь.

Ну гляди на меня, Ирина, гляди. Я твоя судьба, я твоя смерть. А сколь лютая — от тебя зависит.

Заговорит иль нет?

Молчит. А послушать про двойное великое убийство хочется.

Чтобы человека разговорить, есть два способа: либо сильно напугать, либо подойти издали, начать с чего-нибудь невинного.

— Из каких ты людей? Давно ль ваш род во священстве?

Сам загадал: она не из смердов и не из исконно духовного сословия, а из посадских, или торговых, еще верней — из захудавших детей боярских. Ибо род человеческий — ствол древесный, а люди на нем плоды, и не дано на дубе произрасти яблоку, а на яблоне желудю. Не может быть столь гордой повадки у того, кто от дедов-прадедов свычен к покорству.

— Род наш из переселенных новгородцев. Батя, помню, любил хвастаться, что мы, Григорьевы, великого боярского рода, да врал, поди. Всегда брехлив был.

Я доволен вдвойне.

Во-первых, уловка удалась — девка заговорила. Во-вторых, угадал про родословие. Чем-чем, а остроразумием я, благодарение Господу, нескуден.

Вон оно что. Это в ней дерзкая новгородская кровь сказывается. Мой дед ее лил-разбавлял, да всю не вылил, на меня оставил. В прошлый год ходил я с моей опричниной в Новгородскую землю покончить дело. И жгли тамошних людишек, и в воде топили, и железом секли. По заграничным пределам разнесся слух, что русский царь вовсе с ума сошел, собственных подданных ни за что казнит и зорит. Не понимают, пустые головы, что я вечную язву, всяческих крамол рассадник, докончательно железом прижигал. Чтоб новгородский гной никогда более не истекал, не отравлял тела моей послушной державы.

— Нехорошо так про родителя, — укоризненно говорю поповне. — Заповедь Господня гласит чтить отца своего. И Матфеем Евангелистом повторено: «Иже злословит отца, смертию да умрет».

— Какой он мне родитель! — У девки кривится рот. — Когда мамка померла, свез меня семилетнюю в лесную обитель, к сестрам и потом тринадцать лет не езживал. Выкинул за ворота, как приплод котячий. Хорошо в ведре не утопил...

И прибавляет, задумчиво:

— Хотя, может, это единственное благо, которое он мне сделал...

Удивительно. По виду — совсем простая девка, такие обычно двух слов не свяжут, а речь складная, свободная.

— К сестрам попала — это благо. Вижу, обучили они тебя красно говорить. Может, ты и грамоте знаешь?

— Знаю. Все книги прочла. Их у нас в обители было целых четыре: Ветхий Завет, Евангелие, «Часовник» и «Четьи-Минеи».

— Истинно рекут: вашему Евиному роду учение не в пользу. Вот и «Четьи-Минеи» ты прочла, и Священное Писание, а отца родного умертвила, — перехожу я к интересному. — Знать, главному тебя в обители не научили: смирению.

— А меня все больше сестра Палагея учила, охотница. Зайца смирением в силок не уловишь, белку с дерева не собьешь. Монастырь у нас бедный, от дорог далекий, сам себя кормит. Инокини и послушницы всяк свое дело ведают. Есть сестры-грибницы, есть ягодницы, есть травницы, есть птичницы, есть рыбницы — кто рыбу ловит. А меня определили в охотницы.

— Потому тебя и Белочницей звать? Потому и волосы коротки? Яко у Дианы, богини грецкой.

Я поневоле любуюсь смелой девкой — таких еще не встречал. Про грецкую богиню я сам для себя сказал, но поповна опять удивила:

— Диана у нас зимой в лесу замерзла бы, а я умею снежную нору вырыть и в ней без огня проночевать.

Надо ж, и про Диану она читала!

Не прикрытый волосяными прядями глаз смотрит мимо меня. В нем тоска.

— Хорошо там, в обители. Без вас-то...

— Без кого «без нас»?

— Без мужского племени. Где вы правите, там маета и мука, кровь и гибель. А где вас нет — мирно, складно, заботливо.

Хороша кобылка-то, только теперь примечаю я. Необъезженная, норовистая, кожей небелая, а хороша. Тело гибкое, ладное. Легко представить, как она ходит по чаще с луком и стрелами: рукава завернуты, голые руки загорелы. Или как нагая купается в лесном ручье.

Ее бы в баньке попарить, чтоб размякла, да веничком березовым постегать...

Чувствую в чреслах сладкую истому. В молодости она накатывала часто, а теперь все реже и реже. И то сказать, сколько их, баб и девок, испробовано: невинных и распутных, робких и жадных — всяких. Недавно велел со всей земли собрать самых раскрасавиц, на смотрины. Чуть не две тысячи отсмотрел. Одни предо мной бледнели, другие краснели, третьи обмирали. Скучно было, зевотно. А вот такой, пожалуй, я еще не видывал: чтоб и взбрыклива, и никем не тронута. Погожу, пожалуй, ее в землю зарывать. Поспеется.

— Ты мужчин не любишь, потому что их не ведаешь. — Провожу рукой по девкиной груди. Ишь упруга! — Мы бываем страшны, а бываем и сладки. В жизни, дево, страшное и сладкое часто рука об руку идут. Кого не страшишься, с тем и сладости истинной не познаешь...

Шагнула назад. И пренебрежительно:

— Это ты про любное дело? Знаю, попробовала. Прошлое лето встретила в лесу охотника. Лепый, веселый. Два дня с ним в шалаше провели. Хорошо полюбились, сладко. Чего ж там страшного? Любить мужчину — одно, коли любится, а жить под вами — иное. Я вон собак люблю, но не стану ведь я жить под собачьей властью?

Не девка, значит. Потоптали уже...

Истома, не набрав полной силы, сникает. Вместо нее подступает гнев.

— Говори про злодейское, грешница! Как ты отца своего, рукоположенного от Бога священника, убила?

Глаз опять щурится, будто ко мне примериваясь.

— Как убила? А шкуряком. Чем с белки шкуру снимают. Всадила туда, где у людей сердце, а у него, крысищи, грязи кусок... Тринадцать лет его не видела, и вспоминать забыла, что за отец такой. Вдруг явился, с двумя бугаями — звонарем да пономарем. Рассказал ему кто-то, что дочка выросла и что собою красна.

— Нескромное про себя говоришь, — вставляю сурово. Однако думаю: вправду красна. Той особой красой, которая с первого взгляда не слепит, но чем дольше смотришь, тем она приметнее. Ибо сидит в бабе какой-то бес ли, ангел ли — и манит, подмигивает. Поди знай — пропадешь с ним или спасешься. В том и соблазн, в том и замирание сердечное. Такою была Марья Черкешенка. Никогда с ней не угадаешь, вспыхнет она жарким пламенем или зашипит змеею. Но эта не похожа ни на огонь, ни на змею. На воду похожа — глаз омутом. Обжечь не обожжет, а утянуть утянет.

— Зачем же он приехал, твой родитель?

— У них, на луговой стороне, поселился новый поместник. Старого боярина ты велел сказнить, а его земли отдал опричному, из татар, князь-Девлетееву какому-то.

— Есть у меня такой. Лихой молодец.

— Что правда, то правда — лихой. Много от него лиха. — Белочница все щурится, что-то во мне высматривает. Но говорит без понуки, вытягивать не приходится. — Очень до девок охоч. Но просто любиться с ними не может. Чтобы распалиться, ему сначала девушку помучить надо. Бьет их кнутом и еще всяко. Иные от того померли, иные руки на себя наложили. А находятся псы, которые к князю своих дочерей доставляют, потому что он за то денег дает, смотря по красоте. Бывает, что рубль, а бывает что и два. Вот мой батюшка и придумал обогатиться. Поглядел на меня, обрадовался. За такую, говорит, лепоту князь мне и три рубля даст. Едем, говорит, доча, со мной. Я — нет. Он говорит: знаю, говорит, мне сказывали, что ты строптива, потому и робят с собой взял. Берите ее, вяжите. Я ждать не стала. Сначала ему, крысище, шкуряк в сердце воткнула. Только потом они меня взяли...

Качаю головой.

— Тут не двойной грех, а тройной. Ты еще повинна и в чадном непослушании. Отец волен над своими чадами, яко царь над своими рабами. Ибо сказано: «Сын славит отца и раб господина своего убоится. И аще отец есмь — где слава моя? И аще господь есмь, то где есть страх мой?». Известно ль тебе, что нет зла хуже, нежели рушить поставленный Богом порядок? Ты вот отцовской воле запротивилась, руку на родителя подняла. А есть такие грешники, кто и на мою царскую волю ропщут, кто и на меня, помазанника, злое помышляют. Я сих казню страшными карами — такими, что лучше уж живой в землю или на костер. Слыхала ты про мои казни?

Говорю с нею рассудительно, по-человечески, хочу до ее разума достичь. А она мне дерзновенно:

— Кто ж про тебя, упыря несытого, не слыхивал, про твое окаянство!

Зубы оскалила, и в лицо мне — тьфу! Мокрой брызгой прямо в переносицу!

А в глазу огонь лют, в нем вызов и ненависть.

Чтоб погасить сию искру сатанинскую, я хватаю злодейку руками за шею, сжимаю — да вдруг понимаю ее умысел. Вот к чему она щурилась! Чтобы я ее на месте, без мучительства, умертвил. Понять понял, но бешенство сильнее рассудка.

Стискиваю горло. Сдохни, гадина, сдохни! Хочу ощутить, как с последней судорогой вылетит душа!

Ее голова откидывается назад. Появляется второй глаз, такой же горящий, неистовый. Падают со лба волосы — и у меня разжимаются пальцы, я кричу, не слыша своего голоса.

Крик переходит в хрип. Страшная боль пронзает место, минуту назад расслаcтившееся в истоме. А-а-а, что за огненная мука! Ужасная, ни единой живой тварью прежде неизведанная!

Это жесткое колено снизу ударило меня в пах. Я и не знал, до чего это остространадательно. А может быть, священный трепет удесятерил силу боли.

Слуги хватают кощунницу, посмевшую пнуть ногой великого государя. Такого на Руси не бывало сроду. Это преступление еще страшней, чем поднять руку на отца или священника.

Превозмогая муку, сиплю:

— Не убивайте ее!

Еще не разогнувшись, сгорбленный, семеню ближе, проверить — не померещилось ли.

Ирину держат крепко — не шелохнется. Она яростно щерится, снова плюет в меня и снова попадает, но я смахиваю мокрое, едва заметив.

Не померещилось...

Пятно! Круглое! Розовое! Точь-в-точь такое же, как мой знак! И в том же самом месте!

Осторожно трогаю пальцем ее лоб. Тру. Не стирается.

— Давно это у тебя? — спрашиваю шепотом. — Вот это, здесь?

— Всегда...

Удивлена. Мигает.

А я зажмуриваюсь.

Вот оно, пророчество Корнилиево! Се и есть предвещенная им Каиница. Отца убила, жреца убила. Духом неистова, нравом неукротима. Ниспослана мне... кем? Богом или...?

Но эту страшную мысль вытесняет другая.

Доселе я был на свете один, а отныне нас будет двое. Каин нашел себе пару!

О, сколь прекрасен ее лик с очами пылающими и бесстрашными! О, сколь горячо ее чистое дыхание!

А еще Корнилий рек про каинят, чрез коих продлится мой род.

Вот оно, чудо из чудес! А кем ниспослано, про то лучше не думать.

Пытошный дьяк что-то давно уже болбочет, да я не вслушивался. Он старательный, изобретательный, в учении неукротимый, свое дело любит. Предлагает невиданные казни за невиданное преступление — ушибление государева паха.

— ...Или еще можно ее на ту ж шипасту проволоку посадить и взад-вперед возить, пока пополам не перепилится. Или вот еще я спознал: в катайской земле великого преступника к доске привяжут, и малым сверлом, потихоньку...

— Корнилия отпустить! — велю я. — За ворота выведите — и пускай идет, куда хочет. Пускай лает меня хоть по всей земле. Волоса только ему все выдерите, на голове и из бороды. Люди его юродом сочтут, ибо плешивых и голомордых пророков не бывает... И вон все отсюда.

Слуги не сразу решаются выпустить мою Каиницу, и я бешено бью посохом в пол.

— Вон!!!

Миг спустя в каморе никого не остается.

Только я и она.

О ПРОБУЖДЕНИИ

— Ну здравствуй, судьба моя, дщерь священническая, единокровная моя Каиница, с печатью истинной! — провозглашаю я трепетогласно. — Мой-то знак сойдет, а твой нестираем! Богом ты мне ниспослана или Диаволом, но быть нам с тобою вместе, плоть в плоть и душа в душу! Я ждал тебя многая лета, иссыхая, яко путник в знойной пустыне, и сам не ведал о своей жажде!

Развязываю ей путы, а моя Каиница, потирая запястья, смотрит на меня в изумлении.

— Правду про тебя говорят. Полоумный ты.

— Это у меня доселе было пол-ума и пол-души. Ныне же я стану из полоумного полноумным, из малодушного — полнодушным!

Хмурится.

— Ты удумал какую-нибудь особенную казнь, с глумом. Что за мука меня ждет?

— Муку будем делить на двоих, моя суженая, и оттого тяжкое бремя мое станет вдвое легче! Быть тебе, Иринушка, не белочницей, а русскою царицею! Так судило Провидение!

Вот теперь она наконец испугана — вижу. Но мне больше не нужно от нее страха, мне нужно, чтоб и она поняла: се великое чудо, а перед чудом должно, не умствуя, склоняться.

— Ишь, трясется весь, — бормочет она. — И слезы... У тебя горячка. Бредишь. Какая из меня царица? Я не княжна, не боярышня. Опомнись!

В самом деле, я кричу, как бесоодержимый. Надо взять себя в руки.

Чтобы показать свое здравоумие и трезвомыслие, я отступаю назад. Объясняю просто и рассудительно:

— Перед царем все равно ничтожны. Кого вознесу — тот и боярин. А которую полюблю — та царица. Ты ведь слыхала, не могла не слыхать, что я повелел со всей Руси отобрать лучших дев — лучших не родом, а красой? Отобрал сначала двадцать четыре, потом оставил двенадцать, а из них — двух наилепших, меж которыми маюсь. Обе хороши — и Собакина Марфа, и Колтовская Анна. То к одной клонился, то к другой, на двух ведь не оженишься, я христианский царь, не салтан турецкий. А оно, оказывается, вот что! Колебался я, потому что ни той, ни другой мне не надобно, ибо в сравнении с тобой они — гусыни серые пред павлиною, цветки придорожные пред пышноцветной розою! Завтра же обеих выгоню. Иль выдам за кого из опричных. Будет на Руси царица Ирина! И сидеть тебе не взаперти, на женской половине, а рядом со мною, на престоле! Где я, там и ты. Где ты, там и я!

Вижу — опять раскричался, и потому умолкаю. Грудь моя вздымается, в горле клокочет рыдание.

Дева глядит на меня в ошеломлении, утратив речь. Еще бы! Только что видела пред собой разверстую могилу, кишащую червями — и вдруг вознесена превыше всех жен земли. Это я, я ее вознес! Сколь сказочное свершение! О нем будут петь былины и писать небылицы много веков — как про князь-Игоря, что женился на простой лодочнице Ольге! И никто, никакой былинник или летописец не будет знать истины, которая чудеснее любой сказки!

Однако ж провидение провидением, но нам-то на земле жить, яко муж с женою живут, говорит мне разум. Коли уж я, царь и государь, причастный многим тайнам сущего, трепещу пред волей Высших Сил, каково же Иринушке, простой отроковице, ничего кроме своего леса и убогой обители не видавшей? Верно, чает, что все это сон или минутное наваждение.

Пусть же увидит, что все сие наяву. Пусть посмотрит, сколь дивно царское житье. Пусть воспламенится хотением. Известно: Евины дочери голодны зрением, а насыщаемы видимой лепотой. Что ж, лепоты у меня во дворце много.

Моя Каиница горда и своенравна, но не такова ли была и царица Савская, пока не узрела чудеса Соломонова двора? Сказано: «И увидела царица Савская всю мудрость Соломона и дом, который он построил, и пищу за столом его, и жилище рабов его, и стройность слуг его, и одежду их, и виночерпиев его, и всесожжения его, которые он приносил в храме Господнем».

— Пойдем со мной, дево. Увидишь, в каких чертогах живет всея Руси царь. Ибо ныне и тебе так жить...

Я беру Ирину за горячую руку и веду из убогой темницы в осиянный яркими огнями двор. Все перед нами расступаются, разделяются, словно воды пред килем корабля.

А в небе — чудо, еще одно чудо! — воссияли многие звезды, каковых по осеннему хмуропогодию давно уже не бывало. Может быть, все-таки посланница моя — от Бога, Который в непостижимой Воле Своей даровал мне ее во спасение? Ведь не Сатана же распоряжается небом и его светилами?

Памятуя о том, что девы прельщаются слухом не меньше, чем зрением, я шепчу своей богоданной невесте Соломоновы вирши, древнейшее и сильнейшее из любовных заклинаний:

Сердце наше привлекла еси, сестра моя невеста!
Сердце наше привлекла еси едино от очей твоих,
Единым монистом выи твоея!
Что удобристы сосцы твои, сестра моя невеста!
Что удобристы сосцы твои паче вина!
И вонь риз твоих паче всех ароматов!
Сот искапают уста твои, невеста,
Мед и млеко под языком твоим!
И благоухание риз твоих, яко благоухание Ливана!

Ввожу ее в царский терем через красное крыльцо, над которым высится подпертая витыми столпами злаченая крыша и сияет тысячью предивных переливов, отражая огни.

А в передней еще светлее, чем во дворе. Там бронзовые паникадила и серебряные стенные нанданы, в них горят сотни свечей белейшего воска.

Следуем чередой комнат, одна пышнее другой — тою же дорогой приводят ко мне иноземных послов, и ради их изумления здесь собраны многие чудеса и великолепия.

Впереди — я повелел — бегут расторопные слуги, распахивая поставцы и шкафы, откидывая крышки рундуков и коробьев. Там блестят предивные сосуды, иные серебряны, а иные чиста золота; там переливаются хрустальные кубки и порцелановые блюды; там сверкают старинные ендовы и дары чужеземных государей.

Кошусь на Иринушку — ослеплена ли сими сокровищами? Вижу: разинула ротик, глаза — будто блюдцы. То-то!

— А вот часы немецкой работы, с перечасьем, — показываю. — Двенадцать златых апостолов, по одному на каждый час. Скоро, когда сия стрела коснется вот этой цифири, раздастся звонкий звон, и Святой Петр — вон он, с рыбацкой сетью, подымет десницу.

Идем дальше.

— А се опахало для жаркого дня. — Кручу ручку в стене, и над креслом плавно машут пышные черные перья. — Ты сядь, сядь. Обдувает? То перья птицы Африканский Струс.

— Ух ты! Я птиц люблю. — Дева подставляет лицо дуновению, и я радуюсь: ей нравится, нравится!

Умиляюсь:

— Божьих птах любишь? И я, и я! Пойдем, я тебе своих канареек покажу. Ох, сладко поют!

Тащу Ирину вперед, да спохватываюсь: ночью канарейки петь не станут, они спят.

— Нет! Я тебе покажу чудо еще того удивительней. Шемаханский владыка прислал райскую птицу из Индийской земли.

Поворачиваю в книгохранительницу.

О ПРОБУЖДЕНИИ

Моя суженая ахает. Она никогда не видала такого множества книг — водит пальцем по златоузорным корешкам. Я же приближаюсь к прикрытой платком клетке, в которой сидит папагал, наперсник моих одиноких ночных чтений.

Сдергиваю легкую ткань.

— Это и есть райская птица? — разочарованно спрашивает Ирина. — Бела. И венчик бел. А в книгах пишут, в раю птицы многоцветны.

Улыбаюсь.

— В раю птицы глаголют человечьими голосами. И эта тоже.

Моя лада не верит, смеется. Думает, я шучу.

Беру с блюда яблоко, показываю папагалу.

— Тебе целиком или порезать?

Провожу ногтем по серебряным прутьям, и птица исправно кричит:

— Ррезать кусками! Ррезать кусками!

Ирина всплескивает руками, пятится. До чего ж она мила, когда не злобится, а изумляется! Сердце мое сжимается от нежности.

Кричать папагала выучил шутник Малюта — вот для какой надобности.

Бывает, приведут ко мне какого-нибудь провинника, и я ему будто бы в задумчивости говорю: «Не знаю, как с тобой, лиходеем, и поступить. Есть у меня вещая птица. Спрошу ее». И обращаюсь к папагалу: что-де мне с имяреком делать, помиловать иль покарать? А тот на всякий вопрос кричит: «Резать кусками!». Иные с перепугу в обморок падают, а один старик, боярин Плещеев, до смерти сомлел. То-то потеха!

— Скажи, райская птица, как мне быть с царем кривоумным? — спрашивает Ирина.

Попугай отвечает:

— Резать кусками! Резать кусками!

И она смеется. Ах и смех у нее! Отрада для слуха! А как посветлел, пояснел ее лик — очам загляденье! И я знаю, чувствую душой, что буду любить ниспосланную мне супругу, как никогда никого не любил. Больше, чем Анастасию, да пребудет она с ангелами!

— Гойда, гойда! — верещит попугай. Когда смеются, он всегда так. Больше ничего, дурак, не умеет, только «резать кусками» и «гойда».

— Пойдем, царскую опочивальню тебе покажу. Там свершается великое таинство: помазанник Господень творит со своею царицей августейшее потомство на благо всей русской земли. Погоди. Я первый войду.

Спальня у меня вот какая: посреди, конечно, ложе меж столбцов, а две стены по бокам укрываются занавесями. Восточная стена — богоугодная, вся от пола до потолка в образах святых заступников. Западная же — бесовская, там висят соблазные фряжские картины с нагими девками, кои предаются плотскому греху. Когда я, бывало, возлежал с венчанной женой, западную стену завешивал, а восточную открывал. Однако с тех пор как вдовею, иконы укрыты. Баб и девок ко мне водят редко и не для продолжения царского рода.

Ныне же я срамную стену закрываю, растворяю священную.

— Пожалуй-ста, — приглашаю матерь грядущих детей моих. — Вот она, кузница, где Бог выкует для Руси нового государя.

— Так уж и Бог, — усмехается она. И, мельком покрестившись на образа, идет к завешенной стене. — А тут у тебя что?

Берется за край плащаницы, раздвигает. Я не препятствую. Мне жарко. Жарко смотреть на деву, что стоит меж иных дев, голых и бесстыжих.

— Как живые! — говорит она, нисколько не смущенная. — А мясисты-то! Ой, у мужика ноги козлиные!

— С царем на лебяжьей перине любиться — это тебе не с мужиком в шалаше. Сейчас спознаешь, — шепчу я ей сзади в ухо, обнимаю упругие плечи, сжимаю ладонями небольшие крепкие перси. — Любушка моя, Каиница моя печатная...

Давно уже не испытывал я такой плотской охоты, даже дышать трудно.

Вдруг дышать становится вовсе невозможно. Острый локоть бьет меня под ложечку, и я перегибаюсь от боли — не менее ужасной, чем давеча, когда колено чувствительно уязвило мне чресла.

— Ишь, руки распустил! Похáбень старый!

Меня, ослепшего, тащат за ворот, швыряют на постель. Я в обмирании, ловлю воздух ртом, а сказать ничего не могу.

Рвет с меня кушак. Зачем?

Выворачивает руки. Пробую оттолкнуть — но она сильная, много сильней меня.

Прикручивает запястье к столбцу. За ним и второе — рушником.

Усаживается на меня сверху, спиной. Привязывает и ноги.

Я уже могу дышать, но не сопротивляюсь. Как это, оказывается, сладко, когда не повелеваешь, а подчиняешься — кому-то сильному, уверенному.

— Делай... Делай со мной что пожелаешь! — бормочу я. — Твоя правда! Негоже нам без венчания беса тешить! Станешь царицею — тогда! ...Постой, не слезай с меня! Посиди еще!

Но она уже соскочила на пол, глядит сверху вниз, сердито.

А я лежу перед нею беспомощный, растянутый буквой «херъ», словно святой Андрей на кресте.

Шепчу:

— Все мне рабы, а я буду рабом тебе. Кто бы тебя ни послал... Хочешь — на цепи меня води, как собаку. Хочешь — веревки из меня вей. Хочешь — плетью стегай.

Иринушка смотрит уже без гнева, а будто в сомнении, не зная, что со мною делать. Лоб наморщен, посредине розовеет единящий нас знак.

— Не прикоснусь к тебе больше до венчания, Христом-Богом клянусь! Будешь править вместе со мною — если не всей страной, то сим благословенным Островом! Утром, как рассветет, покажу его тебе: храмы, палаты, сокровища! А желаешь — сама всё обойди, без меня. Как должно хозяйке. Ты будешь у меня жить вольно, не как прежние царицы. Ты ведь мне не только жена, но и сестра! Я — Каин, ты — Каиница, не меньшая меня грешница! Дам тебе свою царскую тамгу — перед нею все люди склонятся, все двери распахнутся, все запоры откроются...

Я не знал, слушает она меня или нет, но здесь в ее лице что-то меняется.

— Какая такая тамга?

— А вон, на малом столе, в ларце.

Тамга — златая пластиница с двуглавым орлом. У кого она в руках — тот изъявляет царскую волю, и никто перечить не смей. Раньше, бывало, я давал тамгу Алексею Басманову, когда он от меня езживал в Москву к боярской Думе. Ныне, редко, вручаю Лукьянычу, если отправляю его к войску или куда-нибудь с карами.

Иринушка берет, рассматривает.

— Покажешь эту дощечку, и все слушаются?

— Все, душа моя! Иначе — лютая казнь. Бери тамгу, будь в Слободе госпожою. Хочешь — иди в мою сокровищницу. Покажи страже тамгу — впустят. Там ожерелья дивные, саженья драгоценные, алмазные перстни. Открой любой сундук, возьми что захочешь!

Наклоняется надо мной. О, сколь прекрасны строгие ее черты!

— Открой уста.

— Поцелуй меня! Царица моя! — умоляю я, повинуясь.

Что это?!

О ПРОБУЖДЕНИИ

Она сдергивает у меня с головы тафью, комкает, запихивает в рот. Еще и платком поверх привязывает.

Не понимаю. Мычу.

Ирина, подбоченясь, глядит на меня.

— На что ты мне нужен, урод припадочный, жить с тобой, детей тебе рожать? Кого полюблю, тому и рожу. Сыщу себе здорового, ясного, веселого.

Помахивая сверкающей тамгой, идет к двери. У порога оборачивается.

— За дощечку волшебную спасибо. Я с ней за ворота выйду. Мне бы до леса добраться, а там меня не сыщут. Русь большая, лесов много... Лежи, царь. На картинки свои смотри. Скажу охранникам, что ты не велел заходить, а кто ослушается — на кол.

И вышла. И нет никого.

А может, никого и не было. Может, все оно мне примерещилось — прелестное от Диавола видение.

Лежу я в своей хладной опочивальне, на сиротском ложе. То ли сплю, то ли бодрствую. Не могу пошевелиться, не могу молвить слово.

Один аз, бессильный и безгласный перед Господом, Который рек слугам Своим: «Связаше ему руце и нозе, возьмите его и ввергзите во тьму кромешную». И вот я ввергнут во тьму кромешную, и бессилен перед судьбой, а все надежды на отраду и любовь — не более чем сатанинская прелесть. Нету мне, Каину, ни утешения, ни пристанища. И поделом мне.

Аминь.

СОДЕРЖАНИЕ

ВДОВИЙ ПЛАТ

Часть первая
ИДЕТ ГРОЗА – РАЗУВАЙ ГЛАЗА

Часть вторая
ВЫБОРЫ

Часть третья
С ВЕРХУ В НИЗ

СОДЕРЖАНИЕ

ЗНАК КАИНА

Прелестное видение

Литературно-художественное издание

История Российского государства

16+

Борис Акунин

ВДОВИЙ ПЛАТ

Роман, повесть

Редакционно-издательская группа
«Жанровая литература»

Зав. группой *М.С. Сергеева*
Ответственный за выпуск *Т.Н. Захарова*
Компьютерная верстка *С.Б. Клещёв*

Подписано в печать 08.02.2016 г.
Формат 70×100 1/16. Усл. печ. л. 24,51.
Тираж 70 000 экз. Заказ 1172.

ООО «Издательство АСТ»
129085, г. Москва, Звездный бульвар, д. 21, стр. 3, комн. 5

Наш электронный адрес: www.ast.ru
E-mail: astpub@aha.ru

Отпечатано в АО «Первая Образцовая типография»,
филиал «УЛЬЯНОВСКИЙ ДОМ ПЕЧАТИ». 432980, г. Ульяновск, ул. Гончарова, 14

«Баспа Аста» деген ООО
129085 г. Мәскеу, жұлдызды гүлзар, д. 21, 3 құрылым, 5 бөлме
Біздің электрондық мекенжайымыз: www.ast.ru
E-mail: astpub@aha.ru

Қазақстан Республикасында дистрибьютор
және өнім бойынша арыз-талаптарды қабылдаушының
өкілі «РДЦ-Алматы» ЖШС, Алматы қ., Домбровский көш., 3«а», литер Б, офис 1.
Тел.: 8(727) 2 51 59 89,90,91,92, факс: 8 (727) 251 58 12 вн. 107;
E-mail: RDC-Almaty@eksmo.kz
Өнімнің жарамдылық мерзімі шектелмеген.

Өндірген мемлекет: Ресей
Сертификация қарастырылмаған

Александровская